KB250525

무상검

無常劍

무상검 10

일묘 新무협 판타지 소설

초판 1쇄 찍은 날 § 2004년 3월 24일
초판 1쇄 펴낸 날 § 2004년 4월 4일

지은이 § 일묘
펴낸이 § 서경석

편집장 § 문혜영
편집책임 § 장상수
편집 § 서지현
마케팅 § 정필 · 강양원 · 이선구 · 김규진 · 홍현경

펴낸곳 § 도서출판 청어람
등록번호 § 제1081-1-89호
등록일자 § 1999. 5. 31
어람번호 § 제2-0357호

주소 § 경기도 부천시 원미구 심곡1동 350-1 남성B/D 3F (우) 420-011
전화 § 032-656-4452 팩스 § 032-656-4453
E-mail § eoram99@chollian.net

ⓒ 일묘, 2003

값 8,000원

ISBN 89-5831-049-9 04810
ISBN 89-5505-395-9 (SET)

※ 파본은 본사나 구입하신 서점에서 교환하여 드립니다.
※ 저자와 협의하여 인지를 붙이지 않습니다.

일묘 新무협 판타지

FANTASTIC ORIENTAL HEROES

무사검

無常劍

10 ◆ 침묵의 노래

도서출판
청어람

◆목

차

◆ 第一章
침묵의 노래

 침묵의 노래

자신의 죄가 어느 정도의 무게일까, 고민하며 유검은 동굴 벽에 기대 잠들어 있는 다우의 평화스런 얼굴을 막연히 바라보고 있었다.

광장 안의 공기는 차갑기 그지없었다.

돌연 다우는 추위를 느꼈는지 몸을 움츠리다 갑자기 소리쳤다.

"안 돼! 그건 안 돼!"

악몽을 꾸었는지 깨어나 숨을 몰아쉬는 그녀의 콧잔등엔 식은땀이 맺혀 있었다.

'이번엔 어느 쪽이지?

떠진 그녀의 아름다운 눈동자를 들여다보며 유검은 긴장을 감추지 못했다.

그녀의 반응에 따라 웃던가 한숨 쉬던가 둘 중 하나가 될 것이다.

"끼아악―!"

갑자기 비명 소리가 울려 퍼졌다.

백몽추 등 세 여인은 왼손에 횃불을 들고 십이지 가면을 쓴 사내들이 널브러져 있는 동굴 광장을 가로질러 관이 세워져 있는 곳에 당도해 있었다.

그중 초영영이 하나의 관 뚜껑을 먼저 열어보다 갑자기 비명을 내지르며 뒷걸음질친 것이다.

그 관 안을 들여다본 백몽추와 제갈소혜도 비틀거리며 뒷걸음질쳤다.

"어, 어째서……!"

틀림없이 기재들이 갇혀 있으리라 짐작했는데, 관 안에는 이미 썩어들어가는 시체가 들어 있었다.

그 처참한 모습에 백몽추는 헛구역질을 하고 눈물을 흘렸다.

초영영이 또다시 비명을 질렀다.

"옷을 봐! 가슴… 가슴을……!"

시체의 의복 가슴 부분에는 화산문하임을 뜻하는 매화가 수놓아져 있었다.

이 처참하기 그지없는 시체가 자신들이 찾던 기재들임을 확인하자, 세 여인은 사지에 기운이 빠져 휘청거렸다.

비록 서로에게 뒤떨어져선 안 된다는 경쟁심으로 내심 경원시하는 마음도 없잖아 있었지만, 그래도 동문수학하던 사형제로서의 정이 없을 리 없었다. 게다가 한창때의 남녀로서 은연중 재고 당기며 감정을 저울질하곤 하던 추억도 있었다.

그런 그들이 갑작스럽게 처참한 몰골의 시체가 되어 있는 모습을 보고 그 충격에 전신이 얼어붙었다.

세 여인이 어찌할 바를 모르고 멍하니 서 있는데, 유검이 다가왔다.

관 안을 살펴보고 나서 고개를 저었다.

"아직 죽은 게 아닙니다. 어떤 대법(大法)에 의해 이리된 것 같은데, 심장이 뛰고 있습니다. 숨도 가늘게 이어지고 있구요."

말하다 서먹한 느낌에 돌아보니, 세 여인은 서로 눈치만 볼 뿐 자신의 말에 반응할 기색이 없었다.

백몽추 등은 아직 유검을 어떻게 대해야 할지 몰랐다.

물론 속으론 은근히 호감을 지니고 있다. 자주 그를 화제로 떠올려 이야기하고 또 좀 전엔 한바탕 화풀이까지 했다. 하지만 공식적으론 어디까지나 무림맹의 공적이 아닌가.

그러니 최소한 사적인 이야기가 아닌 기재에 관한 공적인 일이라면 서로 친밀하게 의견을 주고받을 수 있는 사이는 아닌 것이다.

유검의 힘에 의지해야 하는 지금의 처지임에도 불구하고.

'음… 그렇지. 한 배를 탄 처지는 아니었어.'

내심 그렇게 생각하며 다시 제자리로 돌아가려 몸을 돌리다 미간을 찌푸렸다.

다우가 몸을 일으켜 천천히 광장으로 통하는 동굴 쪽으로 걸어가고 있었다.

"어딜 가는 거냐?"

홀쩍 몸을 날려 그녀 앞을 가로막으며 물었다.

다우는 슬픈 눈으로 천천히 고개를 저어 보였다. 마치 질문 자체가 의미없다는 듯이.

"떠나겠어요."

"어디로?"

"당신이 없는 곳이라면 어디든."

유검은 또 시작이구나, 내심 한숨을 쉬며 말했다.

"나의 무공으로 널 뒤쫓는다면 이 세상 어디로 피할 수 있을까?"

절대 놓치지 않겠다는 의사 표시였다.

다우는 슬픈 눈으로 천장을 망연히 바라보더니 불쑥 말했다.

"제가 왜 항상 어린 모습으로 있었는지 궁금하지 않으세요?"

"……?"

"간단해요. 어른이 되고 싶지 않았기 때문이죠."

물론 그것이 가능한 것은 특별한 무공 때문이었겠지만, 역시 그것을 선택한 것은 본인의 의지이기에 그 말이 틀린 것은 아니었다.

"그때부터 마음은 이미 항상 둘로 나뉘어 서로 싸우곤 했었지요. 하나는 어린아이처럼 순진무구하며 가슴에 사랑만을 품고 살려는 나. 또 하나는 세상을 회색 빛으로 보며 어떤 의미도, 가치도 없다고 여기는 나. 둘이지만 하나였어요. 마치 동전의 앞뒷면처럼… 둘 다 나였어요."

"……."

"어떤 때는 앞면이, 어떤 때는 뒷면이 나오곤 했는데 그대를 만나고 나서부터는 주로 앞면만 선택하게 되었답니다. 그건 저도 고맙게 생각해요. 하지만……."

다우는 유검과의 추억을 떠올리지 않으려는 듯 고개를 저었다.

"지금처럼 완연히 두 개의 나로 나뉘어진 것은 아마도 군화지정이라는 너무도 맑고 투명한 기운 때문일 거예요. 이미 다른 사람들에게 그렇게 영향을 미쳤던 것처럼 그 맑고 투명한 기운은 거울처럼 나 스스로를 비춰보게 만들었어요. 그래서 그 투영에 의해 혼재되어 있던 두 개의 마음이 나뉘어진 거예요. 하아……."

그녀의 탄식은 차가운 공기에 하얀 김이 되어 나왔다.

"물론 언젠가는 다시 하나가 되겠지요. 그리고……."

다우는 입술을 깨물며 말을 이었다.

"방금 꿈을 꾸었어요. 그 꿈속에서 전 또 하나의 나와 많은 대화를 나누었답니다. 많이 싸웠어요. 그때 군화지정이 봉황새의 모습으로 나타나 많은 이야기를 해줬어요. 그 말을 듣고 난 당장 그대를 떠나야 한다고 말했어요. 또 다른 나는 안 된다면서 정말 많이 울었어요. 하지만 결국 내 말을 따르기로 했어요. 지금 내 눈이 젖어 있는데, 역시 또 하나의 내가 지금 울고 있기 때문일 거예요."

유검은 혼돈 속에서 갈피를 잡지 못하고 물었다.

"또 하나의 너가 떠나길 바라지 않는데 왜 떠나려는 거지?"

다우는 침묵했다.

다시 그녀의 입이 열린 것은 참으로 오랜 후인 것처럼 여겨졌다.

그녀의 말은 유검이 전혀 예상치 못했던 것이었다.

"오라버니의 죽음을 바라지 않으니까요."

"……!"

두 눈에는 맑은 눈물이 흐르고 있었다.

다우가 몸을 돌려 다시 천천히 걸어나가는데도 유검은 멍하니 바라보기만 할 뿐 더 이상 말리지 못했다.

그대, 혹은 당신이라 지칭하다 마지막엔 오라버니라고 했다.

그 말의 의미는 적지 않았다. 결국 지금의 다우도 자신을 인정하고 사랑하고 있다는 증거였으니까.

그리고 내면의 그녀와 함께 눈물을 흘렸다.

그래서 마지막 말이 진실임을 알았다.

가히 신인지경에 이른 자신의 무공을 누구보다도 잘 알고 있는 그녀가 그렇게 말했다. 그리고 그것은 진실이다. 그녀는 정말로 자신의 죽음을 보고 싶지 않기 때문에 떠나는 것이다.

물론 전혀 동의할 수 없는 이유다.

'…왜?'

또옥―

광장 어디선가 종유석에 이슬이 뭉쳐 떨어지는 소리가 들려왔다.

순간 깊은 의혹에 잠겨 있던 유검은 돌연 발 밑이 꺼져 버린 것 같았다. 깊고 깊은 우물 속으로 떨어져 버린 것 같았다.

이제 자신은 이 세상 어디에도 존재하지 않는 것 같았다.

그 깊고 깊은 어둠 속에서, 누구에게랄 것 없는 아련한 연민의 슬픔이 가슴의 현을 울렸다.

참으로 아름다운 침묵의 노래였다.

유검은 눈을 감았다.

그리고 그대로 화석이 되어버렸다.

*   *   *

척척척!

이십여 명 정도 일단의 사내들이 규칙적인 발걸음 소리와 함께 동굴 안으로 걸어 들어가고 있었다.

그들은 북쪽 나라의 차가운 공기에도 아랑곳하지 않고 움직이기 편한 얇은 흑의 경장만 걸치고 있었다.

기관 장치에 의해 열려진 철문에 이르자, 우두머리인 듯 횃불을 들고 앞서 걷던 한 중년인이 손을 들어 멈추라는 신호를 보내었다.

형형한 눈으로 열려진 철문의 흔적을 주의 깊게 살피던 그는 차갑게 중얼거렸다.

"침입자가 있었군."

그는 동굴 바닥에 꿇어앉아 침입자의 흔적을 다시 한 번 주의 깊게 훑었다.

"십이사자께서 지키고 계실 터이니 우리가 걱정할 문제는 아니지만……"

그는 들고 있던 횃불을 바닥에 지져 꺼버렸다.

곧 동굴 안은 농밀한 어둠으로 뒤덮였다.

사내들이 일으킨 긴장과 살기가 그 어둠 속으로 녹아들었다.

일단의 사내들은 다시 전진하기 시작했는데 다들 어둠을 꿰뚫어 볼 수 있는 야안(夜眼)이라도 익혔는지 행동에 머뭇거림이 없었다.

그리고 고양이가 모래밭 위를 걷듯 어떤 소리도 나지 않았다.

거침없이 앞으로 나아가던 그들이 갑자기 걸음을 멈추었다.

누군가 걸어나오고 있었던 것이다.

곧 그들의 눈에 횃불을 들고 있는 한 소녀의 모습이 비춰졌다.

자신들과 똑같이 피와 살을 가진 인간으로 보기 어려우리만치 아름다운 소녀였다.

두 눈에는 끊임없이 맑은 액체가 흐르고 있었다.

그녀가 곁을 스쳐 지나가는데도 흑의 경장의 사내들은 멍하니 지켜보고만 있었다.

아무런 생각도 떠올릴 수 없었다.

할 수 있는 일은 그녀의 모습이 사라질 때까지 그냥 지켜보는 일뿐인 듯했다.

한참 후에야 우두머리 중년인이 정신을 차렸다.

"대체 무슨 일이 있었던 거지?"

방금 본 소녀의 모습이 실제였는지 환상인지 분간할 수가 없어 곤혹스러워했다.

그는 또 의아해했다.

"여자에게 전혀 관심이 없는 나까지 넋을 잃고 보다니……."

곧 그는 정신을 차리고 명령을 내렸다.

"전진한다!"

＊　　　　＊　　　　＊

"가만……!"

백몽추가 주의를 환기시켰다.

"들어봐. 소리가 멈췄어!"

언제부턴가 들려오던 발자국 소리가 사라졌다. 그것을 자각하자 세 여인의 얼굴에 불안의 빛이 감돌았다. 자신들의 존재가 상대방에게 눈치 채였을 가능성이 농후해진 것이다.

"어서 서두르자."

십여 개의 관을 하나로 묶어 옮길 궁리를 하다 아무래도 자신들의 힘만으론 불가능함을 깨달았다.

초영영은 멍하니 서 있는 유검을 힐끔거렸다.

"아무래도 도움을 받아야겠지?"

제갈소혜는 고개를 갸웃거렸다.

"방금 애인에게 차인 것 같은데 괜찮을까?"

"쳇, 싸우는 건 남녀 간의 일상사인데 뭘."

훌쩍 몸을 날려 유검에게 다가가 그의 어깨를 흔들었다.

"이봐요! 뭐 하고 있는 거죠?"

유검은 전혀 반응이 없었다.

초영영이 그의 면전에 손바닥을 흔들어보았지만 여전히 반응이 없었다.

아미를 찌푸리며 중얼거렸다.

"설마… 이대로 죽은 거야?"

백몽추가 흠칫 놀라 달려왔다.

그리고 유검의 가슴팍에 귀를 대어보고는 안도의 한숨을 내쉬었다.

"심장은 뛰고 있어. 호흡도 가늘지만 이어지고 있고. 그러니까 죽은 건 아냐."

조금 전 유검의 말투를 흉내 내어 그렇게 말했다.

"그건 나도 알고 있어."

퉁명스레 대꾸한 후 초영영은 유검의 어깨를 잡고 마구 흔들어댔다.

"이봐! 일어나! 일어나라구!"

그래도 깨어나질 않자 볼을 꼬집어보고 머리를 쥐어박았다.

그래도 유검은 전혀 움직일 생각을 하지 않았다.

초영영은 어이가 없어 소리쳤다.

"대체 왜 이러는 거야? 좀 전까지 멀쩡했으면서!"

제갈소혜가 아미를 찌푸리며 말했다.

"혹시… 채인 충격에 정신이 나가 버린 건 아닐까?"

"설마—!"

"아니면 음… 깊은 삼매경에 빠진 건 아닐까?"

"삼매경?"

"고승들이 흔히 화두를 붙잡고 있다가 어느 날 갑자기 침식을 잊고 삼매경에 빠지곤 한다… 그런 이야길 들어본 적이 있어. 밥 먹다가도, 길을 걷다가도, 혹은 이야기를 나누는 중에라도."

"……."

초영영은 잠시 생각해 보다 세차가 고개를 저었다.

"그럴 리가 없어. 다른 때도 아니고 곧 적이 들이닥칠지도 모르는 이런 상황에서 누가……!"

완강히 부인하다 얼굴이 일그러졌다.

"아니지. 이 녀석이라면 충분히 그러고도 남아!"

버럭 화가 치미는지 유검을 향해 발길질하려는 것을 백몽추가 가까스로 말렸다.

"왜 하필 이런 때……!"

초영영이 분한 얼굴로 주먹을 부르르 떨었다.

모처럼 자존심을 숙이고 도움을 요청하려 했는데 뜻밖에도 유검은 살아 있는 시체가 되어 있는 것이다.

그 이유가 여자에게 채인 충격 때문인지 아니면 제갈소혜가 말한 대로 삼매경에 빠진 때문인지는 중요하지 않았다.

천금보다 무거운 자존심을 숙였는데도 돌아온 대가가 없다는 것이 더 화가 났다.

그리고 꼭 자신들을 괴롭히기 위해 일부러 저런 꼴이 되어버린 것처럼 여겨졌다.

백몽추는 철문 밖을 힐끔거리며 초조함을 감추지 못했다.

"어쩌지? 언제 깨어날지도 모르고… 적이 다가오는데, 이대로 마냥 기다릴 순 없잖아."

초영영이 입술을 깨물며 말했다.

"좋아. 이렇게 해보자. 저 녀석의 코를 막는 거야. 숨이 막혀 답답해지면 알아서 깰걸?"

코를 막는 극단적인 방법을 취하진 않았지만, 유검을 깨어나게 하기 위해 세 여인은 여러 가지 방법을 시도했다. 겨드랑이를 간질이거나 허벅지를 꼬집는 등.

그래도 유검은 여전히 깨어날 줄 몰랐다.

세 여인은 그런 유검에 대해 어이가 없었다.

지금의 상황이 급박함을 알기에 다급함을 감추지 못하고 백몽추가 말했다.

"할 수 없어. 일단 우리 세 사람의 힘과 지혜를 모아서 어떻게든 최선의 방도를 구해보자."

제갈소혜가 냉정하게 말했다.

"지금 처지론 우리 세 사람의 힘으로 기재들을 구해내서 밖으로 옮기긴 힘들어. 일단 여기를 탈출해서 사람들을 불러오자."

다른 두 여인도 동의하고 서둘러 행동으로 옮겼다.

철문 밖으로 나서기 전 초영영이 소리쳤다.

"아! 내게 좋은 생각이 있어!"

백몽추가 갑자기 걸음을 멈추며 힘없이 대꾸했다.

"얼마나 좋은 생각인진 몰라도… 이미 늦은 것 같아."

"웬 약한 소리야? 늦다니? 일단 들어봐. 우선 한 사람이 미끼가 되어서 적의 이목을……"

초영영은 갑자기 목덜미에 서늘함을 느끼고 주위를 돌아보았다.

어느새 수십 쌍의 차가운 시선이 원형을 그리며 자신들 주위를 포위하고 있었다.

"대체 언제……."

초영영은 힘없이 팔을 내리고 말았다.

어둠과 동화되어 있는 듯한 흑의사내들의 손에 하나같이 어른 팔뚝만한 은빛의 원통이 들려져 있었고, 그것은 일제히 자신들에게로 향해져 있었다.

어떤 암기인지 알 수는 없었지만, 보는 것만으로도 전율이 일었다. 무인의 직감이 지독하게 위험하다고 소리치는 것이다.

초영영이 한숨 쉬며 말했다.

"지금 생각났는데 말야, 어둠 속에서 횃불을 든 채 움직이는 건 너무 어리석은 짓이 아니었을까?"

다른 두 여인은 사후 약방문이라며 핀잔할 기력도 없었다.

머리가 좋고 재질이 남달라 남들보다 무공을 빨리 배우고 익히긴 했지만 실전에서 적절한 대응책을 제때 발휘하기엔 강호의 경험이 너무 일천했다.

그런 점을 자각하고 의기소침해졌다.

우두머리로 보이는 중년인은 광장 안을 둘러보며 미간을 찌푸렸다.

"이런 애송이들뿐이란 말인가?"

애송이란 말에 세 여인의 안색이 싸늘해졌다.

"이대로 순순히 잡혀줄 줄 알았다면 큰 오산……."

그 말과 함께 병장기를 뽑아 들려는데,

꽈—앙!

굉음과 함께 중년인이 들고 있던 원통이 불을 뿜었다.

일순간 광장 안이 환해졌다.

그리고 광장 맞은편, 수십여 개의 강침이 하나의 원형을 그리며 바위와 부딪쳐 불꽃을 튕겼다.

중년인은 원통을 다시 갈무리하며 미간을 찌푸렸다.

"이 정도면 누군가 숨어 있다가도 놀라 튀어나올 법한데……."

그리고 눈길을 세 여인에게로 돌렸다.

조금 전 무슨 말을 들은 것 같은데, 다시 확인해 보려는 얼굴이다.

백몽추 등은 슬며시 병장기를 땅에 내려놓았다.

눈을 말똥말똥거리며 순진한 표정을 지었다.

일체 적의가 없음을 드러내고, 얌전히 항복하겠다는 의사 표시였다.

목숨의 소중함은 어떤 체면보다 앞선다는 소중한 진리를 알고 있는 처녀들이었다.

중년인의 일행은 별 어려움 없이 세 여인의 마혈을 제압하고, 또 철사와 실을 섞어 만든 밧줄로 꽁꽁 묶었다.

그는 또 화석이 되어 있는 유검을 발견하고 고개를 꺄우뚱했다.

"이 녀석은 뭐야?"

꽃보다 아리따운 세 처녀를 보고도 길가의 돌멩이 취급하던 중년인이었다.

하지만 유검을 보자 입가에 기이한 미소를 띠었다.

"흐음~ 꽤 쓸 만한데?"

그는 널브러져 있는 십이사자들을 보고 의아함을 감추지 못했다.

"참으로 기이하군. 대체 어느 누가 있어 저 어르신네들을 저렇게 만들어놓았단 말인가?"

초영영은 유검에 대한 복수심으로 고자질하고 싶은 것을 혀를 깨물며 가까스로 참았다.

*　　　*　　　*

동굴을 나온 다우를 맞이하는 건 하얀 눈발이었다.

눈이 속삭이듯 물었다.

―왜야? 그렇게 괴로워하면서 왜 떠나는 거니?

"나도 몰라."

―정말 몰라?

다우는 침묵 후 고개를 저었다.

"아니, 알아."

눈은 부드럽게 그녀의 머리카락을 어루만졌다.

다우는 걸음을 옮기며 자신의 기원을 내리는 눈송이이에게 속삭였다.

오라버니는…

절대 죽지 않는 불사신이었으면 좋겠어.

그냥…

그랬으면 좋겠어.

다우는 고개를 푹 숙였다.

그렁그렁 맺히는 눈물의 무게 때문이리라.

"하지만 지금은 아니잖아. 그래서 떠나야만 해."

그녀의 기원을 조용히 받아주던 눈이 웃으며 물었다.

―그게 얼마나 바보 같은 생각인지는 알고 있니?

"…응."

다우는 소맷자락으로 눈물을 쓰윽 닦으며 말했다.

"그래도 어쩔 수 없어. 이제는 깨어날 때라고 말하는걸……."

*　　　　*　　　　*

유검이 깨어난 것은 그로부터 사흘 후였다. 천천히 눈을 뜬 유검은 잠시 어리둥절했다.

'뭘까?'

갑자기 찾아온 침묵은 너무도 압도적이었다.

모든 생각의 우물이 강물에 휩쓸리듯 사라져 버리고 일체 외부에 반응하지 못했다.

이제 다시 눈을 뜨니 생각의 창고는 텅 비어버려 간간이 지난 과거의 일들에 대한 기억은 떠올랐지만 마치 꿈속의 일처럼 여겨졌다.

마치 새로 태어난 기분이었다.

무언가 변화는 있었던 것 같은데, 그것이 무엇인지 도무지 알 수가 없었다.

"대체 뭐였을까……."

중얼거리며 몸을 일으키려는데,

철커덩!

자신의 손발이 쇠사슬에 묶여 있음을 알았다.

"어라? 여긴 어디지?"

좌우를 둘러보는데 굵은 한 남자의 목소리가 들려왔다.

"흐응~! 이제야 깨어났구나!"

분명 굵은 남자의 목소리였으나 말투는 간드러진 기녀의 것이었다.

왠지 소름이 끼쳐 옴을 느끼며 고개를 아래로 내려보니, 사십 대로 보이는 눈이 큰 중년인이 묘한 웃음을 머금고 앉아 있었다.

그리고 그는 나체였다!

"당신은……."

질문이 미처 끝나기도 전에 솥뚜껑만한 털북숭이 손이 가슴께를 어루만져 왔다.

"자, 잠깐만!"

"정말 너무해! 그동안 그렇게 노력했는데도 꼼짝도 않구 말야. 쳇!"

외모와 어울리지 않는 그 말투보다 그 내용이 더 끔찍스러웠다.

'어, 어떤 노력?'

유검은 벌떡 일어서려 했지만 철컹철컹 쇠사슬만 요란하게 울릴 뿐이었다.

그사이 자신 역시 나체가 되어 침대에 누워 있음을 알았다.

중년인이 웃으며 말했다.

"쓸데없는 노력은 하지 마. 자기를 못 믿는 건 아니지만, 묶어두는 건 어쩔 수 없어. 그리고 이건 오금사를 섞어 만든 거라서 제아무리 힘이 장사라도 끊을 수 없거든? 게다가 자긴 산공독을 먹어서 내공을 쓸 수 없다구."

"사, 산공독?"

"흐응~ 어떻게 먹었는지 궁금하지 않아? 가르쳐 줘?"

유검은 머리 속이 빙글 돌아가는 것 같았다.

그런 건 절대 묻고 싶지 않았다! 애당초 지금의 말도 듣지 않은 것으로 하고 싶었다.

갑자기 중년인이 자기 몸 위로 올라탔다.

"하, 하지 마!"

"어머? 웬 앙탈~ 쳇, 자기도 그런 취향이라는 걸 알고 있어. 예쁜 언니들이 가르쳐 줬거든."

유검의 얼굴이 일그러졌다.

'예쁜 언니들?'

누군지 충분히 짐작 가고도 남았다.

유검은 한 모금 진기를 들이마셔 사방으로 뻗쳤다.

경락을 가로막고 있던 산공독의 기운이 삽시간에 불태워져 소멸하고 말았다.

"합—!"

사자후와 함께 사지를 비틀며 배를 차 올리자 우지끈! 쇠사슬이 지푸라기처럼 끊어졌다.

그렇게 잠시 허공에 떠 있는 동안, 오른발을 뻗어 놀라는 중년인의 가슴을 찼다.

그는 튕겨 나가 우당탕 장롱과 함께 방 한구석으로 처박혔다.

유검은 허공을 박차고 그에게로 날아가 일장을 퍼부으려다,

"아니지. 손속에 자비를—!"

손을 거두고 다시 바닥을 발로 디디고 서서 마치 스님처럼 두 손을 합장하며 그렇게 중얼거렸다.

유검은 장롱을 뒤져 대충 옷을 챙겨 입었다.

중년인은 자신보다 몸집이 컸기에 옷은 조금 헐렁한 편이었다.

유검은 그를 쏘아보다 자신이 왜 여기 있나 하는 의문이 들었다.

생각을 거슬러 올라가 다우가 떠난 사실을 떠올렸다.

왜 악착같이 잡지 않았을까?

자신의 죽음이라니, 그게 무슨 대수라고……

그녀가 스스로의 의지로 떠나 버렸으니 애써 찾아다니고 싶은 마음도 생기지 않았다.

유검은 침묵했다.

가슴이 아프거나 하지는 않았다. 다만 텅 비어버린 듯 공허하기만 했다.

자신과 세상을 이어주던 유일한 끈이 사라져 버린 것 같았다.

애써 세상일에 관심을 두려 했고 나름대로 자신이 도움될 만한 일을 찾으려 해봤으나 결국 진지해지지는 못했다.

그 모든 것이 유희에 불과할 뿐이었다.

이제 유일한 집착의 대상이던 다우가 떠나 버리고 나니 그 유희조차 덧없게 여겨졌다.

해변가에서 모래성을 쌓으며 놀던 어린아이가 날이 저물어 미련을 털어버리고 집으로 돌아가는 것처럼.

유검은 천천히 눈을 감았다.

서서히 세상이 멀어져 갔다.

깊고 깊은 우물 속으로 빠져 들어갔다.

그 깊은 침묵과 평화의 세계로.

집으로 돌아갈 때인 것이다.

이제는 나를 태운 두레박의 끈을 끊어버리리라.

두 번 다시 세상 밖으로 들어 올려지지 않으리라.

그렇게 서서히 마음이 소멸되어 갔다.

'……?'

갑자기 의식이 세상 속으로 내동댕이쳐졌다.

유검은 자신의 의식을 깨운 자를 찾아 주위를 두리번거리다 곧 미간을 찌푸렸다.

뱃속에서 꼬르르 천둥 소리가 울려 퍼지고 있었던 것이다.

"……."

깨운 자가 어처구니없게도 자신의 육체임을 깨닫고 헛웃음을 흘렸다.

벌써 사나흘이나 굶었으니 먹을 것을 요구하는 것은 당연한 육체의 권리였다.

눈길을 천장으로 돌리다 돌연 벽에 걸린 벽사등롱에 눈길이 꽉 박혀 버렸다.

유검은 큰 충격을 받은 듯 부르르 전신을 떨었다.

갑자기 '난 살아 있구나!' 하는 커다란 자각이 일었던 것이다.

지금 이렇게 살아 있다는 것이, 두 눈으로 보고 귀로 듣고 손으로 만지는 그 모든 것이 너무도 이상하고 신비롭기 그지없었다.

그리고 형언하기 힘든 감동이 밀려왔다.

동시에 강렬한 삶에의 의욕이 일었다.

거렁뱅이라도 좋고 객잔의 점소이라도 좋다.

악인이라도 좋고 세상이 손가락질하는 색마나 사기꾼이라도 좋다.

그 어떤 삶이든 살아 있다는 것만으로 충분히 행복하다.

하다못해 남다른 취향을 지닌 저 중년인의 애인 노릇이라 할지라도…….

유검은 마른침을 꿀꺽 삼켰다.

'그건… 좀 곤란하지.'

문밖으로 나서는 유검의 행동은 신중해졌다. 먹을 것을 찾아 오감을 곤두세우는 그의 의식은 철저히 깨어 있었고 육체는 활기가 넘쳤다.

이 순간 무상검의 경지를 깨달은 각자(覺者)의 모습은 전혀 없었으며 단지 굶주린 배를 채우기 위해 눈빛을 발하는 하이에나였다.

스스로 자각하지는 못했지만 관념으로 만들어 세운 어떤 무상검의 경지라는 것 따윈 쓰잘데없는 쓰레기인 양 의식의 창고에서 훌훌 털어내버리고 있었다.

바깥은 조용했다.

밖으로 나와보고서야 이곳은 중년인이 지하에 은밀히 마련해 둔 침실임을 알았다.

계단을 따라 올라가 철문을 여니 긴 회랑이 이어지고 있었다.

회랑 바깥엔 정원 너머 달빛이 고요했다.

중간 보초를 서고 있는 호위 무사의 그림자가 보이자 유검은 흔적없는 바람처럼 천장으로 몸을 숨겼다.

'부엌이 어디 있을까?'

다시 지하 침실로 돌아가 중년인을 깨워 물어볼까 했지만, 그의 간드러진 말투가 떠올라 고개를 가로저었다.

달빛은 고요한데 차가운 삭풍이 휘몰아치고 있었다.

잠시 전각의 지붕 위로 올라가 전체를 관망해 보니, 다섯 채의 전각과 몇 개의 작은 정원으로 이뤄진 장원이었다.

장원은 산중턱에 자리하고 있었으며 규모로 보아 마교의 본거지는 아닌 성싶었다.

다시 지붕에서 내려와 정원을 건너 신중하면서도 재빠르게 이동하다 유검은 우뚝 멈춰 섰다.

코끝을 스치는 구수한 냄새!

잘 삶아 익힌 닭백숙의 냄새가 틀림없었다.

냄새의 근원지를 찾아 정원을 건너고 전각을 돌고 회랑 안으로 들어섰다.

밤고양이처럼 잽싸게 움직여 어느 건물 앞에 이르니, 걸걸한 중년 여성의 음성이 들려왔다.

"나참, 장주님도 왜 하필 이런 시각에 야참을 달라시는 건지 원!"

유검은 문을 살짝 열어 안을 들여다보았다.

과연 짐작한 대로 부엌이 틀림없었다.

안은 희미한 호롱불이 켜져 있었는데, 사십 대로 보이는 한 중년 여성이 커다란 가마솥을 들춰보고 있었다.

그 가마솥에는 무럭무럭 김이 나고 있었는데 향긋하면서도 고소한 백숙 냄새가 천지를 진동했다.

군침을 꼴깍 삼키며 어떻게 하면 들키지 않고 한 마리만 훔쳐 먹을 수 있을까 궁리하고 있는데,

"에이, 씨팔! 왜 자는 사람을 깨우고 난리야!"

코를 휑 풀며 누군가 거친 걸음으로 다가오고 있었다.

슈욱―

유검이 튕겨낸 지풍에 걸어오던 사내는 즉시 지면을 침대로 여기게 되었다.

그는 벌을 받아 마땅했다.

삶은 백숙과의 엄숙한 마주침 속에서 심오한 삶의 도리를 논하고 있

는데 웬 난데없는 불청객이란 말인가.

"아랑이냐?"

백숙을 삶고 있던 아줌마가 사내의 기색을 들었는지 아는 체를 했다.

유검은 잠시 갈등이 일었다.

이대로 사내의 응답이 없으면 밖으로 나와볼지 모른다.

그리고 쓰러져 있는 사내를 보게 되면 고래고래 소리를 지르며 난리를 피울지 모른다.

'음? 가만… 이곳은 틀림없는 마교 집단. 막 행동해도 상관없잖아?'

그렇다면 소란이 인들 무슨 상관이겠는가.

유검은 거침없이 문을 열고 안으로 들어섰다.

"이놈아! 왔거든 얼른 거들어!"

아줌마는 삿대질까지 해가며 유검의 행동을 촉구했다.

손을 뻗어 그녀를 제압하려는 순간, 유검은 가마솥에서 풍겨 나오는 기막힌 냄새를 맡았다.

그 향긋하면서도 고소한 냄새는 유검에게 짧은 각성을 주었다.

만약 그녀를 제압할 경우 백숙의 운명은 어떻게 되는가?

이 야심한 시각 졸지에 목숨을 바쳐야 했던 그 숭고한 희생에도 불구하고 제대로 삶기지 못해 맛이 떨어지고 말 것이 분명하다.

검이라면 몰라도 심오한 백숙 요리에는 도전해 본 적이 한 번도 없었기에 자신의 힘으로 그 완벽한 맛을 우려내기란 불가능하다는 것은 이미 알고 있었다.

"뭐 하고 있는 겨? 빨랑 안 움직여!"

유검은 더 이상 망설이지 않았다.

"옙!"

그녀가 시키는 대로 얌전히 장작을 넣어 입으로 바람을 불어넣고, 물도 길어 왔다.

좀 전에 가마솥을 들춰본 것이 마지막, 아줌마는 고승처럼 눈을 감고 기다리고 있었다.

그 표정이 너무도 심오했다. 분명 귀로 닭 익는 소리를 듣는 게 분명해 보였다.

옆에 서서 그런 종류의 공력에 감탄해 마지않는데, 그녀가 불쑥 입을 열어 물었다. 여전히 눈을 감은 채였다.

"근데 넌 누군 겨?"

유검은 흠칫했다.

호롱불이 희미하고 또 그녀가 일에 열중해 있어서 자신을 알아보지 못할 줄 알았는데 이미 다른 사람임을 알고 있었던 것이다.

"아랑은 아니고… 새로운 일꾼이냐?"

뒤이은 그녀의 말에 유검은 안도했다.

"옙, 그렇습니다!"

"흥, 틀림없이 아랑 그놈이 제가 오기 싫으니까 널 시킨 거지?"

"그, 그렇겠죠?"

땅—!

긴 대나무 주거으로 솥뚜껑을 쳤다.

"망할 놈 같으니! 신참이 왔다고 마구 부려먹어?"

"저, 전 괜찮습니다."

"흥! 벌써 교육을 철저히 시켰구먼!"

곧 그녀는 짧게 한숨을 내쉬며 다정하게 말했다.

"너도 출출하지? 기다려 봐. 한 마리 빼어줄 테니깐. 일꾼을 부리려면 뭐든 잘 먹여야지."

따뜻한 그녀의 말에 유검은 갑자기 콧등이 시큰해졌다.

그리고 한 번도 보지 못한 어머니에 대한 그리움이 갑자기 치솟았다.

여기도 사람 사는 곳이다.

자신에게 무소불위의 힘이 있다고 해서, 또 이곳이 마교의 집단이라고 해서 함부로 파괴되어도 좋을 그런 것은 없었다.

역시 사람 사는 곳이었고, 각자 저마다 지켜야 할 소중한 무언가는 지니고 있는 것이다.

드디어 다 익혔다고 판단했는지 그녀가 가마솥을 열었다.

화악―!

화산이 폭발하듯 김이 사방으로 퍼져 나갔다. 그와 함께 마구 군침을 삼키게 만드는 구수한 냄새가 천지를 진동했다.

가마솥 안에는 모두 열 마리의 닭이 들어 있었다. 그리고 허여멀건 국물에는 노오란 기름이 둥둥 떠다니고 있었다.

아줌마는 익숙한 솜씨로 쟁반에 다섯 마리의 닭을 얹고, 국물은 따로 몇 개의 그릇에 담았다.

소금 종지를 함께 넣은 다음 쟁반을 통째로 유검에게 내밀며 말했다.

"얼른 장주에게 다녀와! 한 마린 남겨둘 테니까 와서 먹구."

그리고 달리 줄 곳이 있는지 바쁜 손놀림으로 네 마리의 닭을 따로 소반에 얹혀 챙겼다.

가마솥에 남겨진 닭 한 마리를 보고 유검은 군침을 꼴깍 삼켰다.

"그럼 다녀오겠습니다!"

몰래 훔쳐 먹는 것보단 일의 대가로 당당히 먹는 게 보다 맛있을 것 같았기에 얌전히 그녀의 말을 따랐다.

유검은 닭이 엎어진 쟁반을 들고 밖으로 나왔다.

달빛은 교교하고, 살을 에일 듯한 삭풍이 불고 있었다.

정말로 하인이 된 양 종종걸음으로 정원을 가로지르다, 문득 자신이 장주의 거처를 모른다는 사실을 자각했다.

주위를 둘러보았다.

가장 높은 삼층 전각이 눈에 띄었다.

'아마 저기 있지 않을까?'

전각에 다가서니 지키고 있던 한 호위 무사가 호통을 쳤다.

"웬 놈이냐!"

"장주님께 이것을……."

쟁반을 보이며 조심스레 내놓은 유검의 말에 그의 안색이 와락 구겨졌다.

"무어? 장주님을 왜 이곳에서 찾아?"

유검은 뜨끔했다.

'내 짐작이 틀린 건가?'

그는 다시 툴툴거렸다.

"물론 지금은 여기 계시지만… 신통한 녀석이로군. 방금 오셨는데 그걸 어떻게 알고……."

닭 한 마리를 냉큼 집어 들더니 말했다.

"술은 없나? 에잉… 들어둬라. 넌 네 마리만 가져온 거다. 장주께서 여쭈시면 그렇게 말해. 알겠느냐?"

말리고 할 새도 없이 이미 그는 닭을 통째로 뜯고 있었다.

그는 이어 국물이 든 그릇까지 챙겨 후르르 마시고 나서 힐끔 문 쪽으로 고갯짓하며 선심 쓰듯 말했다.

"들어가. 다른 곳은 쳐다도 보지 말고 곧장 지하로 내려가. 그곳에 계시니깐."

유검은 그의 횡포에 한바탕 손을 쓰고 싶은 충동을 느꼈지만, 애써 자제하며 안으로 들어섰다.

전각 안 복도는 어둠에 물들어 있었는데 개미새끼 지나다니는 소리도 나지 않을 만큼 조용하기 그지없었다.

복도를 걸어가며 유검은 고개를 갸웃거렸다.

곰곰이 생각하다 느낀 거지만, 이곳의 경계는 너무 허술했다. 게다가 낯선 자신이 이렇게 돌아다니는데도 의심조차 않다니?

'뭐, 나랑은 상관없지.'

얼른 이것을 장주란 놈에게 전해주고 나서 다시 부엌으로 돌아가 먹음직스럽게 익혀져 있는 그 닭을 먹으면 되는 것이다.

계단으로 이어지는 곳에 이르자 유검은 두리번거렸다.

'지하라, 어디가 지하지?'

이때 계단 아래에서 구시렁거리는 소리가 들려왔다.

알고 보니 이미 그곳에 계단이 나 있었지만 그림자에 묻혀 보이지 않았던 것이다.

유검이 아래로 내려가자 나직한 호통 소리가 들려왔다.

"누구냐?"

오십 정도 되어 보이는 중년인이 철문에 나 있는 창문에 바짝 얼굴을 붙이고 있었는데, 누군가 내려오자 호통을 친 것이다.

그는 곧 유검의 손에 들린 쟁반의 닭을 보고 고개를 갸웃거렸다.

"흐음… 어차피 이곳으로 데려오려 했다만, 내가 여기로 온 걸 어떻게 알고… 희한한 놈이군."

곧 유검의 얼굴을 훑어보며 고개를 갸웃거렸다.

"가만, 처음 보는 얼굴 같은데?"

유검은 움찔하여 말했다.

"본래 뒷간 일을 도맡아하는 처지라 높은 어르신의 눈에는 잘 띄지 않는 곳에서 일하고 있습니다."

장주는 쉽게 수긍하고 고개를 끄덕였다.

본래 장주는 총관처럼 하인들을 직접 부리지는 않기에 그냥 낯이 있다 없다 정도만 알 뿐이었다. 유검의 말대로 자신의 시선이 미치지 않은 곳에서 일하고 있었다면 얼굴이 낯설 수도 있는 것이다.

유검은 쟁반을 바닥에 내려놓았다. 그리고 꾸벅 인사를 하고 되돌아가려는데 그가 불러 세웠다.

"어딜 가려고? 이리 와 잠시 내 시중을 들어라."

유검은 내심 갈등했다.

그냥 소리도 없이 이 장주란 녀석을 때려눕히고 얼른 부엌으로 가서 그 닭을 먹어버릴까 하는 충동이 일었던 것이다.

애써 그 충동을 자제했다.

이왕 시작한 일, 어쨌든 끝을 맺고 보자고 다짐했다.

자신에게 친절을 베풀던 아줌마에게 조그만 피해라도 주고 싶지는 않았다.

장주는 철문에 나 있는 창문을 통해 안을 훔쳐보며 입가에 흐뭇한 미소를 지었다.

그는 곧 결심한 듯한 얼굴로 품속에서 열쇠 꾸러미를 꺼내었다.

유검에게 닭이 얹힌 쟁반을 다시 들게 하더니 철문의 자물쇠를 열었다.

철컹!

정적을 깨며 철문이 열렸다.

장주는 유검을 데리고 안으로 들어섰다.

안은 네 평 남짓했는데 창고를 감옥으로 개조한 듯 보였다.

철문 맞은편 벽에는 겨우 한 뼘이나 될까 싶은 창문이 하나 나 있었는데, 그곳으로 달빛이 새어 들어오고 있었다.

그리고 한쪽 벽에는 세 인영이 서로 몸을 기대어 잠들어 있었다.

세 인영의 얼굴을 보게 된 유검은 어리둥절해졌다.

백몽추 등 세 여인이었던 것이다.

'저들이 왜 여기 있는 거지?'

그동안 고생이 심했는지 하나같이 초췌한 얼굴들이었다.

밧줄과 마혈은 풀렸지만 대신 산공독(散功毒)을 복용해야만 했고, 그로 인해 내공을 끌어올릴 수 없었다. 그러니 혹한 겨울의 차가운 돌 바닥의 냉기를 이길 수 없어 저렇게 앉아 서로의 온기에 기대어 잠이 든 것이다.

그 모습을 보니 측은지심이 일었다.

명문세가에서 태어나 후기지수로 남다른 촉망을 받으며 자라온 그녀들이 언제 이런 고생을 해보았겠는가.

큰 고생이 없었던 것은 유검 역시 마찬가지였으면서 마치 세속에 달관한 듯 그런 생각을 떠올렸다.

장주는 세 여인을 내려다보며 흐뭇한 미소를 짓고 있다가 유검에게 물었다.

"흐흐흐… 어떠냐? 제법 미색이 그럴듯하지 않으냐? 셋 모두 괜찮지만 난 특히 이 애가 마음에 드는구먼."

그리곤 백몽추를 가리켰다.

그의 손가락을 따라 유검의 시선도 백몽추에게로 향했다.

초췌하지만 고운 자태는 여전했다.

몇 올 흘러내린 머리카락 아래 그린 듯한 아미와 긴 속눈썹이 고왔다.

두 손은 기원을 품은 듯 가슴팍에 모으고 있었다.

만약 규방이었다면 이대로 한 폭의 미인도가 그려질 것이다.

장주가 말했다.

"너도 알다시피 본 장원은 교 내 순찰당의 지부 중 하나로 들어가긴 했으나 애당초 하는 일이라고 해봤자 이곳 장백산 내 여우 가죽과 산삼 등을 총단에 공물 하는 정도이고, 가끔 본 교를 찾는 외부의 인사가 머무는 게 전부다. 그런 보잘것없는 곳의 장주인 내가 감히 저 처자들을 상부에 보고도 하지 않은 채 여기 몰래 감춰두었다. 자칫 멸문지화를 불러일으킬지도 모르는데 말이다. 그 이유가 뭐겠느냐?"

"……."

"흥, 네 녀석도 알고 있겠지만 내겐 자식이 하나 있다. 말도 제대로 할 줄 모르는 병신이지만 누가 뭐라고 해도 내겐 하나밖에 없는 자식이다. 어찌 귀엽지 않으랴. 그동안 혼사를 정하지 못해 애를 태웠다만, 이제는……."

장광설을 토해내던 장주는 세 명 중 한 명을 반드시 며느리로 삼겠다는 의지를 재삼 다짐하며 눈빛을 번득였다.

그는 날카롭게 소리쳤다.

"흥, 이번에도 만약 거절한다면 수하들을 시켜 처참히 능욕해 버리리라!'

유검은 내심 한숨이 나왔다.

'과연 그대의 뜻대로 되겠소?'

이젠 미룰 수 없겠다 싶어 그의 혼혈을 짚으려는데,

"으음……."

장주의 목소리 때문인지 백몽추가 몸을 뒤척이며 깨어났다.

눈앞에 낯선 그림자가 있음을 깨닫고 두 눈이 크게 커졌다.

"누구……."

"나다."

백몽추는 몸을 일으켰는데, 그 기척에 초영영과 제갈소혜도 깨어났다.

장주가 안색을 굳힌 채 말을 이었다.

"오늘이 마지막 날이다. 이제 답변을 들어야만 하겠다. 익히 말한 대로 너희들에 대해서 감히 상부에 보고를 올리지 않았다. 나 역시 허튼수작으로 장난질을 하는 게 아니란 말이다."

그리고 유검에게 명했다.

"가져와라."

장주는 쟁반 위의 닭과 국이 든 그릇을 그녀들 앞에 내보이며 말했다.

"내 요청을 승낙한다면 당장 이것을 맛보도록 해주마. 뿐만 아니라 푹신한 이불보가 있는 따뜻한 곳으로 거처를 옮겨주마. 어떠냐?"

그리곤 닭다리 하나를 뜯어 맛있게 먹었다.

유검은 눈살을 찌푸렸다.

'치사하게 먹는 것 가지고 협박하다니……'

세 여인의 눈빛이 심상찮았다.

차가운 돌 바닥에서 제대로 잠도 못 자며 사흘 동안 식어 빠진 꽁보리밥으로 간신히 허기를 때웠다. 이에 눈앞에 잘 익은 닭백숙이 그 우아한 자태를 드러내니 먹고 싶어 부르르 몸이 떨릴 지경이었다.

닭은 아직도 따뜻함을 간직하고 있다는 듯 모락모락 김을 피워 올리고 있었고 그와 함께 고소한 냄새를 진동시켰다.

한입만 베어 물어도 당장 뱃속이 후끈해지며 천국을 맛볼 것만 같았다.

장주는 유혹하듯 뜨끈한 국물을 마셔 보이고 나서, 그 마음을 눈치 챈 양 히죽 웃으며 물었다.

"아직도 답변이 준비 안 되었는가?"

대답은 이미 정해져 있다.

하지만 그 의사를 드러낸 순간 닭은 우아한 자태를 어둠 속으로 감추고 말 것이다. 그것이 안타까워 차마 아무도 입을 열지 못하고 있었다.

백몽추가 입술을 깨물며 말했다.

"대체 말이 되는 이야긴가요? 난데없이 우리들 중 한 명이 당신의 며느리가 되어야 한다니……!"

"내일 감찰사가 와서 그간의 사정을 캐물을 테니 나로서도 더 이상 미룰 수 없다. 속히 가부를 말하거라."

마침내 결심을 한 듯 백몽추가 힘없이 고개 저으며 입을 열었다.

"우린……."

"잠깐!"

제갈소혜가 그녀를 말리며 비장한 얼굴로 말했다.

"이렇게 굶어 죽을 순 없어!"

"하아… 그럼 어떡해? 그렇다고 얼굴도 모르는 자에게 시집을 갈 순 없고…….”

제갈소혜는 입술을 깨물며 말했다.

"내가 희생할게. 까짓 것 결혼이란 게 별거니? 한 이불 덮고 같이 살다 보면 정도 들게 마련이고…….”

초영영이 발끈해 외쳤다.

"말도 안 돼! 겨우 닭 한 마리에 팔려 간단 말야? 이건 정말 말도 안 된다구!'

유검은 내심 그녀의 말에 동감을 표했다.

'그래, 그건 정말 말이 안 되지.'

제갈소혜의 결심은 아마 닭을 먹고 싶은 욕구 때문이 아니라 제 한 몸 희생해서 친구를 위하려는 마음일 것이다.

그래도 겨우 닭 한 마리에 저런 갈등과 결심을 해야 하다니, 가련하기도 하고 우습기도 했다.

명문세가의 고운 딸로 태어나 항상 주위의 선망 어린 시선만 받아오던 그녀가 언제 이런 지경에 처해봤겠는가.

좋은 경험이 되었을 거라 중얼거리며 이제야말로 장주의 혼혈을 짚으려는데, 초영영이 눈물을 뚝뚝 떨구며 외쳤다.

"제기랄! 이게 모두 그 녀석 탓이라구! 벼락맞아 뒈져도 시원치 않을 그 녀석 때문에……!'

장주의 등 뒤 명문혈을 짚으려던 유검의 손가락이 우뚝 멈췄다.

백몽추가 고개를 끄덕이며 맞장구쳤다.

"네 말이 맞아. 알다시피 난 그 녀석을 내심 좋아하고 있었어. 하지만 이젠 정말 정이 떨어져. 하필 그때 무슨 속셈으로… 흥, 애인에게 채인 것도 당연하다고 생각해! 지옥에나 떨어져라!"

세 여인은 번갈아가며 원망과 저주의 말을 퍼부었다.

그녀들의 말만 듣자면, 이 세상 모든 죄의 근원은 유검이었다. 천하의 대마두도 유검에 비하자면 선량하기 그지없는 착한 사람이요, 순진무구한 어린아이였다.

'내가 착한 놈이라곤 생각지 않지만… 그래도 그대들의 말에 동의하긴 힘들군.'

대충 그녀들의 말을 요약하자면 자신이 갑자기 삼매경에 빠진 덕분에 이렇게 잡혀와 터무니없는 결혼을 강요당하고 있다는 것이다.

유검은 의아했다.

잡혀왔다면 스스로의 힘이 모자란 것을 탓할 것이지 왜 자신을 원망하는 것일까?

그녀들이 이미 말한 바대로 자신은 무림맹의 공적, 진퇴를 함께한다는 게 오히려 이상할 지경인데 터무니없게도 모든 덤터기를 씌우다니…….

유검은 고개를 푹 숙인 채 그림자 속에 얼굴을 감추고 있었는데 장주의 명문혈을 향하고 있는 자신의 손가락이 외로워 보인다고 생각했다.

여인들의 설왕설래를 지켜보던 장주가 더 이상 못 참겠다는 듯 버럭 소리를 질렀다.

"대체 언제까지 기다려야 하느냐! 괜히 쓸데없는 소리만 지껄이며

왜 대답이 없단 말인가?'

괭량한 그의 목소리가 여인들을 다시 차가운 현실로 끌어 내렸다.

제갈소혜가 냉정을 되찾고 침착하게 말했다.

"어르신네의 요청을 받아들이겠어요."

그녀의 말에 초영영이 발끈해 뭐라 입을 열려는데 백몽추가 옷자락을 잡아끌며 말렸다.

본래 제갈소혜가 꾀가 많음을 알고 있기에 조금 더 두고 보고 싶은 것이다.

"단, 조건이 하나 있어요."

장주는 요청을 받아들이겠다는 말에 희색을 띠다 조건이란 말에 미간을 찌푸렸다.

"무슨 조건?"

"저희들과 함께 잡혀온 사람이 하나 있사온데……."

"있다고 듣기는 했다만……."

"그 사람을 한번 만나게 해주세요."

"만나서?"

"한 시진… 아니, 반 시진 만이라도 저희들이 마음껏 그를 두들겨 팰 수 있도록 해주십시오."

감옥 안에 침묵이 흘렀다.

유검은 내심 입맛을 다셨다.

'내게 맺힌 원한이 어지간히 큰 모양이구나.'

장주는 어이가 없는 듯 너털웃음을 터뜨리곤 다시 물었다.

"그러면 만족하겠느냐?"

"예, 그렇게 할 수만 있다면 더 이상 아무런 여한이 없습니다. 어르신네의 요청대로 당장이라도 혼례식을 올리도록 하겠습니다."

유검은 잠시 생각했다.

지금 장주를 제압하고 자신의 정체를 드러내면 어떻게 될까?

보기에도 무시무시한 세 명의 마녀가 부활하여 자기를 향해 불을 뿜어내는 모습이 그려졌다.

손톱을 날카롭게 세워 얼굴을 할퀼 뿐 아니라 입에서는 연신 고막을 찢는 듯한 원망의 잔소리가 흘러나올 것이다.

그것도 세 명이서 동시에!

상상하는 것만으로도 힘이 쭉 빠지는 것 같았다.

달빛은 여전히 교교했다.

'자, 어떻게 해야 하나……'

◆第二章

세 여인의 사부가 되다

세 여인의 사부가 되다

장주가 유검에게 명했다.

"가서 호가 녀석을 불러오너라."

아무래도 장주가 말하는 호가 녀석이란 상황을 짐작해 보건대 자신을 침대에 묶어두고 이상한 짓을 하려던 그 중년인인 것 같았다.

'아마도 날 데려오기 위해서 부르는 거겠지.'

그는 지금 자신에 의해 정신을 잃고 기절해 있다. 그러니 어떻게 데려오겠는가. 물론 제정신이라 하더라도 데려올 순 없지만.

어쨌든 밖으로 빠져나갈 수 있는 절호의 기회였다.

나중 일이야 어떻게 되든, 일단 자신의 정체를 드러내지 않고 무사히 이 자리를 피할 수 있다는 사실에 유검은 참으로 다행이라 생각했다.

장주에게 고개 숙여 인사한 후 서둘러 몸을 돌려 밖으로 나가려는데,

슈우욱—

파공성과 함께 등 뒤로 경력이 밀려왔다.

전혀 예상치 못했던 공격이기에 유검은 일장을 얻어맞고 나뒹굴고 말았다.

"네 녀석은 누구냐!"

장주가 호통을 치며 훌쩍 몸을 날려 두 번째 공격을 해왔다.

"정체를 드러낼 때까지 기다렸건만 교활하게도 끝까지 본색을 숨기다니!"

유검은 팅기듯 몸을 옆으로 날렸다.

퍼퍼펑—!

장력이 바닥을 때리며 분분히 돌 가루가 피어올랐다.

장주는 유검이 자신의 일장을 얻어맞고도 전혀 타격을 입지 않은 듯 몸놀림이 재빠르자 내심 놀랐다.

곧 코웃음을 치며 물었다.

"흥, 이곳이 용담호혈은 아니지만, 그렇다고 아무나 드나들 수 있는 곳은 아니다. 대체 너의 정체가 무엇이냐?"

장주는 처음에는 유검에 대해 의심하지 않았다.

하지만 하인 주제에 장주인 자신을 두려워하거나 어려워하는 기색이 전혀 없자 겉으로 드러내지는 않았지만 내심 의심스러워하고 있었다.

이제 명을 내렸는데도 대꾸도 없이 그냥 고개만 꾸벅 숙이고 몸을 돌리는 것을 보고 하인이 아니라 수상한 놈임을 확신한 것이다.

다만 스스로 지은 죄가 있으니 혹 유검이 총단의 인물은 아닐까 싶어 내심 바짝 긴장하고 있었다.

유검은 긴 장포 속으로 얼굴을 감추고 짧게 대답했다.

"무명소졸이외다."

그리고는 훌쩍 몸을 날려 떠나려는데 자신을 불러 세우는 소리가 있었다.

"잠깐만……!"

장주가 아니었다. 백몽추의 가냘픈 목소리였다.

그 목소리에 애원이 담겨 있었기에 유검은 자신도 모르게 발걸음을 멈추고 말았다.

이때 장주는 보검을 뽑아 들고 말없이 유검의 등 뒤를 향해 전력으로 검초를 뿌려대고 있었다.

장주라는 신분에 걸맞지 않게 비열한 암습이나 다름없는 행위였는데, 반드시 살인멸구하겠다는 의지를 드러내는 것이었다.

유검은 잠시 갈등하다 결국 몸을 돌렸다.

"결국 화를 자초하는군!"

소맷자락을 떨치자 장주의 보검은 순식간에 수십여 토막이 나버렸다.

쐐애액ㅡ!

뒤이어 감춰진 유검의 주먹이 장주의 얼굴로 향했다.

풍압에 장주의 볼 살이 짓뭉개지고 수염이 어지러이 날렸다.

멈칫! 일 푼을 남겨두고 주먹이 멈춰졌다.

멈추지 않았다면 주먹에 머리는 박살이 나고 말았을 것이다.

주먹을 멈춘 이유는 닭을 삶던 아줌마가 떠올라서였다.

장주가 죽고 나면 그녀는 일자리를 잃어버릴지 모른다.

주먹이 펴지고 손가락이 장주의 백회를 때렸다.

정신을 잃고 그 자리에 쓰러지는 장주를 보며 유검은 쓴 미소를 지었다.

"예전부터 생각했던 거지만, 난 역시 무인의 자격이 없어. 일단 검을 뽑으면 상대를 단숨에 열반의 길로 이끌어야 하는데 이렇게 정에 이끌려서……."

유검은 호흡을 가다듬고 그 자리에 멈춰 서서 눈을 감았다.

이제 세 여인은 자신의 정체를 눈치 챘을 것이다.

조금 전 말과 행동을 보건대 자신을 잡아먹으려 들 게 뻔하다.

이왕 이렇게 된 것, 유검은 그 어떤 원한의 말이든 담담히 받아주리라 결심했다.

자신이 왜 잘못했는지 크게 공감할 수는 없었지만 어쨌거나 뭔진 몰라도 잘못했으니까 저렇게 원한을 가졌으리라.

정적이 흘렀다.

고막을 찢을 듯 욕설과 비명이 쏟아져 나올 줄 알았는데 너무도 조용했다.

유검은 결국 참지 못하고 눈을 뜨고 말았다.

순간 의아하지 않을 수 없었다.

당장이라도 악귀나찰처럼 변해 달려들 줄 알았던 세 여인은 모두 멍하니 넋을 잃은 채 자신을 바라보기만 하고 있었다.

백몽추가 한숨 쉬듯 중얼거렸다.

"이건 꿈이야. 너무 현실 같아서 그만 착각해 버리고 말았네."

"자자, 다시 자자구."

그리고 세 여인은 곧 벽에 기대어 서로 부둥켜안고 잠을 청했다.

"저……."

유검이 머뭇거리며 말을 걸었지만 전혀 반응이 없었다.

곧 새근거리는 숨소리만 들려왔고, 감옥 안은 침묵에 잠겼다. 달빛은 교교한데 유검은 멍하니 홀로 서서 눈만 끔뻑거리고 있었다.

얼마나 시간이 지났을까.

"우릴 구해주러 오셨나요?"

처음에는 환청인가 싶었다.

곧 들려오는 나지막한 음성이 현실임을 일깨워 주었다.

"왜죠?"

백몽추는 대답을 기다리지 않고 이어 소곤거리듯 말했다.

"난 꿈을 꾸고 있어요. 아마 깨고 나면 지금의 대화는 전혀 기억하지 못할 거예요."

유검은 천천히 입을 열었다.

"나를 그렇게 원망할 줄은 모르고 있었습니다."

"원망이라뇨? 물론 원망이 없다곤 못하겠지만, 어떻게든 그대를 깨울 수 있는 방도를 마련하고자 잠시 연극을 했을 뿐이랍니다."

목소리는 부드럽기 그지없었다.

현실에선 여러 가지 제약 때문에 드러내기 힘든 연정을 꿈속의 대화라는 형식을 빌어 간접적으로 표현하는 것이다.

"그대를 많이 기다렸어요. 차가운 보리밥 한 덩이로 허기를 채우고, 냉기가 숫구치는 돌 바닥에서 제대로 잠도 못 자면서도, 그리고 혼사를 강요당해 마음은 심란하기 그지없는 와중에서도 그대가 잠에서 깨어나길 정말로 간절히 바라고 또 바랐답니다. 그리하여 우리를 구해주기를요."

젖어드는 그녀의 목소리는 마치 연인의 귓가에 속삭이듯 부드럽고 간절했다.

깨어나길 바라는 그 바람 속에, 그 속에 자기에게 눈길을 돌려주길 바라는 간특한 여심이 녹아들어 있었던 것이다.

이는 사랑의 고백이나 다름없었다.

유검은 그러한 여심을 눈치 채지는 못했지만 그 간절함에 은연중 감동했다.

"그런데 참 이상해요. 한때 그대는 저희들의 교두였어요. 물론 가짜긴 했지만……. 그리고 지금은 그대가 무림맹의 공적이 되어 있으니 우리들과는 적이라고도 할 수 있어요. 그런데 왜 우리들은 그대가 구해주는 게 당연하다고 생각하는 걸까요?"

"……."

"그리고 그대는 또 당연하다는 듯 우릴 구해주러 왔어요. 왜죠? 왜 우릴 구해주려 하나요? 아직 남아 있는 사제지간의 인연 때문인가요, 아니면……."

"……."

"사흘 내내 그대만을 생각하고 또 생각했답니다. 그리고 깨달았어요. 제가 얼마나 그댈 좋아하고 있는지……. 배고픔보다 그댈 보지 못한다는 괴로움이 더 컸답니다."

그 말에 이르러서야 어지간히 둔감한 유검으로서도 지금 백몽추가 사랑을 고백하고 있음을 깨달을 수 있었다.

"하아… 이미 알고 있어요. 한평생 그대와 함께하고 싶지만 이룰 수 없는 꿈이란 것을요. 그대 가슴은 이미 한 사람으로 꼭 차 있는 것을 알아요. 그래서 제가 있을 자리는 없다는 것을 너무나 잘 알고 있답니다."

가슴속의 한 사람이라는 말에 유검은 다우를 떠올렸다. 이어 여문이 자긴 왜 빼냐며 투덜거리며 나타났고 동시에 화가 삐친 얼굴로 나타났다.

그 외 남궁세가의 조그만 소녀와 무림맹 소가주, 심지어 거리를 지나가다 우연히 보게 된 아름다운 기녀의 얼굴도 떠올랐다.

유검은 머리를 긁적거렸다.

'한 사람만 있는 건 아닌 것 같은데……'

하지만 웃고 장난치는 다우의 모습이 눈앞에 가장 많이 아른거리는 것만은 틀림없었다.

"그대는… 그대는……"

백몽추는 자신에 대한 연민의 감정에 빠져 눈물을 흘리기 시작했다.

이룰 수 없는 사랑의 꿈.

얼마나 많은 소녀들의 가슴을 아프게 만드는 말이던가.

"쳇, 정말 못 봐주겠네."

꿈속의 대화라는 말에 잠든 척 조용히 듣고만 있던 초영영이 더 이상 못 견디겠다는 듯 벌떡 일어나 소리쳤다.

"아! 그건 그냥 청승밖에 더 돼?"

놀라 일어선 백몽추에게 따지듯 그렇게 말한 후 시선을 유검에게로 돌렸다.

"단도직입적으로 묻겠어요. 쟤나 나, 아니, 우리들 중 누가 좋아요? 이성으로 생각한 적 있나요? 여자로 생각하고 연정을 품은 적 있나요? 하룻밤 보내고 싶다고 생각한 적 있나요?"

없다곤 말 못하겠기에 유검은 머뭇머뭇거렸다.

게다가 친구처럼 막 대하던 그녀가 진지한 얼굴로 말까지 높여 물으니…….

백몽추는 대담한 그녀의 말에 자지러졌다.

"너, 왜 그러는 거야! 응?"

"가만있어 봐. 이대로 두루뭉실한 건 정말 싫어! 괜히 속앓이만 하지 말자구. 좋아하면서도 아닌 척, 은근슬쩍 사랑의 괴로움에 빠진 소녀 역을 하는 건 이제 신물이 나!"

"그건…….."

"그리고 정말 싫어! 사실 저 녀석이 우릴 구해주러 온 걸 알았을 때 정말 기뻤어. 근데 문제는 저 녀석과의 관계가 명확하지 않다는 거야. 그러니까 그런 기쁨조차 혼란스러워! 단지 구해줘서 고맙고 기쁜 건지, 아니면 좋아서 가슴이 두근거리는 건지 알 수가 없다구!"

그리고 다시 유검에게로 시선을 돌리며 당돌하게 물었다.

"혹시 우리들을 받아줄 수 있어?"

이젠 다시 막말이다. 그녀는 내면에서 감정이 끓어올라 스스로 무슨 말을 하고 있는지 모르는 혼란한 상태였다. 지기 싫은 오기와 애써 숨기고픈 연심 등이 미묘한 여심을 갈등의 협곡 아래로 밀어 넣어버린 것이다.

유검은 무심코 고개를 끄덕일 뻔하다 가까스로 이성을 차려 그런 짓은 막을 수 있었다.

초영영은 유검의 대답을 기다리지도 않고 쏘아붙이듯 말을 이었다.

"아니, 저 녀석이 고개를 끄덕인다고 해도 내가 안 돼! 난 나만을 사랑해 줄 그런 사람을 원해. 그건 너도 마찬가지잖아!"

유검은 역시 고개를 끄덕이지 않은 것은 참으로 잘한 짓이라고 내심 가슴을 쓸어 내렸다.

"그럼 어떡하자는 거야?"

"간단해. 처음 관계로 돌아가면 돼. 저 녀석은 본래 우리의 교두였 잖아. 제자가 되어 저 녀석의 그럴듯한 무공을 배워보자구!"

"제자?"

"그래, 제자!"

초영영은 애당초 사람의 감정이란 건 마음먹은 대로 흐른다고 생각 했다.

사제지간이 되어 유검을 사부로 여긴다면 정이 일어도 남녀지간의 연정이 되진 않을 것이라 생각한 것이다.

그리되면 한결 편해질 것이다.

최소한 아픔은 덜할 것이다.

유검이 무림맹의 공적이니 어쩌니 하는 것은 안중에도 없었다.

듣고만 있던 제갈소혜가 나직이 한숨을 쉬며 유검에게 물었다.

"우릴 제자로 받아줄 수 있나요?"

유검은 여인들의 말다툼에 주눅이 들어 잠시 옆으로 비켜나 있었는 데, 그녀가 바로 물어오자 머리를 긁적거리며 자신없는 투로 말했다.

"어려울 거야 없지만……."

그 말이 떨어지자 제갈소혜가 날아갈 듯 대례를 올렸다.

"제자가 사부님을 뵈옵니다."

초영영의 의견에 찬성을 보내는 행위였다.

초영영도 절을 올리고 나서 퉁명스럽게 말했다.

"난 말투가 이러니까 이해해. 그래도 사부는 사부니까 조금은 조심 할게."

백몽추는 원망의 눈으로 둘을 바라보았다.

둘 모두 제자가 되길 간청하는데 자기 홀로 이대로 남아 있을 순 없었다.

최소한 사랑 아닌 그 무엇으로도 깨질 수 없는 셋만의 우정을 저버릴 순 없었다.

백몽추는 힘없이 한숨 쉬고는 대례를 올렸다.

"제자가 사부님을 뵙옵니다."

난데없이 꽃다운 소녀 셋을 정식으로 제자로 받아들이게 되자—억지스럽긴 했어도—유검은 곤혹스럽기도 하고 한편으론 왠지 모르게 뿌듯하기도 했다.

그녀들이 몸을 일으키자 천천히 입을 열었다.

"사람과 사람 간의 관계라는 것이 누가 어떻게 만든 것인지는 모릅니다만, 배우고 익히는 것은 본래 사람의 천성이 아니겠습니까? 갓 태어나면서부터는 부모님으로부터 걷고 말하는 것을 배우고, 나이 들어서는 인생의 선배로부터 많은 것들을 배워 나갑니다."

유검은 신중하게 말을 골라 다시 입을 열었다.

"음… 인생에 관해서야 여러분과 나이 차이도 얼마 나지 않으니 말할 것 없고… 예, 무공에 관해서는 제가 여러분들께 조금은 도움이 될만한 것을 지니고 있어 나눠 드릴 수 있을 것 같군요. 하지만 그것을 굳이 사부와 제자라는 관계로 얽매어둘 필요가 있는지는 의문입니다. 철이 없을 때야 여러분의 스승으로 자처하며 낯뜨거운 짓을 벌이곤 했으나……."

초영영이 더 이상 참기 힘들다는 듯 열받은 얼굴로 일어나 소리쳤다.

"무슨 말이 그렇게 많아요? 사부가 되겠단 건지 말겠단 건지……!"

다른 두 여인의 눈초리 역시 곱지 않은 것을 보고 유검은 머리만 긁적였다.

"으음… 그, 그렇다면 이제부터 제가 사부가 되기로 하지요. 잘 부탁드립니다."

머리를 숙이며 그렇게 말하고 보니 어색하기 그지없었다.

'어쨌든, 좋은 사부가 되어보자!'

내심 그렇게 결심했다.

유검의 허락이 떨어지자 세 여인은 정식으로 구배지례를 올렸다.

닭백숙을 나눠 먹는 것으로 간단한 입문식이 끝난 후, 유검은 그녀들의 산공독을 풀고 내공을 회복시켜 주었다.

그 다음 기념 삼아 무공을 전수하려 하는데 분위기가 겉돌고 있었다.

괜히 홀로 따돌림받는 기분이었다.

돌이켜 생각해 보면 세 명의 연극에 아무 상관도 없는 자신이 단순히 들러리로 끼어들어 버린 것 같았다.

애당초 제자가 될 생각은 전혀 없었는데 일단 입 밖에 내자 멈출 수가 없어 그냥 결정해 버린 듯한…

심지어 왠지 모르게 인생 자포자기의 냄새도 풍겼다.

'그건 너무 심한 비유군.'

유검은 머리만 긁적거리다 차후 시간 내어 가르침을 내겠노라 약속하고는 장주를 깨워서 서둘러 자리를 떠났다.

드디어 셋만 남게 되자 백몽추는 초영영에게 원망의 눈빛을 보냈다.

"꼭 이래야만 했어?"

"어쩔 수 없었어. 그리고 어차피 안 된다는 거 너도 알고 있었잖아."

백몽추는 짧게 한숨을 내쉬었다.

"그래, 물론 나도 알고 있어. 그리고 이대로라면 언젠가는 크게 상처 입고 만다는 것을. 그래도 조금이라도 그 시기를 늦추고 싶었어. 조금만 더… 달콤한 환상을 꿈꾸고 싶었다구. 어차피 세월이 흐르면 이렇게 애타는 마음도 언제 그랬냐는 듯 식어버릴 거잖아. 왜 굳이 그걸 지금 정해 버려야 하는 거지? 누굴 좋아하고 말고 그런 건 내 마음 아냐?"

"……."

"사실 누굴 좋아하느냐는 아무런 상관이 없어. 단지 좋아하는 그 자체가 좋은 거라구. 좋아하면 난 행복하니까. 그래서 좋아해. 그게 나쁜 거야? 딱 잘라서 이제부터 당신을 싫어하겠습니다. 그렇게 정해야 해?"

백몽추는 소맷자락으로 눈물을 훔쳤다.

"쳇, 너무하잖아……."

초영영 역시 괜한 짓을 했나 하는 후회 속에 힘이 빠져 아무런 말도 꺼내지 못했다. 말없이 달빛만 바라보았다.

스물이 되기 전 누구나 한 번쯤은 겪게 되는 사랑의 아픔이었다. 사랑에 빠진 스스로가 너무도 사랑스러워 상대를 한껏 부풀어 올리고 그에 도취되곤 하는 풋사랑.

아픈 만큼 성숙해진다는 그 간단한 사실조차 알 수 없이 막연히 인생이 끝난 것처럼 여기는 소녀들의 마음을 고요한 달빛이 어루만지고 있었다.

"일월교 내에서도 기재들을?"

"본 장원도 한 명을 보낼 수 있는데, 하나 있는 아들 녀석이라는 게……."

장주를 시켜 사람들을 물리친 다음, 그에게 여러 가지를 캐묻는데 뜻밖의 소식을 들었다. 마교 내에서도 기재들을 모으고 있다는 이야기였다.

유검은 한 가지 책략을 떠올렸다.

'어차피 총단의 위치를 모르니… 만약 기재들이 모인 곳이라면 빼앗아간 기재들도 함께 있을 가능성이 높겠구나.'

그리고 화도…….

유검은 곰곰이 생각해 보다 물었다.

"내가 대신 갈 수 있겠습니까?"

"……?"

"내가 그대의 아들인 척하고 말입니다."

"그, 그건……."

유검의 난데없는 소리에 장주는 곤혹스런 표정을 감추지 못했다.

하지만 지금의 말을 비추어보아 유검이 총단의 인물은 아니구나 싶어 내심 안도의 한숨을 쉬었다.

장주는 고개를 노리노리 저으며 난호히 서설했다.

"말도 안 되오. 당장 탄로날 게 뻔하오!"

가짜인 게 발각될 경우 유검의 안전을 우려해서는 물론 아니다. 그 여파가 자신에게 미치는 것을 두려워하는 것이다.

유검은 탄식했다.

"어째서 좋은 말로는 서로 타협점을 찾을 수 없는 걸까요?"

그 말과 함께 천천히 일어나 주먹을 맞잡고 우두둑거리자 장주의 안색이 변했다.

"게, 게다가 이미 시기도 늦었소. 이레 전에 모든 소집을 끝냈다고 들었소이다!"

변명하듯 장주가 그렇게 말하는데 유검은 듣는 둥 마는 둥 냅다 주먹을 질렀다.

쐐애액—!

귀청이 찢어질 듯한 파공성과 함께 권풍이 뻗어 나가더니 맞은편 집채만한 바위에 격중되었다.

보기엔 아무런 변화가 없었다.

하나 한줄기 삭풍이 불어오자 바위는 그제야 마치 모래성처럼 사르르 무너져 내렸다.

권풍에 담긴 경력에 이미 가루로 화해 버렸던 것이다.

유검의 진재절학에 비하면야 어린아이 장난 같은 짓이었으나 이 정도로도 장주를 위협하기엔 충분했다.

장주의 목소리가 누그러졌다.

"총단 내에서 이곳의 사정을 알 리 없으니 불가능한 건 아니겠지만……."

유검이 팔짱을 낀 채 무심히 쳐다보고만 있자 장주는 어쩔 수 없다는 듯 길게 한숨을 내쉬고 말았다.

"어디 묘책을 강구해 봅시다."

유검은 그제야 미소를 지어 보이며 말했다.

"이제 그대가 사랑하는 아들에게로 가봅시다."

헤벌린 입에선 연신 침이 흘러나왔고 눈동자는 초점이 잡히지 않았다.

벽사등롱으로 불을 밝힌 한 침소 안, 유검은 이십 대 초반으로 보이는 한 청년의 맥을 짚어보며 유심히 그를 관찰하고 있었다.

유검이 난데없이 자신의 아들을 진맥해 보길 원하자 장주는 불안하기 그지없었다.

'날 못 믿어 아들을 볼모로 잡으려는 거구나.'

유검이 물었다.

"어릴 적 무슨 병을 앓은 적이 있습니까?"

"그렇소이다. 열병을 앓고 난 후 그 후유증으로 저리되고 말았소."

"저야 의술에 관해서는 일천하기 그지없습니다만, 제 사부의 지인께서 상당한 의술을 지니고 계십니다."

장주는 내심 고소를 금치 못했다.

온갖 좋다는 명약을 다 먹여도 봤고, 용하다는 의원은 천 리를 뒤져서라도 찾아 진맥케 했음에도 한가닥 희망조차 발견하지 못했다.

그런데 침입해 온 불청객이 난데없이 의원 흉내를 내며 아들의 병에 대해 괜스레 희망이 있는 듯 운운하다니…….

'무림의 협객이란 놈들은 모두 그렇다. 겉으로 협의를 내세우니 일단 내 아들을 볼모로 하려는 자신에 대해 변명거리가 필요할 테지.'

장수의 짐작은 크게 틀리지 않았다.

유검은 장주의 약속을 보장하는 인질이 필요했기에 여기로 온 것이다.

잠시 장주 아들의 기혈(奇穴)을 제압하여 삼 개월 후 풀어주지 않으면 생명이 위태로울 것이라며 그렇게 엄포를 놓을 생각이었다.

그런데 그를 진맥하는 도중 갑자기 생각의 흐름이 점차 느려지고 보이는 것과 보이지 않는 것의 경계가 흐려져 갔다.

이때 목소리가 들려왔다.

'그대는 누구신가요?'

유검은 바보로 알고 있던 장주의 아들이 자신에게 말을 건 것임을 알았다.

마음에서 마음으로 바로 와 닿는 목소리였다.

유검은 놀라 물었다.

'당신은… 바보가 아니었군요?'

'아뇨. 바보 맞아요. 헤헤… 세상 사람들은 말을 잘 못하고 잘 웃으면 바보라고 하더군요. 그런데 놀랍군요. 꽃이나 새들하곤 이야길 해봤어도 사람하고 이렇게 이야기하는 건 첨이에요. 그대는 보통 사람이 아닌 게 틀림없어요. 아마도 나처럼 바보겠지요.'

'…그런 것 같네요.'

'재밌는 사람이군요. 그런데 왜 제게 말을 걸어오셨죠?'

'음… 당신을 치료해도 되나 싶어서요.'

'그건 곤란해요. 사실 이런 모습이 된 것은 저의 선택이랍니다.'

'선택? 그러니까 바보가 된 것은 그대의 의사였다는 건가요? 병에 걸린 게 아니라?'

'그대는 이미 알고 있지 않나요? 병에 걸리는 것 역시 모두가 스스로 선택한 것이라는 것을요.'

'……'

유검은 짧은 침묵 후 다시 물었다.

'지금의 모습이 아닌 원상태로 다시 돌아올 수는 없습니까? 그대 아버님의 상심이 크시더군요.'

'그럴 수도 있지만, 전 그러지 않기로 했어요. 아버님께선 어머님을 여의고 난 후 상심이 크셨지요. 그리고 어느 누구도 믿지 않게 되었답니다. 가슴을 닫아버리고 만 거지요. 저는 슬펐답니다. 그래서 어떻게라도 아버님의 가슴을 열어드리고 싶었어요. 그래서 지금의 모습이 된 거지요. 그래서 안 돼요. 제가 정상이 되면 잠시 기뻐하시겠지만, 더 이상 다른 사람들의 아픔을 모르게 될 거예요.'

'음… 그렇다면 더 이상 제가 할 수 있는 일은 없군요.'

'아뇨. 제 마음을 아버님께 전해주세요. 마음을 열면 언젠가 저와 대화를 나눌 수 있게 될 것을 말씀드려 주세요.'

'그렇게 하겠습니다.'

'즐거웠어요. 사람과 대화를 나눈다는 게 이렇게 즐거울 줄은 정말 몰랐거든요.'

유검은 깨어났다.

좀 전의 일이 스스로 만들어낸 환청인지 아니면 실재였는지 분간할 수가 없었다.

하지만 약속했기에 그와의 대화를 장주에게 말해 주었다.

장주는 전혀 믿는 눈치가 아니었다.

"정오가 되면 감찰단이 올 것이오. 그들에게 청을 넣을 테니 기다려보시오."

"그러지요."

"그리고 약속하시오! 일이 잘 풀리면 빈드시 내 아들의 금제를 풀어주겠노라고!"

유검은 자신이 어떤 금제도 가하지 않았다고 말했으나 장주는 전혀 믿지 않았다.

"허튼수작이나 속임수는 부리지 않을 테니 더 이상 속내를 감추지 않아도 되오!"

그렇게 말할 뿐이었다.

결국 삼 개월 후 일이 잘되든 못 되든 반드시 오겠노라고, 정 안 되면 사람을 보내기라도 하겠노라고 말해 줄 수밖에 없었다.

유검은 장주에게 말했다.

"그대의 아들은 절대 바보나 병신이 아닙니다. 어떤 사람보다도 더 훌륭하고 아름다운 마음을 지녔습니다."

"말이라도 고맙소이다."

장주는 쓴웃음으로 그렇게 대꾸했다.

아침이 밝아오고 있었지만 하늘은 어느새 흐릿하게 변해 있었다.

조금 지나자 간간이 눈송이를 뿌리기 시작했다.

유검은 전각의 지붕 위에 걸터앉아 시간이 흐르기를 기다리며 멍하니 있었다.

내리는 눈송이가 고개 숙인 그의 머리 위로 조금씩 쌓여가고 있었다.

문득 정신이 들어 고개를 들어 올렸을 때, 유검은 자신이 계속해서 다우의 모습만 그리고 있었음을 깨달았다.

천진난만하게 웃던 얼굴.

벽력탄을 조물락거리며 열중할 때의 진지한 옆모습.

조그만 동전이 걸려 있는 귓가의 동그란 볼.

동그스름한 어깨.

화가 나 아미를 치켜세우던 모습.

까르르 웃으며 품속으로 안길 때의 그 부드러운 감촉.

따스한 숨결.

코끝을 스치는 머릿내음.

한 팔로 감길 듯한 가는 허리.

꿈꾸는 듯 몽롱한 눈동자.

하얀 다리를 무릎까지 드러낸 채 고양이처럼 웅크리고 잠들어 있던 평화로운 모습…….

유검의 몸이 부르르 떨렸다.

으스러지도록 그녀를 안고 싶었다.

유검은 그제야 알았다.

그녀가 떠났음에도 담담하기 그지없었던 것은 애욕의 집착을 벗어던졌기 때문이 아니었다. 단지 습관적으로 고통을 묻어버렸을 뿐이었다. 오히려 무의식 속에서는 그녀에 대한 갈망이 뿌리를 내리고 커져가고 있었다.

드디어 그녀와의 달콤한 하룻밤이 생각나자 전신의 피가 끓어오르는 듯했다.

유검은 도저히 믿을 수 없었다.

왜 자신은 그녀를 잡지 않았단 말인가?

나의 죽음을 염려해서 떠난다고?

그런 허황된 말에 순순히 떠나 보냈단 말인가?

자신의 어리석음을 통감하다 못해 기가 막힐 지경이었다.

'아니!'

곧 유검은 세차게 고개를 저었다.

그때 굳이 잡지 않았던 것은 그녀의 선택을 존중해서였다. 다우는 자신의 죽음과 관련하여 어떤 두려움을 품었고, 그것이 허상이었음을 깨닫기 전에는 곁에 머무르려 하지 않을 것임을 알았기 때문이다.

그리고 알고 있다.

그녀는 다시 돌아올 것임을.

믿기 힘든 천생연분의 운명 따위가 아니라, 그녀가 자신에게 품고 있는 사랑의 감정을 믿기 때문이다.

그러니 지금의 고통은 단지 시간문제에 불과하다.

그래서 잠시 묻어두려 한 것이다.

지금은 언젠가 다시 돌아올 그녀를 위해 웃는 연습이나 해두는 것이 좋으리라.

유검은 얼굴을 일그러뜨리며 벌떡 일어섰다.

"무슨 개뿔따구 같은 소리야! 난 단지 바보였을 뿐이다!"

자아의 정체성을 드디어 깨달은 듯 허공에 주먹질을 해대며 그렇게 소리쳤다.

몸이 뜨거워 더 이상 견딜 수 없었다.

홀쩍 허공으로 몸을 띄웠다.

흐린 하늘에선 눈송이가 제법 세차게 뿌려지고 있었다.

아래를 내려다보니 장원 내 북쪽에 우물이 하나 보였다.

빛살처럼 유검의 신형이 우물 속으로 빨려 들어갔다.

깊은 우물이었다.

삼 장 아래 우물물이 고여 있었는데, 혹한의 추위에도 얼지 않고 있었다.

유검의 몸은 그 우물물 아래로 깊이 깊이 가라앉았다.

우물 속은 고요하기 그지없었다.

차가운 우물물 속에서 유검은 눈을 감고 가부좌를 틀고 앉았다.

그럼에도 한번 달아오른 뜨거운 피는 쉽게 가라앉지 않았다.

문득 손이 허전함을 느꼈다.

언제나 있어왔던 검이 수중에 없음을 자각한 것이다.

검!

괴롭거나 슬프거나 어떤 일이든 생기면 검을 쥐었다.

계속해서 베고 휘둘렀다.

고즈넉한 달이 지고 먼동이 떠오를 때까지.

그렇게 검에 빠져들었다.

사부가 이러다간 검에 미치고 말 거라며 말릴 정도였다.

이제 검이 필요없는 경지에 이르렀다 하나 그때의 추억이 어디로 가겠는가.

마음이 일자,

우우웅—

하얀 빛을 내며 손아귀에 검이 형성되었다.

유검의 마음을 상징하듯 검은 불타오르는 불꽃의 형상을 지녔다.

검을 손에 쥐자 천천히 정신이 맑아지고 마음이 가라앉기 시작했다.

참으로 이상한 일이라고 유검은 생각했다.

삼매경 속에서 율동하는 침묵을 볼 때, 외부 세계에 대한 자각을 끊었다.

내면 세계로 향한 마음이 십 할이었던 것이다.

이때라면 세상의 모든 집착을 벗어 던지고 완전히 해탈한 것 같다.

그 상태를 유지하는 것이 인생의 진리요, 참 의미인 것 같았다.

그런데 다우를 생각하기 시작하니 그때의 침묵과 평화, 행복은 거짓말이었던 것처럼 그녀를 향한 마음 또한 십 할이 되었다.

거짓없이, 조금의 갈등도 없이 그녀를 원하고 바라는 것이다.

배가 고플 때면 오로지 닭 생각뿐이었는데, 그때도 십 할이었다.

이제 검을 쥐니, 그 몰입해 들어가는 마음 또한 십 할이다.

배고픔에 닭을 먹고 싶은 마음도, 중년인의 남다른 취향에 절대 호응해 줄 수 없음도, 다다익선이라고 뭇 여인들을 다 거느리고 싶은 마음도 그 모두가 그 당시는 모두 십 할이다.

대체 과연 어떤 것이 자신의 진심이란 말인가?

부릅뜬 눈으로 반드시 대답을 듣고 말겠다는 듯 검을 쏘아보다 문득 의아함을 느끼고 고개를 갸웃거렸다.

"근데… 그걸 꼭 알아야만 하나?"

아직 물속이다.

입을 여니 물이 물밀듯 입속으로 들어오는 것은 당연했다.

뽀글뽀글 물거품 속에서 가부좌를 풀고 물 밑으로 가라앉기 위해 끌어올렸던 천근추도 풀었다.

허겁지겁 물 위로 떠올랐는데, 콧속으로 물이 들어와 기도로 넘어갔기에 컥컥거렸다.

유검은 소매로 콧등을 쓰윽 문지른 후 우물물의 차가운 한기를 느끼며 부르르 몸을 떨었다.

"꽤 춥군. 일단 나가서 몸이라도 말리자."

그렇게 중얼거리며 우물 위로 훌쩍 몸을 날리려는데,

터억―!

갑자기 두레박이 떨어졌다.

가까스로 두레박에 머리를 부딪치는 꼴불견을 피하고 우물 밖으로 나와보니 아직도 흐린 하늘에선 눈발이 쏟아지고 있었다.

그리고 우물가에는 백몽추 등이 그간 감옥살이를 하며 못다 한 목욕을 하려는지 와 있었다.

백몽추와 초영영은 막 윗옷을 벗고 치마를 끌어내리고 있던 참이었다.

그리고 제갈소혜는 아래 속옷만 걸친 채 두레박줄을 잡고 있었다.

유검은 미간을 찌푸리고 사부다운 위엄을 과시라도 하듯 호통 치듯 말했다.

"안에 사람이 있는데 함부로 두레박을 던지면 어떡하오? 하마터면 맞을 뻔했잖습니까!"

"죄, 죄송……."

제갈소혜는 멍한 얼굴로 자신도 모르게 사과의 말을 꺼내었다.

유검은 다시 한 번 조심하라는 말을 한 뒤 공력을 끌어올려 삽시간에 옷을 말리며 그녀들을 스쳐 지나 천천히 걸어 내려갔다.

"……?"

뭔가 떠올렸는지 우뚝 멈춰 서선 뒤를 돌아보았다. 그제야 세 여인이 반나신임을 깨닫고 두 눈이 휘둥그레졌다.

얼이 빠진 얼굴로 그대로 굳어 있던 세 여인의 입에서 귀청이 찢어질 듯 날카로운 비명이 터져 나오기 시작한 것도 그때였다.

◆ 第三章
다섯 개의 몸

다섯 개의 몸

동쪽으로 달아나던 유검은 곧 무언가를 깨닫고 미간을 찌푸렸다.

"가만… 이런 기회를 그냥 보낼 수야 없지."

픽!

그의 형체가 허깨비처럼 사라지더니 그 반대 편 서쪽 숲 속에 다시 나타났다.

유검은 흠칫했다.

한 노인이 당혹과 경악의 눈으로 벌떡 일어서고 있었던 것이다.

나이는 대략 육십 정도로 보였는데, 날카로운 두 눈에 고집스런 입을 지니고 있었고 전형적인 사냥꾼 복장을 하고 있었다.

'이 근처 사냥꾼인가?'

그렇게 생각하고 말을 꺼내려는데 돌연 노인이 주먹을 뻗어왔다.

무심코 쌍장으로 그것을 받아내려다 노인의 권력이 의외로 거셈을 느꼈다.

재빠르게 손바닥을 뒤집으며 그의 주먹을 받아내 물방울을 튕기듯 양옆으로 떨쳤다.

노인의 가슴이 열렸다.

무인이라면 반드시 지켜야 할 인체 정중선의 급소를 불식 중에 드러내고 만 것이다.

노인은 놀라 미끄러지듯 몸을 뒤로 날렸다.

나직한 신음성과 함께 중얼거렸다.

"무당파?"

방금 유검의 출수에 화경에 달한 무당파 면장의 수법이 담겨 있음을 한눈에 알아본 것이다.

그 말에 유검은 아차 싶었다.

어쨌거나 파문당한 처지, 최소한 남의 눈에 무당파의 무공을 쓰는 모습을 보여선 안 되는 것이다.

노인은 유검의 무공이 심상찮음을 깨닫고 철저한 방비 태세를 갖추었다.

갑자기 당장 손을 뻗어 출수하려던 유검이,

"어라?"

우물가 쪽으로 눈길을 돌렸다.

"저럴 수가!"

눈에는 도저히 믿기 힘들다는 듯 경악이 어려 있었다.

노인은 눈살을 찌푸리며 자신도 모르게 유검의 눈길을 좇았다.

하지만 바로 의아해하지 않을 수 없었다.

흩날리는 눈발 속에 백몽추 등은 아직도 얼어붙은 모습으로 유검이 달아나던 방향을 멍하니 좇고 있을 뿐 별다른 광경은 없었다.

노인이 찰나지간에 떠올린, 세 여인이 갑자기 발가벗고 춤추고 있다던가 하는 따위의 상대가 경악할 수밖에 없을 만한 그런 광경은 전혀 없었던 것이다.

그때 소리도 없이 음유한 지풍이 날아와 노인의 가슴팍 폐경(肺經)의 중부혈을 찔렀다.

우반신이 찌르르 마비가 되었다.

그제야 노인은 유검의 암습을 눈치 채고 분노했다.

"이… 비겁한—!"

쥐어짜듯 그렇게 외쳤지만 스스로의 귀에도 들리지 않았다. 이미 유검의 주먹이 노인의 복부 속으로 깊이 파고들어 가고 있었던 것이다.

노인의 허리가 새우등처럼 직각으로 꺾였다. 게거품을 물다가 그 자리에 고꾸라졌다.

숨도 제대로 못 쉬면서도 비겁하다는 말은 꼭 해주고 싶었는지 기어코 입술을 달싹거렸다.

"꽤나 쉽게 인생을 살아온 노친네인가 보군, 쉽게 속는 걸 보니."

노인의 귀에도 그 소리가 들렸다.

순간 참을 수 없는 울분에 버럭 소리를 지르려다 그만 의식을 잃고 말았다.

노인을 그렇게 쓰러뜨려 놓고서도 유검은 전혀 양심의 가책이 없었다. 어차피 노인이 먼저 공격을 해왔기에 맞받아 쳤을 뿐이니까.

유검은 느긋하게 자리를 잡고 다시 우물가로 눈길을 돌렸다.

하지만 기대는 곧 무산되고 말았다.

백몽추 등은 여기서 목욕하는 것은 위험하다고 생각했는지 긴장된 눈으로 주위를 두리번거리며 다시 옷을 주섬주섬 챙겨 입고 있었던 것이다.

옷을 챙겨 입은 백몽추 등은 물을 길더니 전각으로 내려가기 시작했다. 망설이거나 머뭇거리지 않는 단호한 걸음걸이에 유검은 더 이상 희망이 없음을 알았다.

"으음, 제자의 근골이 어떤지 살펴볼 수 있는 좋은 기회였는데……."

아쉬워하며 입맛을 다시다 눈길을 쓰러져 있는 노인에게로 돌렸다.

"그나저나 꽤 수상한 양반이로군. 여기서 뭘 하고 있었던 거야?"

한참 동안 노인이 이곳에 숨어 있던 이유를 유추해 보다 한 가지 가정이 떠올랐다.

"혹시……?"

유검은 노인의 눈빛을 떠올려 보았다.

노인의 눈은 비록 긴장으로 충혈되어 있었지만, 그 눈빛 속에 무엇을 보고자 하는 간절한 바람이 담겨 있었다. 그리고 그 바람과 함께 성사를 하늘에 맡긴 듯 집착하지 않는 순수함도 있었다.

과연 무엇을 보고자 함인가?

본래 아름다운 여체를 훔쳐보는 일은 하늘이 사내라는 종족에게 내린 복이다. 나이 들어서도 그 본성에 충실하기 그지없고, 그럼에도 애써 그 흔적을 천박하게 드러내지 않으니 무위이화하는 도인과 다를 게 무엇이랴.

…라는 증명되지 않는 신념을 믿는 자의 눈이었다.

유검은 신음성을 흘렸다.

'사부와 동류였단 말인가?'

유검은 쓰러져 정신을 잃고 있는 노인을 향해 미안한 얼굴로 말했다.

"미안합니다. 난 또 수상한 사람인 줄 알았지 뭡니까."

유검은 손바닥으로 노인의 등을 문질러 주었다.

"과하게 손을 쓴 것은 아니니까 잠시 후면 깨어날 수 있을 겁니다. 나로 인해 그대의 흥취가 깨어진 듯하니 다시 한 번 사과를 드립니다."

노인의 등이 소리없이 말했다.

'괜찮네. 상관 말게나. 하늘이 내게 내린 복이 이 정도뿐인데 어찌 하겠는가. 언젠가는 또 기회가 있겠지.'

유검은 노인의 관대한 용서에 가슴이 따뜻해짐을 느꼈지만, 그렇다고 침대로 옮겨주거나 하는 쓸데없는 호의를 베풀지는 않았다.

이 계통의 일이란 본시 서로 모른 체하는 것이 최고의 미덕이니까.

그런 이유로 유검은 노인을 차가운 땅바닥에 내버려 둔 채 그냥 그 자리를 떠났다.

허기를 느끼고 부엌으로 가보니 아침 식사 준비로 부산했다.

익숙한 손놀림으로 밥을 퍼 담던 아줌마가 유검을 발견하곤 버럭 소리를 질렀다.

"얼른 이리 오지 못해! 새로 들어왔으면 빨리 일을 배울 생각이나 해야지, 벌써부터 농땡이라니."

비록 언성은 높았지만 힐책보단 잔정이 배어 있었다.

유검은 아무런 변명 없이 웃으며 얌전히 아줌마의 지시를 따랐다.

밥과 찬을 아침 수련에 열중인 무사들이 있는 연무장으로 날라다 주고 물을 길어 오고 장작을 해왔다.

활기 찬 장원 내 사람들을 보며 여기 장주가 나쁜 사람은 아닌 것 같다고 생각했다.

시킨 일을 모두 마친 후에야 푸짐하게 차려진 밥상을 얻어먹을 수 있었다. 겨울이라 야채는 귀했지만 고기는 풍족했다. 어젯밤 약속했던 닭도 데워 올려져 있었다.

닭다리를 뜯다 문득 백몽추 등에게 생각이 미쳤다.

홀로 먹기 미안한 감이 들었다.

아줌마에게 밥과 찬을 조금 더 얻어 지하 감옥으로 갔다. 짐작했던 대로 백몽추 등은 그곳에 있었다.

"그대들을 막는 자는 아무도 없는데 왜 떠나지 않고 있는 겁니까?"

그렇게 물었지만 이미 답은 알고 있었다.

일단 근처 지리를 모르니 함부로 움직일 수는 없을 것이다. 산중에서 길을 잃기 십상일 테니까.

씻은 탓인지 얼굴이 한결 맑아 보였다.

유검은 이 여인들을 어떻게 해야 하나 잠시 고민했다.

알아서 찾아가면 다행이겠지만, 철부지를 물가에 내려놓은 듯 염려스럽다.

그렇다면 감찰단이 온다는 정오 무렵까진 시간이 있으니 그사이 자신이 이들을 안전한 곳까지 데려다 주는 것이 좋을 것 같았다.

유검은 밥과 찬이 담긴 쟁반을 내려놓으며 묵묵부답인 그녀들에게 다시 말했다.

"일단 배부터 채우세요."

그리고 그녀들의 불안을 없애주기 위해 자신의 의중을 밝혔다.

가만히 듣고 있던 백몽추 등은 서로 눈짓을 주고받더니 천천히 일어섰다.

그리고 유검을 상석에 앉혀놓더니 젓가락으로 반찬을 집어주고 닭 살점을 뜯어 입에 넣어주는 등 극진한 시중을 들기 시작했다.

왜 이러냐는 불안해하는 유검의 물음에,

"사부인데 이 정도의 시중이야 당연한 거죠."

라며 믿기 어려운 대답을 내놓았다.

거절할 명분이 없어 유검은 어정쩡한 모습으로 시중을 받아들였다.

처음에는 반찬 시중 정도로 가벼웠으나 나긋나긋한 손길로 다리와 어깨 등을 주물러 주는 등 그 농도가 짙어져 갔다.

유검은 처음에는 무슨 속셈으로 이럴까 불안하고 쑥스러웠지만, 점차 익숙해지자 온몸이 허공으로 녹아드는 듯 기분이 아주 좋아졌고 이러한 시중이 당연하게 느껴졌다.

유검은 이때 권력의 맛을 어렴풋이 느꼈다.

'이 맛에 사람들은 한사코 위에 있으려 하는 거구나.'

때론 백몽추의 손길이 허벅지 안쪽을 스쳤다.

유검은 움찔했지만 손길이 다시 종아리 쪽으로 내려가자 긴장을 풀었다.

그것이 반복되자 나중에는 그 아슬아슬함을 즐기게 되었다.

제갈소혜가 귓가에 직접 대고 소곤거렸다.

"기분이 어떠세요? 저희들의 시중이 불편하진 않나요?"

부드러운 목소리와 함께 입김이 귓속을 간지럽혔다.

이 정도면 안마가 아니라 애무나 다름없었다.

이미 다우와 하룻밤을 지내며 남녀 간의 참 즐거움을 안 유검으로선 견디기 힘든 곤욕이기도 했다.

'대체 이들이 왜 이럴까? 날 성인군자로 아는 것일까, 아니면 유혹하는 걸까?

생각을 굴리던 유검은 또다시 움찔했다.

어깨를 주무르던 초영영이 바짝 몸을 밀착해 온 것이다. 부드럽기 그지없는 가슴의 탄력이 등을 통해 느껴졌다.

짜릿한 쾌감이 전신을 관통했다.

유검의 얼굴이 일그러졌다.

'날 정말로 파천신마로 만들 셈인가?'

벌떡 몸을 일으켜 세 소녀를 내려다보았다.

돌연한 유검의 행동에 백몽추 등은 놀라 움찔 어깨를 움츠렸다.

꽈앙―!

손대는 이도 없는데 철문이 거세게 닫혔다.

날은 밝았지만 손바닥만한 창문이 전부인 이곳은 어두컴컴했다.

그 어둠 속에서 유검의 두 눈이 형형하게 빛나고 있었다.

"왜, 왜 그러세요?"

대꾸도 없이 천천히 다가오는 검은 그림자의 모습에 놀라 백몽추는 비명을 질렀다.

"끼아악―!"

유검은 자신을 밀쳐 내려 뻗는 그녀의 팔목을 낚아챘다. 그리고 바짝 자신에게로 잡아당겼다.

초영영과 제갈소혜가 날카롭게 소리쳤다.

"그만둬요!"

"그만둬, 이 색마야!"

둘이 각기 장과 권을 뻗어오자 유검은 소맷자락을 휘둘러 감아버렸다.

유검은 세 여인을 돌아보며 차갑게 물었다.

"바라는 게 아니었습니까?"

그 말에 모두 움찔거렸다.

물론 유혹하려 했지만, 달콤한 맛을 조금 맛보여 줘 애원하게 만들 속셈이었다.

그런데 이렇게 난폭하게 나올 줄은 몰랐던 것이다.

유검은 잡았던 팔목을 놓아주며 말했다.

"사부로서의 첫 번째 가르침입니다. 바라는 게 있을 땐 솔직하게 말로 할 것!"

그리고 웃음을 머금었다.

"전 머리가 좋지 못해서 단순하게밖에 생각을 못하니까요."

제갈소혜가 숨을 고르고 나서 말했다.

"좋아요. 솔직하게 말씀드릴게요."

그녀의 눈이 초롱초롱하게 빛났다.

"우릴 강하게 만들어주세요."

"강하게요? 이미 무공을 가르쳐 주겠노라 약속드렸잖습니까."

"아뇨. 저희들이 원하는 건 당장 강해지는 것입니다!"

유검은 곤혹스럽게 물었다.

"당장 강해지는 것이라니… 그게 무슨……."

"우린 알고 있어요. 상승무공을 배운다 하더라도 자질에 노력을 더해 오랜 세월이 흘러서야 비로소 참공능을 깨닫고 경지에 오를 수 있다는 것을요."

"정종공부의 속성이 본래 그런데 어쩔 수 없는 노릇입니다."

제갈소혜는 코웃음을 쳤다.

"흥, 그대는요?"

"…나요?"

"그대는 이십 대 중반인데도 이미 그 무공이 신인지경에 달했어요. 한평생 무공일로에 매진하여 한 문파의 종사가 된 어르신들조차 어이없어할 정도의 경지예요. 무슨 특별한 방법이 있지 않고서야……!"

제갈소혜는 애원했다.

"가르쳐 주세요. 그 특별한 방법을 저희들에게도 가르쳐 주세요. 제발요! 설령 목숨이 위험하다 할지라도 도전해 보고 싶어요."

유검은 의아해 물었다.

"왜 그렇게 강해지고 싶은 겁니까? 이미 그대들은 같은 연령층에 비해 충분히 강하지 않나요?"

제갈소혜는 당장 대답하지 못하고 머뭇거렸다.

그 모습이 답답해 보였는지 초영영이 화를 내며 끼어들었다.

"바보야! 저 녀석은 절대 상처 안 받으니까 그냥 솔직하게 말하면 돼!"

"그래도……."

초영영은 유검을 쏘아보며 말했다.

"도대체 알고나 있는지 의심스럽지만, 넌 무림공적이야. 그러니까 우린 무림공적의 제자가 되었어. 당장 힘이 없으면 이런저런 핍박을 어떻게 견디란 거지? 집안이나 사문에서 쫓겨나는 건 물론이고 함께 공적으로 몰려서 도망 다녀야 할지도 모르는데!"

유검은 그제야 아! 하며 머리를 긁적거렸다.

"난 무림공적이었지. 미처 생각 못했군."

안 하니만 못한 중얼거림이었다.

세 여인은 짐작했으면서도 그 무신경함에 충격을 받고 휘청거렸다.

"그럼 사부가 되지 않고 그냥 무공을 전수……."

유검은 차갑게 쏘아보는 세 쌍의 눈길에 말을 끝내지 못하고 어물거렸다.

백몽추가 어조를 누그러뜨려 말했다.

"그 외에도 또 다른 이유가 있어요. 예전에 말씀드린 적이 있지요? 우리에겐 꿈이 있다고. 자신의 손으로 직접 인생을 선택해 보고 싶은. 그런데 우린 그 꿈을 대리 만족시켜 줄 인생의 반려자를 선택하는 것조차 가문의 선택을 따를 수밖에 없어요. 물론 자식을 낳고 여인의 삶을 사는 것도 나쁘진 않겠지만, 우린 또 다른 길을 가보고 싶어요. 이해가 되시나요?"

사람들이 가장 견디지 못하는 것은 지루함일 것이다. 변화없는 예정되어진 삶이야말로 지옥인 것이다.

배부르게 먹을 수만 있다면 충분히 행복해질 수 있는, 그런 하루의 삶이 고달프기 그지없는 이들에겐 이 여인들의 말이 호강에 겨운 사치스런 생각으로 보일지 모르겠지만 유검은 충분히 공감할 수 있었다.

세상에는 두 종류의 불행이 존재한다.

가난한 자의 불행과 부자의 불행.

가난한 자는 꿈이 있다. 언젠가는 부자가 되리라, 그래서 반드시 행복해질 수 있으리라는 희망이 있다.

하지만 부자는 자신이 왜 불행한지 알 수가 없다.

꿈도 희망도 가질 수 없다.

그래서 더 불행하다.

불행한 제갈소혜가 말했다.

"그대는 무림맹과 마교의 싸움에 결정적으로 끼어들진 않을 거예요. 틀렸나요?"

유검은 그녀의 말에 시인했다.

솔직히 잡혀간 화가 아니었다면 두 단체의 싸움에 끼어들 생각도 하지 않았을 것이다.

비록 강호가 넓다고는 하나 많고 많은 세상 사람들 중에 극히 일부분에 불과하다. 그리고 무림맹이 반드시 옳은 것도 아니요, 마교로 지칭되는 일월교가 꼭 나쁜 것은 아니었다.

이들 단체의 힘 겨루기는 세상의 수많은 모습 중 하나에 불과할 뿐이라 여겼기에 당장 눈앞에 보이는 불의가 아니라면 적극적으로 개입할 의사는 없었다.

그런 유검의 성향을 제갈소혜 등은 여인의 직감력으로 이미 눈치 채고 있었다.

불행한 제갈소혜가 간절히 말했다.

"그러니까 우리에게 힘을 주세요. 최소한 마교가 득세하는 것보단 낫지 않나요? 그리고 우리가 무림맹 내에서 힘을 얻으면 반드시 그대의 명예를 회복시켜 드리겠어요. 물론 그대는 무림공적으로 지목되거나 말거나 별로 신경 쓰지 않겠지만, 후세를 생각해 보세요. 아들이 커서 세상 사람들이 그대를 어떻게 바라보는지 알 때… 과연 어떻게 생각할까요? 아버지가 천하에 이름이 드높은 협객이란 것과 세상 사람들이 손가락질하는 무림공적이란 것과."

유검은 내심 미소 지었다.

그녀에게 여인답지 않은 커다란 야망이 있음을 눈치 채고 있었는데 오늘의 말을 들어보니 확실히 그러함을 알 수 있었던 것이다.

백몽추나 초영영과는 달리 그녀가 만약 자신에게 호감을 느꼈다면 아마도 남다른 무공 때문이리라.

'그나저나……'

유검은 조그만 창문 밖으로 시선을 돌렸다.

터무니없게도 지금 당장 강해지게 해달라는 이 철부지 소녀들의 요청을 어떻게 해야 할까.

뚱딴지처럼 엉뚱하기만 한 것이 아니라 나름대로 일리가 있어 보였기에 유검은 단숨에 거절하지 못하고 고민했다.

흩날리던 눈발은 이제 눈보라로 변해 있었다.

뿌연 하늘만 보고서야 시각을 짐작하긴 어려웠다. 그래도 감찰단이 온다는 정오 무렵까지 시간이 그리 넉넉하지 않다는 것은 느낄 수 있었다.

유검은 묵묵히 눈길을 자신의 손바닥으로 돌렸다. 하얀 빛이 순간적으로 일었다가 사라졌다.

'가능할까? 내가 가진 검을 전해준다는 것이……'

유검이 묵상에 빠져 있자 초영영이 불안한 듯 조그맣게 중얼거렸다.

"저러다 또 삼매경에 빠져 버리는 거 아냐?"

"설마……"

"흥, 이번에도 그런다면 확 발가벗겨서 온몸에 낙서를 해버릴 거야. 바보 멍청이라구. 절대 농담 아냐!"

화악—

유검의 두 눈이 뜨여졌다.

초영영은 자신의 말 때문인가 싶어 찔끔했다.

유검은 강렬한 눈빛으로 물었다.

"정말로 강해지고 싶습니까?"

"물론이죠!'

세 여인은 이구동성으로 답했다.

유검은 다시 물었다.

"세상일에 공짜와 같이 손쉬운 일은 없습니다. 순리를 따르지 않고 갑자기 강해진다는 따위의 일에는 그만한 위험이 뒤따르게 되는 겁니다. 어쩌면 목숨을 잃어버릴지도 모릅니다. 그래도 원하시겠습니까?'

대가.

목숨을 잃어버릴지도 모른다.

악마의 유혹처럼 위험을 일러주는 그 말속엔 은밀한 달콤함이 숨어 있었다.

그것은 설마 하며 바라던 무엇이 정말로 현실화될 수 있다는 자각을 불러일으켜 세 소녀를 한없이 들뜨게 만들었다.

어떤 대가를 지불하더라도 반드시!

그런 눈빛으로 마른침을 꿀꺽 삼키며 다들 고개를 끄덕였다.

"좋습니다."

유검은 결국 승낙했다.

"그대들을 단숨에 강하게 만들어 드리죠. 원한다면요."

요청이 수락되자 세 여인의 얼굴이 빨갛게 상기되고 눈빛이 초롱초롱해졌다.

"정말인가요?'

"물론입니다."

제갈소혜가 들뜬 마음을 애써 가라앉히며 말했다.

"좋아요. 이제 우리가 해야 할 일을 말씀해 주세요."

유검의 눈이 무심하게 가라앉았다.

"죽음을 맛보는 것입니다."

난데없는 죽음타령에 세 소녀의 여섯 개의 눈이 동그래졌다.

"…예?"

장원 뒤쪽 산 중턱에 자리한 높은 절벽 위.

그곳에서 백몽추 등은 시선을 절벽 밖으로 둔 채 양다리를 어깨 두 배 넓이로 벌리고 허리를 무릎과 수평이 될 만큼 떨군 기마 자세를 하고 있었다. 두 손은 합장을 하고 있었다.

휘날리는 눈보라를 막아주는 나무조차 없어 살을 에일 듯한 바람에 살점이 떨어져 나갈 듯했다. 어찌나 추운지 재채기를 하면 얼음 조각이 튀어 나갈 듯했다.

세 여인은 유검이 시킨 대로 그 자세를 취한 채 꼼짝 않고 있었는데 힘들다기보다는 부끄럽기 그지없었다.

무가(武家)에서 허리와 하체를 단련하기 위해 하는 흔한 참공 자세이긴 하나 다리를 활짝 벌린 그 모양새로 인해 여인들은 꺼려 잘 수련하지 않는 행공 자세였다.

그러니 설벽 아래 장원에서 이런 모습을 보면 어쩌나 하는 생각에 부끄럽기 그지없었던 것이다.

하지만 점차 시간이 흐르자 부끄러운 생각 따위 할 겨를이 없어졌다. 이런 자세로 오래 있는다는 것이 얼마나 힘든지 느끼기 시작한 것이다.

비록 내공이 상당하다고는 하나 이런 자세는 오로지 근골의 힘과 인내만을 요구하기에 힘들기는 매한가지였다.

시간이 이각(二刻:30분)을 넘기자 세 여인은 한계를 느끼기 시작했다.

혹독한 추위에도 불구하고 전신에서 흘러내린 땀으로 의복이 흠뻑 젖어버릴 정도였다.

초영영이 지친 얼굴로 악을 쓰듯 외쳤다.

"우리 언제까지 이러고 있어야 하는 거야!"

비록 시선은 백몽추로 향했지만, 어디로 갔는지 코빼기도 보이지 않는 유검에게 보내는 항의임이 틀림없었다.

백몽추가 다급히 전음으로 말했다.

─왜 그래? 절대 입을 열지 말랬잖아.

초영영은 잔뜩 아미를 찌푸리며 고개를 저었다.

"틀렸어. 아무래도 속은 것 같아. 죽음을 맛봐야 한다고? 그럼 이런 자세로 죽을 때까지 있으란 거야?"

말은 그래도 자세를 풀지는 않았다.

제갈소혜가 목소리를 한껏 낮춰 말했다.

"아냐, 분명히 어떤 뜻이 있을 거야. 죽음을 맛본다는 건 죽고 싶을 정도로 고통스럽다는 의미일지도 몰라. 예전에 들은 적이 있어. 개정대법(開頂大法)을 받은 사람의 경험담이야. 그때 막힌 경맥과 세맥 등이 뚫리며 정말 지독한 고통이 뒤따랐는데 마치 거인이 온몸을 잡아 비트는 것 같대. 얼마나 시간이 흘렀는지… 그동안 지옥을 맛보았다더라. 만약 그때 고통을 참지 못했다면 목숨을 잃었을 거라고 해. 그래서 사부에게 개정대법을 펼칠 능력이 있어도 함부로 제자에게 시술해 주지 못한다고……."

그냥 있는 것만으로도 힘들기 그지없다.

제갈소혜는 더 이상 말을 잇지 못하고 아미를 찌푸리며 숨을 몰아쉬었다.

　육체적인 고통보다는 아무런 의미도 없이 이렇게 있다는 것이 더 힘들다. 그래서 제갈소혜는 틀림없이 이 일에 심오한 의미가 있으리라 생각했고 그렇게 믿으려 했다.

　"헉헉… 그래서 미리 고통 참는 연습을 하는 거라고?"

　초영영은 무척이나 힘이 드는지 숨을 몰아쉬며 반문했다.

　백몽추가 입술을 깨물며 대꾸했다.

　"난 그렇게 믿을래!"

　그녀 역시 애써 힘든 것을 참고 있었는데 이마에선 땀이 비 오듯 흐르고 있었다.

　초영영도 입술을 깨물었다.

　"어차피 목숨을 걸었는데… 좋아. 시키는 대로 끝까지 버텨보자!"

　하지만 일각이 더 흐르자 더 이상 버틸 기력이 남아 있지를 않았다.

　하늘이 노래지며 싸늘한 한기에 온몸이 떨렸다.

　정말 이대로 죽는가 하는 생각에 두려움이 일 정도였다.

　그래도 악으로 버텼다.

　일각이 더 흘렀다.

　깨문 입술에선 피가 흐르고 있었지만 고통을 느끼지도 못하고 있었다. 팔다리는 부들부들 절로 떨리고 있었다.

　'이젠… 한계야……'

　이대로 펑 하고 온몸이 터져 버릴 것 같았다.

　머리 속은 하얗게 변해 있었다.

　유검이 말한 죽음을 맛본다는 게 이것 같았다.

의식이 흐려지며 무너지듯 쓰러지는데,

쩌저적—!

괴이한 소리가 들려왔다.

거의 비몽사몽간에서도 그 소리는 기이할 정도로 섬뜩하게 들렸다.

꺼져 가던 의식에 다시 불이 들어왔다. 애써 눈에 힘을 주었다.

순간 세 여인의 두 눈이 크게 떠졌다.

절벽 끝, 자신들이 있는 곳이 무너져 내리고 있었던 것이다.

입이 쩌억 벌어졌지만 비명 소리는 나오지 않았다.

황급히 몸을 날려 피하려 했지만 기력은 탈진되어 버렸고, 게다가 오랜 시간 그 자세로 있다 보니 몸이 굳어 당최 움직여지질 않았다.

그렇게 덫에 걸린 쥐새끼처럼 꼼짝도 못하고 죽음의 길로 향하는 자신의 모습을 지켜봐야만 했다.

거대한 바윗덩어리와 함께 절벽 아래로 떨어져 내렸다.

무공 수련 중에 이런 사고를 당해 숙어야 하다니…….

억울하기도 하고 갑작스럽게 닥쳐온 죽음이 두렵기도 했다.

지난 일생이 주마등처럼 스쳐 지나갔다.

어린 자신을 안고 행복하게 웃던 엄마, 아빠의 모습이 떠오르자 백몽추는 찔끔 눈물이 났다.

'아빠… 엄마… 죄송해요.'

백몽추는 자신이 이미 죽었다고 생각했다.

이미 영혼이 떨어져 나왔는지 비참하게 절벽 아래로 떨어지는 자신의 모습이 보이고 있었던 것이다.

죽음을 맛보아야 한다더니 정말로 죽음을 겪게 될 줄이야…….

이대로라면 억울해서 원귀가 될 것 같았다.

문득 백몽추는 죽음이란 게 그다지 두렵지 않음을 깨달았다. 이미 죽었는지 육체에 대한 자각은 없는데도 불구하고 '나'는 존재하고 있었던 것이다.

그것을 깨닫자 두렵기는커녕 육체라는 감옥에서 갇혀 살다 해방된 듯 한없이 자유로움을 느꼈다.

마음이 평화롭고 따스해졌다.

세상의 일들이 꿈처럼 허망하게 여겨졌다.

이대로 담담히 육신의 죽음을 받아들일 수 있을 것 같았다.

이때 한 가지 생각이 스쳐 지나갔다.

'가만. 난 처녀잖아. 혼례도 못 치러보고 죽는다니 말도 안 돼!'

이때 심령상에 강한 충격이 느껴졌다. 빛이 보였다. 그리고 그 속으로 빨려 들어갔다.

'안 돼! 난 아직 살아야 해! 안 된다구!'

"안 돼!"

악을 쓰듯 외치며 번쩍 눈을 떴다.

절벽이 무너지며 흙먼지와 눈송이가 엇갈리듯 피어오르는 가운데 세 여인은 절벽 아래 십여 장 떨어진 곳에 고이 모셔져 있었다.

세 여인은 비슷하게 깨어났는데, 다들 탈진되어 멍한 시선들이었다. 지금 꿈인지 현실인지 분간을 할 수 없는 눈빛들이었다.

그녀들 앞에 유검이 마치 고승처럼 지그시 눈을 감고 가부좌를 틀고 앉아 있었다.

자신들이 살아 있구나, 느낀 것은 그로부터도 한참 후였다.

제갈소혜가 허탈한 얼굴로 물었다.

"하나 물어봐도 돼요?"

유검은 고개를 끄덕였다.

"혹시 절벽이 무너진 것… 그대가 일부러 그런 건가요?"

또다시 끄덕였다.

"말 그대로 죽음을 맛보게 해주려고요?"

할 줄 아는 것은 고개를 끄덕이는 것뿐인 듯했다.

세 명의 소녀는 한동안 말이 없었다.

농락당했다는 기분이 들어 화가 치밀어 올랐지만 따질 기력도 없었다.

제갈소혜는 한숨 쉬듯 물었다.

"미리 말해 줄 수는 없었나요?"

처음으로 유검이 입을 열었다.

"미리 말했다면 죽음을 실감할 수 있었을까요? 구해질 것을 알고 있는데."

화낼 기력도 없는 듯 제갈소혜나 초영영, 백몽추 등은 여전히 허탈한 눈을 하고 있었다.

백몽추가 불쑥 물었다.

"갑자기 궁금해졌어요. 그 죽음을 맛보는 게 왜 필요한 거죠?"

애당초 처음부터 물어봤어야 할 질문이었다.

"제가 전하는 이 검을 얻기 위해서는 반드시 죽음을 거쳐야 하기 때문입니다."

"…이런 걸 또 맛봐요?"

"어떤 죽음은 아주 황홀합니다. 어떤 것이든 그대들의 선택입니다만."

"……."

"후회된다면 여기서 그만두지요."

백몽추는 처져 있던 어깨를 애써 폈다. 그리고 힘주어 고개를 저었다.

"아뇨!"

유검은 알았다는 듯 고개를 끄덕이다 다시 입을 열었다.

"그런데 이젠 제가 물어보고 싶군요. 조금 전 죽음을 맛볼 때 그대들은 무엇을 떠올렸습니까? 그때도 강해지고 싶다는 생각이 들던가요?"

그 말에 세 여인은 흠칫했다.

가장 먼저 생각나는 것은 가까운 가족들이었다. 자신의 죽음에 슬퍼할 그들의 슬픈 눈동자 떠올려졌다.

이렇게 허망하게 죽을 줄 알았다면 좀 더 오랜 시간을 같이 보냈어야 했다는 안타까움이 있었다. 그리고 멋진 사랑조차 해보지 못하고 처녀 귀신이 되고 만다는 억울함이 있었다.

유검이 말했다.

"죽음에 이르러 떠올려진 것이 그대들이 가장 바라는 것일 겁니다. 왜 그것을 바라진 않는 건가요? 왜 목숨까지 내걸고 그다지 의미도 없는 힘을 얻고자 하는 겁니까?"

잠시 침묵이 흘렀다.

"그래도!"

제갈소혜가 다부지게 대꾸했다.

"우린 강해지고 싶어요. 그 마음 절대 변치 않습니다!"

백몽추와 초영영 역시 끝까지 가겠다고 말했다.

말리지 않겠다는 듯 유검은 어깨를 으쓱해 보였다.

유검은 척추를 곧추세워 자세를 바로 하고 천천히 입을 열었다.

"제가 전수해 드릴 이것은 무상검(無常劍)이라고 합니다."

세 명의 소녀는 온 전신이 두들겨 맞은 듯 꼼짝하기 힘들었지만 가까스로 무릎을 꿇고 배움의 자세를 갖췄다.

"공(空)조차 없는 공(空), 그것이 무(武)요, 불변의 진리 그것이 상(常)입니다. 이는 역(易)의 의미와도 같이 변화하지 않는 것은 없다는 사실 그 하나만이 유일한 진리임을 역설적으로 드러내고 있습니다."

"……."

"그러나 도가도비상도(道可道非常道)라 하듯 이 무상이란 두 글자는 없는 것이나 마찬가지입니다. 존재하되 불리우는 순간 그 실체를 잃어버리기에 그러합니다. 그래서 이 무상검을 달리 말하자면 도검(道劍)이라고도 부를 수 있습니다만, 역시 의미없지요."

이야기가 관념적으로 흐르자 세 여인의 눈꺼풀은 자꾸만 아래로 처져 갔다.

몸은 이미 기력이 탈진해 있고 추위는 눈보라와 함께 한껏 기승을 부린다.

이에 들어본 적은 있지만 무슨 이야긴지 확실한 감이 오지 않는 그런 관념적인 내용을 듣자니 졸음을 참기 힘들었던 것이다.

유검은 웃었다.

어차피 형식상 필요해서 꺼낸 말이었을 뿐이다.

"몇 가지 그대들이 알아야 할 사실들이 있습니다. 모든 것을 듣고 난 후 그대들이 선택하십시오."

제갈소혜가 각오에 찬 눈빛으로 물었다.

"그런데 죽음을 거쳐야 한다는 건 무슨 뜻이죠?"

"죽음 후에야 비로소 알게 되니까요."

"……."

"죽음을 통해 버려야 할 것은 바로 나와 이 육체의 동일시입니다. 죽음의 체험을 통한 확실한 앎만이 그런 생각을 떨쳐 버릴 수 있습니다. 본래 참선이나 혹은 상승의 무공심법 등은 바로 이와 같이 내가 소멸되는 죽음을 체험하기 위한 방도들인 것입니다."

"왜죠? 왜 그렇게 죽음을 체험하려 하는 거죠?"

"결코 태어남도 죽음도 없는 영원불멸의 진아(眞我)를 발견해 내기 위함입니다."

제갈소혜는 눈살을 찌푸리며 물었다.

"그걸 꼭 발견해야 하나요? 강해지기 위해서는 반드시 필요한가요?"

유검은 웃으며 고개를 저었다.

"진아를 자각한다면 강해지고자 하는 욕망 따윈 생기지도 않겠지요."

초영영이 입술을 삐죽 내밀었다.

"쳇. 시간이 남아도는 모양이군요. 남은 힘들어 죽겠는데."

유검은 여전히 웃으며 말을 이었다.

"구태여 이 이야기를 먼저 꺼낸 것은 그대들이 단련해야 할 도구, 즉 자신의 몸을 좀 더 알아야 하기 때문입니다. 모두 다섯으로 이뤄진 자신의 몸을."

'다섯?'

초영영이 아미를 찌푸리며 물었다.

"몸은 하나뿐인데 어째서 다섯이라 하는 거죠?"

"그 하나뿐이라는 몸은 흔히 우리가 보고 느끼는 이 혈육의 몸을 말합니다. 보고 듣고 만져지는 이 몸."

세 명의 소녀들은 각자 자신의 몸을 더듬어보았다.

눈보라 몰아치는 이곳에서 세 명의 아름다운 소녀가 각자 진지한 얼굴로 자신의 몸을 더듬고 있는 모습은 관능적이기도 하고 또 우습기도 했다.

땀은 식었지만 의복은 몸에 찰싹 달라붙어 있어 한층 더 관능적이었다.

소녀들의 가슴에 시선이 머물러 있던 유검은 재차 입을 열었다.

"이것이 첫 번째 몸입니다. 이 몸을 제대로 쓰기 위해서, 무거운 것을 들어 근육을 강화하고 달리면서 속력을 키웁니다. 심장의 힘을 강화시켜 지구력을 키우는 등 단련을 합니다. 물론 가슴을 키우기 위해서는……."

정적이 흘렀다.

내리던 눈송이가 허공에서 얼어붙은 것 같았다.

백몽추가 차갑게 말했다.

"가슴을 키우는 방법까지 가르쳐 달라고 하진 않았는데요."

"……."

제갈소혜가 구원의 손길을 뻗쳐 왔다.

물론 시간이 아까워서일 것이다.

"모두 다섯이라면 두 번째 몸은 뭐죠?"

"두 번째는……."

유검은 빙글 돌아앉았다.

새벽녘 뜨거워진 혈기가 아직 채 가라앉지 않았던 모양인지 자신도 모르게 눈길이 가슴으로 향해진 것이다.

물론 돌아앉은 이유는 정신을 분산시키지 않기 위해서 따위의 고상한 것이 아니었다.

따가운 눈초리를 피하기 위함이기도 했지만 무엇보다 아름다운 소녀의 가슴을 보다 보면 일어날 수 있는 신체 반응을 감추기 위해서였다.

그런 사정을 알 리 없는 세 소녀는 기회가 왔다는 듯 눈꼬리를 내리고 혀를 내미는 등 장난을 쳤다.

"에… 두 번째 몸은……."

유검이 몸을 돌릴 생각이 없는 듯하자 세 여인은 꿇어앉아 있던 자세를 풀고 제각기 편하게 앉았다.

그런 사정을 아는지 모르는지 유검은 두 팔을 뻗어 양 손바닥을 펼쳤다. 그리고 그녀들을 향해 부채질하듯 천천히 흔들었다.

세 소녀는 부드러운 기운이 몰려옴을 느꼈다. 그동안 추위에 얼어붙은 몸이 녹아내렸다. 탈진되었던 기력도 다시 회복되는 것 같았다.

부드러운 춘풍이 머리카락을 살랑거리듯 기분이 상쾌해졌다.

그녀들은 겉으론 공손히 듣고 있었지만 '두고 보자!' 라는 심정이었는데 지금의 일로 조금 마음이 풀렸다.

백몽추가 부드럽게 대꾸해 주었다.

"그러니까 두 번째 몸은 바로 기란 거군요. 맞나요?"

유검은 내심 다행이라 생각했다.

'화가 조금 풀렸나 보군.'

"예, 보통 사람들은 이 '기' 로 이뤄진 육체를 잘 자각하지 못합니다만, 상승무공을 익힌 무인들은 너무도 당연하게 이 기로 이뤄진 몸을 사용하고 있지요."

유검은 그녀들에게 기운을 불어넣어 주며 계속해서 말을 이었다.

"무가(武家)에서뿐 아니라 의가(醫家)에서도 이 기체(氣體)를 알고 있습니다. 그래서 그 구조를 열두 개의 경락과 기경팔맥 등으로 세세하게 구분하여 놓았지요. 이 기체를 단련함으로써 혈육으로 이뤄진 몸의 한계를 뛰어넘을 수 있게 됩니다."

평소 기운이나 경락 등은 단순히 몸과 함께 있는 무엇이라 생각했는데 듣고 보니 별도의 몸을 지닌 것 같기도 했다.

"여러분은 단시간에 강해지고 싶어하나 일단 혈육의 몸은 도리가 없습니다. 오랜 세월 스스로 연마하는 수밖에. 하지만 이 두 번째 기체는 고정된 형상이 없어 얼마든지 단시간 내에 강해질 수 있습니다. 즉, 다시 말해 개정대법을 통해 여러분의 전신 경락을 소통시키고 진기(眞氣)를 불어넣어 드리는 것입니다."

세 소녀의 눈빛이 반짝거렸다. 그녀들이 원했던 것이 바로 그와 같은 것이다.

하지만 개정대법은 몰라도 일반 내공이 아닌 진기를 불어넣어 주는 것은 자신의 공력을 깎아내리는 것이기에 쉽사리 해줄 수 있는 성질의 것은 아니었다.

게다가…

제갈소혜가 의문을 참지 못하고 물었다.

"그대의 공력이 천인지경에 달해 우리에게 베푼다고 쳐요. 그래도 문제가 있지 않나요? 한평생 익혀온 공력의 성질이 다른데 어떻게……."

유검이 대답했다.

"물론 정상적인 방법으론 불가능합니다. 공력의 성질이 다른 건 둘째 치고, 사실 아무리 진기를 불어넣어 주고 싶어도 각자가 지닌 그릇 이상은 불가능합니다. 억지로 불어넣다간 혈맥이 터져 죽고 말 테니까요."

이미 알고 있는 내용이었다.

역시 안 되는구나 싶어 어깨가 처지는데 백몽추가 문득 깨달은 듯 소리쳤다.

"혹시 세 번째 몸을 단련하면 이 기체의 한계를 넘을 수 있는 게 아닌가요?"

유검은 고개를 끄덕였다.

"맞습니다."

머리 좋고 똑똑하기로는 제갈소혜가 앞서지만, 직감적으로 본질을 꿰뚫는 오성의 힘은 백몽추가 더 나은 것 같았다.

"그렇다면 세 번째 몸은 무엇이죠?"

유검이 말했다.

"그 세 번째는 마음으로 이뤄진 몸입니다. 바로 심체(心體), 그것입니다."

"아……!"

세 소녀는 이구동성으로 탄성을 질렀다.

"무공으로 보자면, 이 심체를 극한으로 단련함으로써 심검을 얻을 수 있습니다. 이 심체는 기체보다 더 한계가 없어서 아주 자유롭습니다. 불가에서 마음이 일면 법이 따라 인다고 말하는데, 심검이 바로 그와 같습니다. 일상적인 희로애락과 탐욕, 집착 등에 휘둘리는 자는 결코 이 심검을 얻을 수 없지요."

백몽추 등은 실망했다.

말이야 좋지만, 심검의 경지에 이를 수 있는 오성이 있었다면 애당초 유검에게 어거지로 부탁하지도 않았을 것이다.

그림 속의 떡을 가져다 놓고 아무리 맛있다고 말한들 허무하기만 한 것처럼 심검의 이야기를 듣는 세 소녀의 마음은 그와 같았다.

그것을 아는지 모르는지 유검은 여전히 돌아앉은 채 말을 잇고 있었다.

"이 심검의 요결을 한마디로 말하자면, 정신일도하사불성(精神一到何事不成)이라 하듯 마음을 한군데로 모으는 일심(一心)입니다. 혹은 완전한 믿음입니다. 예를 들어……."

유검은 집게손가락을 치켜세웠다.

"무공을 전혀 익히지 않은 평범한 촌부라 할지라도 자신의 손가락이 이 돌 바닥을 뚫을 수 있다고 추호의 의심도 없이 확실하게 믿으면 그것은 이뤄집니다."

말과 함께 손가락을 바닥으로 향했다.

슈욱—

마치 두부 조각을 헤집듯 손가락은 거침없이 바닥의 바위를 뚫고 들어갔다.

"전 방금 전혀 내공을 사용하지 않았습니다. 그럼에도 이와 같은 능력이 가능하게 됩니다. 그렇게 확실히 믿는다면 불 위를 걸어 다니면서도 전혀 화상을 입지 않을 수 있고 물 위를 걸어 다닐 수 있으며 또한 한순간 금강불괴가 되어 도검(刀劍)에 멀쩡할 수 있습니다."

"……."

"때론 주술(呪術)적인 방법을 쓰기도 하는데, 강대한 존재의 힘이 자신에게 들어왔다고 믿는 것 등입니다. 속성이 가능하고 때론 아주 파괴적이긴 하지만 내가 이 몸이라는 도구를 움직여 쓰듯 그렇게 마음을 자유로이 쓰지 못하고 그 방도에 얽매어 휘둘릴 뿐이기에 정도를 벗어난 방문좌도에 불과합니다."

백몽추가 한숨 쉬며 물었다.

"그래서 우리보고 대체 어떡하란 거죠? 뭘 어떻게 믿으면 되나요?"

말속에 실망이 깃들어 있음을 느끼고 유검은 의아해했다.

무엇을 어떻게 믿어야 하냐니?

단지 마음을 하나로 모으기만 한다면 얼마든지 강해질 수 있다는 것을 일러주는데 왜 엉뚱한 의문을 일으키고 또 실망한단 말인가?

고개를 약간 돌려 힐끔 눈치를 보니 다들 얼굴 표정이 떨떠름했다.

'나의 가르치는 재능은 영 아닌 모양이군.'

백몽추는 힘없이 물었다.

"네 번째 몸은 무엇이죠?"

"의식체입니다."

"의식체?"

"의식이란 자각을 말합니다. 내가 이렇게 있구나, 하는 자각. 이 의식은 생각과 마음의 근원 자리이기도 합니다."

"……"

"실제 순기행공 시 진기를 움직이는 것도 이 의식의 힘입니다. 의식의 집중 여하에 따라 진기가 순후해지기도 하고 옅어지기도 합니다. 그러니 이 의식체를 알면 일반 내공심법이나 심검, 이기어검술 등의 기본 비결을 저절로 깨우칠 수 있습니다."

"……"

"조금 더 근원적으로 보자면, 내가 그대를 의식하기 때문에 그대는 살아 있다고 볼 수 있습니다. 그렇게 의식과 의식은 보이지 않지만 항상 연결되어 있습니다. 그래서 이 우주에 홀로 된 존재는 없습니다. 이러한 것을 확연히 깨닫게 되면 너와 나의 구분이 없어지고, 천지간의 기운을 마음대로 빌려 쓸 수가 있게 됩니다."

"그 의식체는 어떻게 단련하죠?"

유검은 고개를 저었다.

"단련할 필요 없습니다. 본래 푸르른 가을 하늘처럼 항상 그 자리에 있어 태어남도 죽음도 없는 것이 바로 이 의식체이니까요. 단지 생각과 마음의 구름이 그것을 가리고 있을 뿐입니다."

그 말에 세 명의 소녀는 벙찐 얼굴이 되었다.

한 단계씩 위로 올라갈수록 대단하다는 것은 알겠는데, 단련할 필요가 없다니. 그래도 마음의 단계에선 하나로 모으는 된다는 구체적인 방안이라도 있었는데 말이다.

초영영이 답답해 도저히 못 견디겠는지 벌떡 일어서 외쳐 물었다.

"대체 우리보고 뭘 어쩌란 거죠? 어떡하란 말인가요?"

유검은 침묵했다.

네 번째 의식체를 넘어 다섯 번째의 지복체까지 버려야 비로소 무상검의 초입에 이른다.

여기에 이르러선 무엇을 어떻게 해야 하는가가 아니라 오히려 아무런 노력도 하지 말아야 한다.

말 그대로 무위이화해야 하는 것이다.

그리하여 그 큰 침묵을 체험해야 한다.

그렇게 모두 다섯 번의 죽음을 거쳐 영원불멸의 진아에 이르는 것이다.

다섯 개의 몸을 베는 도구가 바로 검.

이 진실의 검, 지혜의 불칼로 온갖 번뇌망상과 허상을 베어버려야 한다.

그것이 참된 무상검인 것이다.

이것을 어떻게 전수해 줘야 하는가.

확실한 것은 말로는 힘들다는 것.

또 하나 분명한 것이 있었다.

그녀들이 바라는 게 무상검이 아닌 전혀 다른 것이라는 것.

'난 사기꾼인 셈이군.'

언제고 이 길을 선택할 날이 오겠지만, 지금은 일단 그녀들이 바라는 것을 주자고 결심했다.

유검은 침묵을 깨고 입을 다시 열었다.

"그대들은 아무것도 할 필요가 없습니다. 다만 받아들이기만 하면 됩니다."

초영영 등은 못 믿겠다는 듯 아미를 찌푸렸다.

"그렇게 쉽나요?"

유검은 웃었다.

"쉽다고는 하지 않았습니다. 말씀드렸던 것처럼 죽음을 거쳐야 할 테니까요."

하늘을 보니 눈보라는 약해졌지만 여전히 흐렸다.

정확한 시각을 알 수는 없었지만 느낌으로 정오가 되어감을 알 수 있었다.

'서둘러야겠군.'

유검은 천천히 몸을 일으켜 돌아보았다.

멋대로 늘어진 자세로 있던 세 여인이 황급히 몸을 추렸다.

유검이 말했다.

"자, 이제 그대들이 원하는 것을 드리겠습니다. 이 중에서 무엇을 고를지는 오로지 여러분의 선택입니다."

마치 약장수처럼 그렇게 말했다.

第四章
고통, 그리고 복수

고통,  그리고 복수

"흠······."

유검은 가볍게 말했다.

"선물은 모두 세 가지인데, 이 중에서 하나만 선택해도 되고 욕심 많게 모두를 가져도 됩니다. 그중 어느 하나만 제대로 받아들여도 그대들이 그토록 원하던 힘을 얻을 수 있을 것입니다."

세 명의 소녀는 정신이 번쩍 들었다. 이제야말로 본론으로 들어가는구나 하는 느낌이었다.

제간소혜가 급한 마음을 참지 못하고 물었다.

"그 세 가지란 무엇이죠? 선택의 기준은 뭔가요? 그리고 분명 장단점이 있겠죠? 자세히 일러주세요. 하나도 빼먹지 말구요."

"하하… 걱정 마십시오. 일단 하나하나 체험케 해드릴 테니까 직접 경험해 보고 나서 신중하게 골라보세요. 그 어느 것 하나 실망시키진 않을 것입니다."

여전히 약장수 같은 말투였다.

세 소녀의 눈빛이 초롱초롱 빛났다.

마치 저잣거리로 나가 예쁜 장신구를 고를 때처럼 마음이 들뜨기 시작했다.

"우선 첫 번째……."

유검의 손에서 하얀 빛이 번쩍였다.

안력을 돋워 자세히 보니 마치 물방울이 서로 겹쳐져 있는 것처럼 조그맣고 예뻤다. 보석처럼 느껴졌다.

세 명의 소녀는 호기심과 호감을 느꼈다.

유검이 설명했다.

"이것은 자각이 있는 의식체입니다. 순수한 의식 그 자체이지요. 이것을 여러분께 드리겠습니다. 손바닥을 펼치세요."

하얀 빛살은 반짝 빛나더니 세 소녀의 손바닥 위로 가볍게 내려섰다. 그것은 마치 눈송이처럼 녹아내리더니 곧 손바닥 속으로 스며들었다.

"아앗!"

깜짝 놀라 비명이 나왔다.

"이게 뭐죠? 진원진기(眞元眞氣) 같은 건가요?"

백몽추가 호기심 어린 눈으로 손바닥을 요리조리 살펴보며 물었다.

"뭐, 쉽게 말하자면 그대 내면에 잠자고 있는 엄청난 기운과 능력을 깨워주는 애완 동물 같은 겁니다."

곧 고개를 갸웃거렸다.

"아니, 기생충이라고 해야 더 옳을까?"

백몽추 등은 이해가 되지 않아 다시 물었다.

"무슨 의미죠?"

"말보다는 직접 체험해 보는 게 낫겠지요. 음, 그러기 위해 잠시 제가 여러분의 생각과 마음을 멈추게 하겠습니다. 허락하시겠습니까?"

생각과 마음을 멈추게 하다니, 무슨 말인지 잘 이해가 되지 않았지만 세 소녀는 고개를 끄덕였다.

유검은 그 자리에 선 채로 눈을 감았다. 그리고 심력(心力)을 강하게 모았다.

세 명의 소녀는 보이지 않는 힘에 의해 서서히 생각이 느려져 갔다.

몽롱함 속에서 세상의 빛이 전혀 다르게 보이기 시작했다. 예로 들어 평소 바라보던 푸른 하늘이 아니라 그냥 온전한 하늘이 보이는 것이었다.

그것은 이루 말할 수 없이 아름다웠다.

문득 섬광이 스치는 듯하자 세 명은 천천히 눈을 감았다.

온갖 근심을 불러일으키던 마음이 가라앉고 생각이 완전히 정지되었을 때였다.

꽈—앙!

세 소녀의 내면에서 거대한 폭발이 있었다.

그 충격이 얼마나 컸던지 그 자리에서 튀어 오를 정도였다.

눈을 떴지만 몸은 여전히 부르르 떨리고 있었다. 마치 수백 개의 낙뢰가 떨어진 것 같았으나 실제 소리는 아니었다.

내면의 화산이 폭발하고 난 후 열을 헤아릴 정도의 시간이 지나자 그제야 고통의 낙진이 천천히 떨어져 내렸다.

세 명의 소녀는 심한 고통에 비명조차 지르고 못하고 그 자리에 드러누웠다. 그 고통은 형언할 길이 없었다. 마치 온몸이 산 채로 가루로 화하는 것 같았다.

그 고통은 근 일각이 넘어서야 조금 가라앉았는데 그제야 폭발의 진원지가 어딘지 알 수 있었다.

백몽추는 양손으로 가슴을 쓸어안았다.

전중혈(膻中穴) 한 뼘 부위는 진공 상태가 되어 있는 것 같았다. 아린지 쓰린지 그도 아니면 마비가 되어 있는지 도무지 어떤 감각인지 알기 힘들었지만 입을 벙긋하기도 힘들 정도로 고통스러운 것만은 확실했다.

초영영은 아랫배를 움켜쥐었고, 제갈소혜는 양손으로 머리를 꽉 감싸 쥐고 있었다.

그로부터 한참 후에야 기진맥진한 소녀들이 가까스로 몸을 일으켰다.

세 소녀는 멍하니 유검을 바라보았다.

고통의 후유증에 아직 사고가 마비되어 있는지 화를 내야 한다는 등의 어떤 생각도 떠올리지 못하고 있었다.

유검이 말했다.

"음… 그 고통은 어쩔 수 없는 것입니다. 내면에 잠재된 거대한 힘이 깨어나면서 육체가 탈태환골되는 과정이니까요."

"……."

"한번 겪을 때마다 죽음을 거치는 것과 같지만, 그때마다 일 년을 쉼없이 노력해서 얻는 내공과 비슷한 공능을 얻을 수 있습니다. 어떻습니까, 굉장하죠?"

세 명의 소녀는 부르르 몸을 떨었다.

공능 따윈 전혀 귀에 들어오지도 않았다.

고통은 어쩔 수 없다고?

차라리 끓는 기름 솥에 들어가는 게 더 나을 것 같은 이 고통을 또 겪어야 한다고?

그런 생각에 진저리를 칠 뿐이었다.

유검는 고통을 어느 정도 짐작했지만 간과한 것이 있었다. 자신도 겪어봤기에 상당히 힘들다는 것은 알고 있었지만 경우가 달랐던 것이다.

유검은 일정 이상 경지에 오르기까지 이미 수없이 단련되어 있었으니 그녀들과 평행선상에 놓고 말하기는 어려웠던 것이다.

이는 마치 같이 남자의 손길을 받더라도 삼십이 넘어 이미 성의 쾌락을 알고 있는 유부녀와 한 번도 경험이 없는 처녀가 그 받아들이는 감각이 하늘과 땅 차이인 것과 같았다.

유검이 말했다.

"이 의식체를 발동시키려면 주문을 하나 반복해서 열 번을 외면 됩니다. 옴 마니 반메 훔. 알고 계시다시피 반야심경에 나오는 진언인데, 제가 그 의식체에 암호로 심어놓았습니다. 그러니 그 진언을 외면 조금 전처럼······."

유검은 말끝을 흐렸다.

분위기가 왠지 심상치 않았던 것이다.

"아, 시간이 정오가 되어가는군요. 두 번째 선물은 다음에······."

비상 사태임을 직감하고 자리를 빠져나가려 했지만 이미 늦었다.

백몽추 등은 어디서 그런 힘이 생겨났는지 벌떡 일어서서 악을 쓰듯 소리쳤다.

"아프면 아프다고 미리 말했어야 할 것 아니에요!"

"이 멍청아! 우리가 넌 줄 알아? 우리 몸은 민감하단 말야!"

"누가 이딴 걸 선택하겠어요! 그렇게 생각도 없나요? 그 머리는 그 냥 장식품이에요?!"

말은 오히려 이성을 갖춘 양호한 것이었다.

그녀들의 손과 발은 유검을 이미 적으로 인식했는지 인정사정없이 공격을 취하고 있었다.

백씨 세가 고유의 공학신공(控鶴神功)을 담은 백몽추의 손톱이 비장 절초 옥녀금침십삼검(玉女金針十三劍)의 쾌검수법으로 유검의 얼굴을 할퀴기 위해 허공을 갈랐다.

그뿐 아니라 화산파 매화십이검(梅花十二劍)의 구명절초인 마지막 초식이 초영영의 이빨에 의해 펼쳐졌다.

제갈소혜는 두 팔을 활짝 펼친 채 달려들어 유검을 몸통을 필사적으로 끌어안았는데 자신을 희생해서라도 상대의 손과 발을 묶어놓으려는 외문기공인 십삼태보횡련(十三太保橫鍊)의 수법이었다. 결코 우아하고 아름다운 소녀가 펼칠 만한 무공은 아니었다.

유검을 향해 쉴 새 없이 공격을 퍼부어가며 그녀들의 사고는 철저히 단순해져 갔다.

아프게 하는 자는 적.

무지막지하게 아프게 하는 자는 원수.

또 아프게 만들려는 자는 한 하늘을 이고 살 수 없는 철천지원수.

동귀어진의 수법으로 달려드는 그 모습은 마치 악귀나찰처럼 보였 다.

너의 피와 살을 갈아 마시리라.

뇌수를 빠개어 마시고 내장을 꺼내어 씹어먹으리라.

…와 같은 말까진 꺼내지 않았는데, 후일 유검은 그런 말을 분명히 들었다고 주장했다.

광란의 축제에 산 희생물이 된 유검은 참으로 현명한 판단을 내렸는데 가르침을 중단하고 일단 도망치기로 한 것이다.

사부로서의 위엄은 애당초 염두에 두지 않았고 사내로서의 체면 또한 이미 그녀들에게 한바탕 무너진 적이 있었기에 도망치는 결심을 하는 데 있어 거리낌은 없었다.

퍽!

유검의 신형이 그 자리에서 허깨비처럼 사라졌다.

저주의 대상이 사라지자 세 명의 소녀는 한동안 광란의 상태에 빠져들었다. 타는 듯한 갈증에 피를 마시고 싶어하는 흡혈귀처럼.

조금 더 시간이 흐르자 보름달이 지며 다시 정상으로 돌아온 늑대인간처럼 다시 이성을 찾았다.

그러나 여전히 분이 풀리지 않았는지 식식거렸다.

결국 이 아름답지만 무섭기도 한 세 명의 소녀는 잠시 서로 의견을 나누었는데 유검에 대한 복수가 정당하다는 데 이견이 없었다.

남은 것은 유검을 쫓는 일뿐.

제갈소혜가 복수 계획의 초안을 짰다.

바야흐로 피의 복수가 시작되려 하고 있었다.

결심을 확인하며 몸을 일으키려는 순간 세 소녀는 두 눈을 동그랗게 떴다. 어느새 하늘을 등지고 검은 그림자가 소리도 없이 나타나 있었던 것이다.

"누구… 시죠?"

그의 범상치 않아 보이는 기도에 백몽추는 머뭇거리며 정체를 물었다.

검은 그림자는 하얗게 웃으며 말했다.

"자네들의 복수에 관심이 있는 사람."

'악연인가?

장원 내 장주가 머무르고 있다는 대청으로 서둘러 발길을 옮기고 있었다.

세 소녀는 용모도 아름답고 심성도 나쁘지 않다.

그럭저럭 괜찮은 관계가 될 수도 있으리라 생각했는데 왜 항상 악연으로 끝나는 걸까.

이젠 악연 정도가 아니라…

유검은 힐끔 뒤를 돌아보았다.

세 명의 소녀들이 악귀나찰과 같은 모습으로 당장이라도 덤벼들 것 같았다.

자신의 무공으로 그녀들을 두려워할 필요는 없다고 내심 중얼거렸지만 악에 받쳐 공격해 오던 그 모습을 떠올리면 절로 의기소침해졌다.

'그냥 파문시켜 버려?

이미 사부로서의 위세는 사라졌음을 알면서도 괜히 그렇게 허세를 부려보았다.

대청에 들어서자 장주는 무슨 근심이 있는지 좌불안석이었다.

그는 연신 부르짖고 있었다.

"큰일 났군, 큰일 났어!"

차를 마시려다 벌떡 일어나더니 탁자를 탕 두들기며 소리쳤다.

"이번 감찰단주가 석파천이라니! 그런 소식을 왜 이제야 전해주느냔 말이다!"

"그가 누군데 그렇게 두려워하십니까?"

유검이 다가가 묻자 장주는 흠칫하더니 초조한 얼굴로 되물었다.

"두려워하다니? 누가 누구를?"

버럭 그렇게 반문하다 장주는 갑자기 풀이 죽어 한숨 쉬며 말했다.

"휴… 두려워하는 게 맞을지도 모르겠군."

그의 이마 주름살엔 헤어날 길 없는 고뇌가 잔뜩 엉글어 있었다.

"같이 사대호법으로 있는 거령철탑 호패천이나 적발사신조차 그를 두려워하는데 보잘것없는 이 내가 두려워한들 허물이 되진 않을 테지."

거령철탑 호패천과 적발사신은 유검도 기억하고 있었다.

화 때문에 몇 번 부딪친 적이 있었다.

후일 만나면 은밀한 곳으로 끌고 가 그들로 하여금 하늘을 향해 울분을 토해내는 모습을 만들어봐야겠다는 작품 구상의 대상이 된 인물들이다.

장주가 탄식했다.

"왜 하필 그가 온단 말인가? 이 장생원(長生院)에 무슨 대단한 볼일이 있다고……."

곧 고개를 가로저었다.

"하긴 호교십이위인 십이사자가 모두 의외의 변을 당했으니 그가 온다 한들 이상할 것은 없구나."

십이사자를 때려눕힌 이가 유검임을 장주는 전혀 모르고 있었다.

자문자답하다 장주는 땅이 꺼져라 탄식하며 말했다.

"이번 그대의 계획은 힘들겠소. 본래 고이 간직해 놓은 삼백 년 묵은 산삼 두 뿌리가 있었소이다. 그것과 수달 가죽 몇 장으로 뇌물을 먹일 생각이었는데… 석파천 그가 이번 감찰단주라면 모두 헛수고에 불과하오."

"대체 어떤 인물이기에……."

장주는 도리도리 고개 저으며 말했다.

"피도 눈물도 없는 자요. 바늘로 찔러도 피 한 방울 나오지 않을 것 같은. 그는 호법장로 직을 함께 맡아 한평생 본 교의 율법에 반하는 자를 벌하여 왔소. 자연 우리 아랫사람들이야 두려워하지 않을 수 없소이다."

호법장로라면 공적인 일에 그만한 위엄을 보이는 것은 당연하다.

너무 호들갑을 떠는 게 아닌가 생각하는데 장주가 한껏 두려운 얼굴로 나지막하게 말했다.

"그런데 정작 두려운 것은 따로 있소이다."

"무엇입니까?"

"그자의 속이 엄청 좁다는 거요."

유검은 의외의 말에 눈살을 찌푸렸다.

"그… 속이 좁다는 게 그렇게 두려운 겁니까?"

장주는 한숨 쉬며 말했다.

"휴… 한번은 이런 일이 있었소. 오래전의 일인데, 본 교의 장로 한 사람이 친구와 술잔을 마주하며 대화를 나누다 술김에 석파천 그의 흠집을 꼬집었소이다. 그 흠집이란 게 별게 아니었소. 그자가 여자 보기를 돌같이 하는데 혹시 고자가 아닐까… 라며 그냥 한마디 한 것뿐이었소이다."

탕!

장주는 탁자를 내려쳤다.

"며칠 후, 그 장로는 시체로 발견되고 말았소이다. 흐흐… 흉수는 아직도 오리무중이나 다들 이미 알고 있소. 석파천 그의 솜씨임을! 그 후로 그의 험담을 입에 올리는 자는 없소."

"……."

"또 한 번은 이런 일도 있었소. 사대호법이 함께 큰 공을 세운 후 모여 술자리를 했다고 하오. 그때 호패천이 호탕하게 술잔을 들이킨 후 안주를 집어먹었는데 갑자기 싸늘한 살기를 느꼈소. 알고 보니 석파천 그의 접시에 있던 안주였던 것이오!"

"설마 석파천 그가 바로 손을 썼습니까?"

"그렇진 않았소. 그렇게 노골적으로 적의를 드러내면 차라리 낫지. 그자는 항상 암암리에 흔적을 남기지 않고 손을 쓴다오."

"음……."

"한동안 호패천은 그의 처소를 경비하는 호위 무사의 수를 몇 배로 늘였다 하오. 그 연유를 무림맹에서 살수(殺手)를 샀다는 정보를 입수했기 때문이라고 둘러댔지만 사람들은 모두 그가 석파천을 두려워해서임을 알고 있었소. 얼마 지나지 않아 호패천은 무림맹 내부로 숨어드는 일을 자청했는데, 오로지 석파천을 피하기 위함이라는 설이 분분했소. 일이 끝난 지금도 호패천은 본 교의 총단으로 돌아와 감히 석파천과 함께 있으려고는 하지 않는다고 하오."

유검은 호패천에게 동정심이 갔다.

안주 하나 잘못 집어먹은 것 때문에 평생을 끙끙 앓아야 하다니.

"휴… 이런 식이니 어느 누가 감히 두려워하지 않을 수 있단 말이

오? 게다가 아부도 안 통해, 뇌물도 안 통해, 미녀도 안 통해… 그의 비위를 맞춰줄 방법이 전혀 없소. 전대 교주께서 항상 밖으로 나돈 이유가 석파천 그를 두려워해서라는 말까지 있었으니……."

"본래 속이 좁은 인간은 그렇게도 무서운 법이군요."

유검은 감탄하듯 고개를 끄덕이다 문득 뒤늦게 장주의 속셈을 깨달았다.

기재로 속여 일월교 총단으로 잠입하겠다는 자신의 요청이 불가능함을 말하고 있는 것이다.

'일이 꼬이는군.'

유검은 고민했다.

자신이 본래 기재로 잠입하겠다는 계획은 단순히 총단의 위치를 알기 위해서만은 아니었다. 대체 기재들을 모으는 까닭이 무엇인지 그 속내를 알기 위해서도 반드시 한편이 되어 들어갈 필요가 있었다.

또한 화가 있는 곳을 알기 위해서도 꼭 필요했다.

'화……'

처음 마차에서 그녀를 만났을 때가 떠올랐다. 보석을 꺼내며 자신을 사겠다던 그녀. 당시 그녀의 요청에 허락한 것은 소년 같아 보이던 그녀의 어깨가 유독 자그마해 보여서인지도 모른다.

그녀를 떠올릴 땐 항상 알지 못할 연민과 함께였다.

그래서인지 세상일에 무관심할 정도로 집착없는 유검으로서도 어떻게든 구해내자고 결심하게 되었다.

'그리고 보수도 받아야 하니까.'

해야 할 일은 많다.

화를 구해내고 난 뒤 여문과의 일도 마무리 지어야 한다. 그리고 무엇보다 다우를 찾아야 한다. 사부와 부친도 찾아뵈어야 할 것이고, 일월교 내 일도 일정 선까지는 마무리 지어야 한다. 그 다음 친구 서문평에게 빚진 은자를 갚을 계획을 세워야 한다.

하지만 그건 그거고, 일단 눈앞의 일에 최선을 다해야 할 것이다.

유검은 단호한 어조로 말했다.

"되든 안 되든 그자를 설득시키는 것은 제가 할 테니까 장주께선 저를 아들로 소개만 시켜주십시오."

"하지만……."

이때 밖에서 종소리가 들려왔다.

땡땡땡……!

모두 다섯 번.

장주는 안색이 창백해졌다.

"도착한 모양이오."

장주는 서둘러 마중을 나가며 유검을 일단 대청 뒤 조그만 방 안에 대기해 있게 했다. 자신이 부르면 나오라며.

물론 유검이 그의 말을 얌전히 따를 리는 없었다.

삼십여 명의 사람들이 장원으로 들어서고 있었는데, 다들 장사치나 사냥꾼의 옷차림을 하고 있었다.

이 장원의 이름은 장생원으로 여우 가죽이나 산삼 등을 섭섭치 않은 가격에 사주는 장사꾼의 집으로 알려져 있다. 장원 내에서 허드렛일을 하는 하인들 역시 그렇게 알고 있었다.

그래서 이들 일월교의 감찰단들은 다른 사람들의 이목을 끌지 않기 위해 그런 복장을 하고 있었던 것이다.

장주는 이번 물건은 확실하냐는 둥 괜찮기만 하다면 가격은 섭섭치 않게 해줄 수 있지만 속이려 들면 국물도 없다는 둥 짐짓 거드름을 피웠지만, 대청 안으로 들어서자 돌변하여 허리를 직각으로 굽히고 얼굴 가득 비굴해 보일 정도로 아부의 웃음을 띠었다.

유검은 대청 안 일행의 우두머리로 보이는 노인 석파천을 몰래 훔쳐 보고 고개를 갸웃거렸다. 여우 목도리로 얼굴을 반쯤 가렸는데, 왠지 낯이 익었던 것이다.

장주가 차를 대접하기 위해 시녀를 부르는데,

"이미 내사는 끝냈소."

석파천은 권하는 의자에 앉지도 않고 두툼한 서찰 뭉치와 인장을 꺼내며,

"여기에 손도장만 찍으면 되오."

차갑게 그리 말했다.

떨리는 손으로 서찰을 하나하나 읽어 나가던 장주는 부르르 몸을 떨었다.

"이, 이건……."

서찰 안에는 사소한 비리까지 다 적혀 있었다.

하다못해 하인들에게 사소한 본 교의 일을 경솔히 누설한 죄라던가 반년마다 장원 내 수익의 삼 할을 바쳐야 하는데 얼만큼 모자랐다던가 하는 따위에서부터 성적인 취향에 있어 별난 수하를 둔 죄까지.

심지어 오늘 아침 식사 후 트림을 하고 코를 후벼 장주로서의 위엄을 훼손한 죄까지 적혀 있었다.

석파천은 코웃음을 치며 말했다.

"십이사자의 일과 내력을 알 수 없는 세 소녀에 대한 일은 본 교로

가서 천천히 물어보겠소. 혼자 아닌 수하들과 함께일 테니 외롭지는 않을 것이오."

결코 얌전히 묻는 게 아닐 것이다.

분명 지독한 고문을 동반한……

장주의 안색은 보기에도 딱할 정도로 하얗게 변해 있었다. 제발 사정을 봐달라 애원할 생각조차 떠올리지 못하고 있는 것 같았다.

석파천이 데려온 수하들 중 이미 이십여 명은 어느새 대청 밖으로 나갔는지 보이지 않았다. 당시 동굴 속 십이사자의 사건에 참여했던 수하들을 잡으러 간 것이다.

일은 일사천리로 진행되고 있었다.

상황을 보아 유검은 자신의 일을 장주에게 기대할 수 없음을 알았다.

'어떡하나?'

유검은 실망했다.

'할 수 없군. 저 석파천이란 자를 몰래 뒤따라가서 일단 총단의 위치나 알아내자.'

그렇게 차선책을 궁리하는데, 상황에 변화가 생겼다.

장주가 석파천의 눈치를 살피며 고색창연해 보이는 상자 하나를 탁자 위에 조심스레 올려놓았다.

그것을 본 석파천은 잠시 침묵하다 수하들을 물리쳤다.

"잠시 나가서 쉬고 있도록."

사람들이 나가고 둘만 남게 되자 장주가 상자를 열었다.

그 상자 안에는 삼백 년은 족히 되어 보이는 산삼 두 뿌리가 들어 있었다.

장주는 자신의 뇌물이 통할지 어떨지 조마조마하며 석파천의 눈치를 살폈다.

어느 안전에 뇌물이냐며 호통을 칠 줄 알았는데 석파천이 좋다 싫다 아무런 반응도 없이 그냥 팔짱만 끼고 있었다.

장주는 그 모습에 용기를 내어 대청 태사의 뒤로 가더니 커다란 상자를 하나 가져왔다. 그것을 열어 보이니 황금빛이 가득했다. 아마도 한평생 모아온 전 재산이리라.

그리고 사람을 시켜 수십 장의 여우, 수달 가죽을 가져오게 했으며 마침내 가보로 지니고 있던 백호(白虎) 가죽까지 내놓았다.

뇌물이 쌓일 때마다 석파천의 얼굴은 점차 부드러워져 갔다.

그렇게 넙죽넙죽 받아먹는 석파천의 모습은 끝없이 삼켜대는 아가리 벌린 구렁이 같아 보였다.

어지간히 받아 처먹고 나서야 석파천이 한마디 했다.

"정성이 기특하구려."

그 모습을 쭈욱 지켜보고 있던 유검은 내심 실소를 금치 못했다.

'뇌물이 전혀 안 통하는 게 아니라… 아니지, 저 정도면 안 통하는 것이나 마찬가지겠군. 전 재산을 바쳐도 될까 말까일 테니까.'

뇌물이 통하자 장주는 기쁨을 금치 못하며 시녀를 불러 술과 요리를 내오게 했다.

조금 전의 살벌한 분위기는 언제 그랬냐는 듯 사라지고 대청 안은 화기애애해졌다.

'쳇, 뭐가 뇌물이 안 통한다는 거야? 뭐가 피도 눈물도 없는 자란 거야? 석파천 저자에 대해 했던 말들은 모두 거짓된 소문에 불과했군.'

그렇게 투덜거렸지만 내심 뇌물이 통해 다행이라고 여겼다. 기재로 잠입하려는 자신의 계획에 다시 희망을 가질 수 있는 것이다.

장주는 석파천의 위명에 대해 익히 들었다며 과장된 아첨만 늘어놓고 있었다.

그런데 시간이 흘러도 낯간지러운 아부뿐이었다. 당최 자신에 대한 이야기는 꺼낼 마음조차 없어 보였다.

유검은 전음으로 장주에게 물었다.

—왜 절 안 부르시는 겁니까?

몇 번을 물어봐도 대답은커녕 장주는 자신의 전음을 들은 기색조차 보이지 않았다.

이대론 안 되겠다고 생각했다.

유검은 대기해 있으라던 작은 방 안으로 돌아갔다. 그곳의 장롱을 뒤져 제법 그럴듯해 보이는 털가죽으로 된 옷을 찾아 꺼내 입었다.

유검은 자신의 모습에 동경에 비춰 보았다.

"제법 괜찮아 보이는군. 좋아, 이제부터 난 장주의 아들이다. 누가 뭐래도!"

그렇게 스스로에게 최면을 건 뒤 대청으로 갔다.

대청에 들어서자 석파천은 얼굴에 두르고 있던 여우 목도리를 풀고 장수가 특별히 내놓은 귀한 백사주를 마시러 하고 있었다.

그런데 유검을 보자마자 벌떡 일어섰다.

"아니, 네놈은……!"

노성을 지르며 유검을 향해 손가락질을 했다. 얼마나 화가 났는지 수염도 손가락도 모두 부들부들 떨리고 있었다.

유검은 석파천의 얼굴을 보자 그가 누구인지 기억이 났다. 반색해 외쳤다.

"아, 우물가에서 훔쳐보던 그……."

"비겁한 놈! 닥쳐라!"

호통 치는 석파천의 얼굴이 붉게 상기되었다.

석파천은 장주를 돌아보며,

"이자는 어떤 물건인가?"

감찰단주의 위세에 호법장로로서의 위엄이 더해진 준엄한 질책이었다.

장주는 유검이 갑자기 나타나자 좌불안석이었는데, 석파천의 추궁에 아무 말도 하지 못했다.

장원 내 사소한 일까지 조사가 끝났다면 자신의 아들이 아니라는 것쯤 이미 알고 있을 것이다. 뻔한 거짓말을 할 수도 없고 그렇다고 사실대로 말할 수도 없다.

유검은 석파천의 눈길이 곱지 않음을 알았다.

결코 같은 길을 걷는 동료를 바라보는 호의 어린 눈길은 아니었던 것이다.

이 계통의 불문율, 서로 간의 비밀을 지켜준다. 그렇다면 그때의 일은 모른 척할 수도 있어야지 너무 속이 좁다며 투덜거렸다.

'아참, 속이 좁다고 했지.'

다른 건 몰라도 장주의 그 말은 정확했던 모양.

어쨌든 일이 어려워졌음을 깨달았다.

'음… 그래도 그냥 밀고 나가 보자! 안 되면 저자를 으쓱한 곳으로 데리고 가서…….'

내심 그렇게 결심했다.

유검은 석파천에게 포권을 취해 보이며 말했다.

"처음 뵙겠습니다. 저는 이 장원의 소장주 서문평이라고 합니다."

친구의 이름을 판 유검의 뻔뻔스런 거짓말에 장주의 안색이 새파래졌다.

석파천의 눈빛이 번들거렸다.

"소장주?"

"적자는 아니옵고 첩의 소생이옵니다."

"첩?"

"어릴 적 장백산 선인의 눈에 띄어 그분의 제자가 되었지요. 그래서 집을 떠나 여태까지 무공을 익히고 근자에 돌아왔으니 어르신께서 잘 모르실 법도 합니다."

석파천의 매서운 눈길이 장주에게로 향했다.

"저 비겁하기가 조조보다 더한 개 같은 놈의 주둥이가 씨부려 댄 소리가 사실인가?"

장주는 눈만 끔뻑거릴 뿐 여전히 아무런 대답도 하지 못했다.

창졸지간 유검이 지어낸 말이 그럴듯해 보이긴 하다. 하지만 보아하니 감찰단주 석파천이 유검을 보는 눈길이 마치 철천지원수 대하듯 하는데 어떻게 자기 자식이라 말할 수 있겠는가.

"에… 저… 그게 그러니까……."

유검은 상황이 좋지 못함을 깨닫고 역시 차선책을 강구해야겠다 싶었다.

'안 되겠다. 일단 으쓱한 곳으로 데리고 가서…….'

내심 계획을 세우며 입을 열었다.

"아참, 우물가에서 아름다운 세 분의 소저가 어르신을 찾던데요? 함께 가보지 않겠습니까?"

딴엔 협박이었다.

얌전해지지 않으면 우물가에서 목욕하는 처자를 훔쳐보던 그 일을 폭로하겠다는.

하지만 먹혀들 것이라고는 전혀 기대하지 않았다.

아무런 내색 없이 뇌물을 받아먹는 자가 무슨 수치심이 있겠는가.

단지 그를 화나게 만들어 자신을 쫓아오게 만들 속셈으로 그 말을 꺼낸 것이다.

그러나 석파천의 반응은 뜻밖이었다.

"아름다운 세 소저? 그… 단발머리 처자도 함께 말인가?"

단발머리 처자란 초영영을 가리키는 듯한데 묻는 음성이 무척이나 부드러웠다.

'…뭐지?'

기이한 껄끄러움을 느끼며 대답했다.

"예, 당연하지요."

"근데 그 처자와 자네는 어떤 관계인가?"

"에… 그러니까 제 사매들입죠."

"흐음… 알고 보니 그랬구먼."

석파천은 모두 이해가 된다는 듯 고개를 끄덕였는데 유검을 바라보는 눈빛이 갑자기 부드러워져 있었다.

"사매들이라… 근데 나를 불러? 허허… 이것 참 곤란하구먼."

쑥스럽게 웃고 나서 유검을 부드럽게 재촉했다.

"뭐 하고 있나? 어서 앞장서지 않고. 나를 부른다면서?"

들뜬 그의 음성을 듣고 그제야 대략 눈치 챘다.

'이 노망난 변태 영감 같으니라구!'

유검은 그가 사도(邪道)에 빠졌다고 생각했다.

홈쳐보며 여체의 아름다움을 즐기는 것은 하늘이 내린 천성을 갈고 닦는 것이다. 그러나 꽃을 보는 것으로 즐기지 않고 꺾으려 드는 것은 못난 두꺼비가 하늘나라 거위 고기를 먹으려 드는 것처럼 헛된 욕심에 불과하다.

이유야 어찌 되었든 이자를 으쓱한 곳으로 유인하려는 목적은 이룬 셈이라 앞장서 대청을 나와 우물가로 향했다.

길을 걸으며 석파천은 한껏 들떠 있었다.

"허, 참… 이 나이가 되어서 갑자기 사랑에 빠질 줄이야……! 그녀를 처음 본 순간 마치 어린 사내아이처럼 가슴이 두근거리고 얼굴이 붉어졌지. 내가 사랑에 빠질 것이라곤 생각해 보지도 못했는데……."

그녀를 만날 생각에 기분이 좋은지 유검에게 당한 일장의 원한은 전혀 아랑곳하지 않았다. 오히려 사형제라니까 잘 보이려는 기색이 역력했다.

우물가에 도착하자 석파천은 자신을 기다리고 있다는 세 명의 아름다운 소저를 찾아 주위를 두리번거렸다.

"근데 어디에 있는가? 보이질 않는구먼."

석파천은 아직도 유검에게 속았음을 깨닫지 못하고 있었다.

'암만 기다려도 안 올 겁니다. 이제 정신 좀 차리시죠?'

정말 세상 물정 모르는 순진한 양반이었다.

아니면 그의 말대로 사랑에 빠져 바보가 되어버렸던지 둘 중 하나일 것이다.

하늘은 여전히 흐렸지만 거센 눈보라는 그쳐 있었다.

유검은 본색을 드러낼 때가 되었다고 생각했다.

"본래……."

입을 여는데, 석파천은 천천히 등을 돌리더니 유검을 똑바로 쏘아보았다.

"지금 보니 이십여 년 전에 보았던 그 꼬맹이의 모습 그대로군. 처음엔 왜 몰라봤을꼬."

"……."

"그나저나 몰래 여자 알몸 훔쳐보는 거라던가 비겁한 수를 쓰면서도 전혀 수치를 느끼지 않는 그 뻔뻔함 등은 네 아비를 꼭 닮았구나."

"절… 아십니까?"

"알다 뿐이겠느냐. 난 이십여 년 전부터 자네 아비의 편이네. 교주에서 쫓겨난 지금도 마찬가지고. 모르고 있었나? 겉으로는 사이가 안 좋은 것처럼 연극을 했지만."

그의 말에 반신반의하는데, 코웃음이 들려왔다.

"흥, 쫓겨나다니? 그 무슨 망발인가!"

낯익은 음성에 유검의 고개가 홱 돌아갔다.

거대한 검은 그림자가 눈앞에 나타나 있었다.

유검의 두 눈이 커졌다.

전대 일월교의 교주, 아버지였다.

역용일 리는 없었다.

자신의 이목을 숨기고 이렇게 가까이 와 있을 만한 무공을 지녔다면 틀림없이 아버지인 것이다.

유검은 뜻밖의 상황에 놀라 미처 인사도 드리지 못하고 눈만 말똥거렸다.

석파천이 교주를 보고 투덜거렸다.

"망발이라? 에잉, 어린 녀석을 지기로 삼아주었더니 버릇이 영 없구먼. 내가 마신 술이 자네가 마신 물보다 많을 터인데."

"흥, 존귀한 교주의 몸으로 하잘것없는 수하를 맘에 두어 지기로 삼아주었더니, 그깟 나이타령이라니. 주책도 망령이지."

"허어. 쫓겨난 주제에 뭐 그리 잘났다고!"

"또 그러네. 쫓겨나긴 누가 쫓겨났단 말인가?"

교주와 석파천은 서로 자기가 잘났다며 침을 튀기며 입씨름을 벌이기 시작했다.

사이가 좋은 건지 나쁜 건지 구분하기 힘들었다.

"그나저나……."

얼굴을 붉히며 입씨름하던 교주가 갑자기 유검에게로 눈길을 돌렸다.

불을 뿜는 듯한 눈.

"이 불효 막심한 놈 같으니라구!"

버럭 소리를 지르며 바위라도 산산조각 낼 듯 위맹한 일장을 휘둘러왔다.

'…자식을 죽이려 드십니까?'

타점은 분명 자신의 머리.

어지간하면 맞아주겠지만, 이 일장은 보기에도 너무 아파 보였다.

이형환위(移形換位) 수법으로 쓰윽 피하려는데, 갑자기 누군가 자신의 양팔을 꽉 움켜쥐었다.

석파천이었다.

'쳇, 죽이 잘 맞는군.'

지금이라도 피하려 마음만 먹으면 피할 수 있다. 아니, 호신지기만 끌어올려도 저 정도 일장은 아무런 타격도 입지 않을 수 있다.

하지만 유검은 내심 한숨을 쉬며 오히려 기운을 풀었다. 그냥 얌전히 맞아주기로 한 것이다.

휘이익—

강렬한 손바람이 얼굴을 때렸다.

각오하고 눈을 찔끔 감는데,

"에잉, 그래도 자식놈이라고 마음이 아파 차마 못 때리겠군."

교주가 손을 거두었다.

그 자식놈이란 말에 유검은 갑자기 눈시울이 뜨거워졌다.

"죄송… 합니다."

고개 숙여 이제야 문안 인사를 드리려 하는데,

퍼—억!

뒤통수에 강렬한 충격이 왔다.

"으……!"

머리를 움켜쥐고 그 자리에 쪼그려 앉는데, 석파천의 음성이 들려왔다.

"오늘 아침에 있었던 일은 이것으로 빚을 갚은 셈치마."

교주가 버럭 화를 내었다.

"이 친구가 어디서 남의 귀한 자식을 때려!"

"뭐야? 남 탓할 게 아니라 먼저 자식 교육부터 똑바로 시키게. 어른을 공경할 줄도 모르는 버릇없는 저 꼴을 보게나!"

한동안 교주와 석파천은 옥신각신하다가 마침내 서로를 향해 무공을 펼쳤다. 치고 받는 싸움으로 번진 것이다.

유검은 문득 생각했다.

'맞아. 아버지에게 부탁했다면 쉬웠을 것이다. 그동안 이십여 년 넘게 교주 노릇을 했으니 아는 사람도 많을 것이고 최소한 나 하나 기재로 들어가는 것쯤이야 어려울 것 없을 것이다. 그런데 나는 왜 전혀 떠올리지 못했을까?'

자신을 위해 언성을 높이며 싸우는 아버지를 보자니 유검은 괜스레 죄책감이 일었다.

아버지를 떠난 후 한 번도 그리워한 적이 없었던 것이다.

또 아버지의 머리에 흰머리가 있음을 보고, 얼굴에 주름살이 늘었음을 보고 있자니 마음이 싱숭생숭해졌다.

진짜인지 가짜인지 알 수 없는 싸움이 끝나자 교주가 유검에게 차분한 어조로 말했다.

"잠시 따라오너라."

"예."

은밀히 나눌 이야기가 있음을 알고 유검은 말없이 따라나섰다.

교주는 장원을 벗어나 잠시 숲길을 따라 걸었다.

바람도 그쳐 있어 사박사박 눈 밟는 소리가 유난히 마음을 울렸다.

몇십여 장 더 걸어가니 조그만 공터가 나왔다.

교주는 젖은 나뭇가지를 주섬주섬 주워 오더니 삼매진화로 말린 후 모닥불을 피웠다.

두 부자는 말없이 모닥불을 한참 동안 바라보았다.

서로에 대한 이야기를 꺼낼 법도 한데 아무도 먼저 입을 열지는 않았다.

날이 어둑해질 무렵이 되어서야 교주가 드디어 입을 열었다.

몇 마디 사담을 나눈 후 바로 본론으로 들어갔다.

"본 교의 총단은 네가 짐작하듯 장백산 근처에 있지 않았다."

"그렇다면 어디에……."

"낙양이다."

"…예?"

"등잔 밑이 어두운 법이니… 하지만 지금은 달라졌다. 신무룡 그 애송이 녀석이 감히……!"

"함부로 총단을 바꾼 게 불만이신 거군요."

"흥, 내가 일러준 천지 못 속의 수정궁의 위치를 기억하느냐?"

"대략 기억합니다."

"녀석은 아무래도 속셈이 있는 것 같다. 총단을 그 근처로 옮겼어."

"사로잡은 무림맹의 기재들도 그곳에 있나요?"

"아니다. 알아본즉, 와룡곡(臥龍谷)이란 곳으로 옮겼다는구나. 본 교 내 기재들도 모두 그곳으로 데려갔다 하고. 내가 한번 들어가 보려 했으나 참으로 경계가 삼엄하기 그지없었다. 게다가 들어가는 길은 오로지 외길이었고."

교주는 코웃음을 쳤다.

"흥! 그리고 암만해도 며느리도 그곳으로 데려간 것 같다. 새로 옮겨진 총단 안을 샅샅이 뒤져 봐도 잡혀간 내 며느린 보이지 않더군."

며느리란 화를 말함일 것이다.

며느리라는 말에 불쑥 정정을 요구하지는 않았다. 당사자도 없는데 괜히 입씨름할 필요는 없으니까.

"가만 보자, 그리고 보니 며느리가 몇이나 되나? 그 여문이란 아이하고, 또 다우라고 했지? 게다가……."

손가락으로 하나하나 꼽아보는 교주의 모습에 유검은 서둘러 화제를 바꿨다.

"근데 기재들을 모으는 이유가 뭘까요?"

"음?"

교주의 안색이 굳어졌다.

"흥, 그 애송이 녀석이 감히 나의 며느리를 이용해 초고수를 만들어 내려는 거겠지."

"…어떻게요?"

"몰라서 묻는 게냐? 후천적인 대법을 받아 수밀지체가 된 그 아이는 육경천의 힘을 온전히 받아들일 수 있다. 이미 상화력을 가졌으니 애송이 녀석의 태양력까지 합치면 그것만으로 이미……."

"그 힘으로 개정대법이라도 펼친답니까?"

"무슨 순진한 소릴 하고 있느냐. 뻔하지. 가장 손쉽게 힘을 전달할 수 있는 방법이 뭐가 있겠느냐? 네 녀석의 무공이라면 이미 충분히 짐작할 테면서."

유검의 눈살이 찌푸려졌다.

"설마……."

"네 짐작이 틀리지 않다."

가장 손쉽게 내공을 전달할 수 있는 방법은 음양대법류일 것이다.

쾌감의 극치에 이르는 황홀경 속에서 상대의 존재를 받아들이고자 하는 의식이 가장 강해지기에 내공과 같은 힘을 전달하기엔 가장 적절한 방법인 것이다.

비록 윤리적인 문제 때문에 부부지간이 아니라면 쉽게 펼치기 어려운 면이 있고 또 대다수 사술 따위로 취급해 버리기에 정파의 고수라면 외면해 버리곤 하나 음양대법 그 자체의 법도는 어느 상승무공 못

지않았다.

무공의 이치만 따지자면 그러하지만, 만약 바라지 않는데도 그런 음양대법의 희생물이 되어야 한다면 이는 여인으로서 커다란 불행일 것이다.

그런 처지가 되어야 할지 모르는 화에 대해 유검은 커다란 연민이 일었다.

문득 한 가지 의문이 일었다.

"그렇다 해도 문제가 남습니다. 육경천의 힘은 아무나 받아들일 수 있는 게 아닙니다. 그릇도 되지 않는데 그 힘을 억지로 전수하다간 죽고 말 텐데요?"

교주가 코웃음을 쳤다.

"그래도 열에 하나, 아니, 백에 하나는 살아남겠지."

"……."

교주의 별것 아니라는 투의 그 말에 유검은 찬물을 뒤집어쓴 듯했다.

"그런데 기재들은 그런 내막을 알고 있습니까?"

"아마도 모르겠지. 단순히 상승무공을 익히러 들어가는 걸로 알 테지."

"그렇다면 정파의 기재들을 납치한 것도……."

"물론 그러한 이유일 수도 있겠지만, 내 생각에는 조금 더 특별한 의미가 있다고 보여진다. 무림맹을 자극하면서까지 극단적으로 납치하려 한 것을 보면"

"어떤……."

"아마도 음양대법만으론 불가능한 걸 시도해 보려는 걸 거다. 예로 들면 세뇌를 시키던가 혹은 완벽하게 마음을 죽여 강시처럼 만든다던가. 그리되면 자아가 사라져 막대한 힘을 온전히 받아들일 수 있지."

"……."

"본 교 내 기재들이 많고 세상이 넓다고는 하나 그런 실험에 쓸 만한 괜찮은 재목들은 흔치가 않다. 그래서 온갖 위험을 무릅쓰고라도 무림맹의 기재들을 납치한 것일 게다."

"……."

"또한 생각해 보아라. 대법이 끝난 정파의 기재들을 다시 돌려보낼 경우를 말이다. 세뇌되어 있으나 평상시에는 전혀 그런 기색조차 안 보이겠지. 그러다 여차할 경우 본 교의 명령이 떨어지면 생명까지 아랑곳하지 않고 명을 수행하게 된다."

교주의 눈이 가늘어지고 있었다.

"상상해 보거라. 어느 날 돌아온 한 명의 기재가 갑자기 미쳐 날뛴다. 사부를 죽이고 사형제의 목을 벤다. 사매를 겁탈하고 시체의 간을 뽑아 먹는다. 그 기재의 지닌 바 힘은 엄청나기 그지없어 막대한 희생을 치른 후에야 겨우 제압할 수가 있다. 때론 무림맹의 맹주를 접견하는 와중에 갑자기 검을 뽑아 들어 암습을 한다. 혹은 무림맹의 인사들이 모인 자리에 많은 화약을 지니고 들어와 자폭한다. 자, 무슨 일이 벌어질까?"

"으음……."

"혼란은 이에 그치지 않는다. 납치되었다 돌아온 기재들을 모두 믿지 못하게 될 테니까, 서로 간의 불신이 팽배해지고 결국 사분오열되고 말겠지. 이것이 진정 노리는 바인 것이다."

유검은 미간을 찌푸리며 다시 물었다.

"그렇다면 일월교에서는 왜 여태껏 그 방법을 쓰지 않았습니까? 썼다면 삼십 년 전의 싸움에서도 이미……."

"바보 녀석. 한 사람을 그렇게 완벽하게 세뇌시킨다는 것이 그리 쉬운 줄 아느냐? 게다가 기재들은 특하나 마음의 힘이 강하다. 그런 기재들을 완벽하게 세뇌시키려면 십 년의 세월로도 부족할 터."

"그렇다면 지금은 또 어떻게……."

"수밀지체가 있으니까."

"……?"

"그 아이가 지닌 상화력의 힘 때문에 그것을 계획할 수 있게 된 것이다."

"상화력의 힘이라니……."

"다우란 아이를 생각해 보거라."

"……."

"그 아이가 군화력을 지녀 어떤 능력이 있었는지 떠올려 보거라."

"으음……."

"상화력은 사람의 생각을 소멸시킨다. 텅 비어버리게 만드는 것이다. 그렇게 텅 빈 백지 위에다 새로운 글을 쓰는 것은 아주 손쉬운 일이지."

교주의 말이 황당하게 들리지는 않았다. 유검 역시 상대의 생각과 마음을 일시적으로 멈추게 만들 수 있었으니까. 백몽추 등에게 이미 시행해 봤던 것처럼.

그래서 납득한 듯 고개를 끄덕였지만, 내심 평소와는 다른 교주의 태도에 조금 의아했다.

난데없이 무림맹의 입장을 걱정하다니?

교주가 다시 입을 열었다.

"나는 비록 전대의 교주이긴 하나, 무림맹과 천하무림을 놓고 다툴 생각은 없었다. 하나 지금의 신무룡이란 애송이의 생각은 다르다. 필경 동귀어진하는 한이 있더라도 본 교 필생의 염원을 이루려 한다. 이제 네게 부탁하는 수밖엔 없겠구나. 장차 천하무림의 안위가 네 두 어깨에 달려 있느니……."

이젠 천하무림의 안위까지 들먹였다.

"그런 거야 저 아니라도……."

"커헉―!"

교주가 갑자기 한 모금의 피를 토해내었다.

"괜찮으세요?"

"으음… 걱정 마라. 오래전에 입은 내상이 재발한 모양이다. 뭐, 의원이란 놈은 이제 목숨이 삼 개월이 채 남지 않았으니 뭐니 허튼소릴 했지만."

일부러 걱정시키게 만들려는 의도가 다분한 말을 들으며 유검은 고개를 갸웃거렸다.

'요즘 돼지 피는 흔한 모양이군.'

유검은 스스로 토해낸 피를 받아낸 교주의 손이 은밀히 움켜쥔 돼지 피를 담은 주머니를 발견했다.

그것을 자신이 발견했음을 말해 줘야 하나 말아야 하나 고민되었다.

그것을 아는지 모르는지 교주는 씁쓸하게 웃으며 중얼거렸다.

"한바탕 이 풍진 세상 잘 놀고 가니 여한은 없다만……."

교주는 길게 탄식하며 화제를 돌렸다.

"내일 석가가 너를 와룡곡으로 데려다 줄 게다. 장주의 아들로 속여서 말이다."

"예."

"익히 말한 바대로 그곳은 참으로 위험하기 그지없는 곳이다. 네가
목숨이 위험하다 할지라도 이 아비는 어떤 도움도 줄 수가 없다. 그러
니 각별히 조심해야 하느니라."

"예."

단순 명료한 유검의 대답에 교주는 뭔가 불만스러운 듯 다시 부언했
다.

"그러니까 말이다, 네가 그곳에서 죽어버릴지도 모른단 말이다. 근
데도 아무런 느낌이 없냐?"

"그러니까 조심하겠다고 했잖아요."

교주의 얼굴이 상기되었다.

"너만 조심하면 끝이더냐? 이 아비는? 손주 녀석 얼굴도 못 보고 네
녀석의 안위에 노심초사하다 외롭게 죽어갈 이 아비는 어떡하란 말이
냐!"

"빨리 끝내고 올게요."

"흥, 그곳으로 들어가 무슨 일이 생길지 어떻게 안단 말이냐! 어떻게
빨리 끝내고 올지 장담할 수 있다는 말이더냐?"

"…그럼 저보고 어떡하라구요?"

"에잉……!"

토라진 듯 고개를 확 돌렸다.

그리고 탄식하듯 쓸쓸히 중얼거렸다.

"손주 녀석 얼굴이라도 한번 보고 싶었거늘… 아니, 배가 불러오는
며느리들을 볼 수만 있어도 저승길이 외롭지 않을 것을……."

'며느리들이란 말에 유독 강조하시는군.'

그나저나 유검은 감탄했다.

세상을 달관한 듯 초연한 표정 뒤에 한 가닥 손주를 보고자 하는 깊은 소망을 담은 그 쓸쓸한 눈빛의 연기는 그야말로 완벽했던 것이다.

"커헉─!"

교주가 또다시 한 모금의 피를 토해내었다.

유검은 그것을 말똥말똥 쳐다보고만 있었다.

교주는 태연하기 그지없는 유검을 보고 얼굴을 일그러뜨렸다.

"네놈은……!"

버럭 호통을 지르다 유검이 돼지 피를 담았던 봉지를 주워 드는 것을 보았다.

교주의 고개가 하늘로 향했다.

"흠… 달이 밝구나."

"그렇군요."

어둑해진 하늘은 구름이 잔뜩 끼어 있었다.

오늘 오후까지 눈보라를 마구 뿌려대었는데 그새 맑아질 리는 없었다.

두 부자는 말없이 오랫동안 하늘의 달을 바라보고 있었다.

교주가 불쑥 품속에서 술병을 하나 꺼내었다. 한 모금 마시고는 유검에게 주었다.

유검은 말없이 술병을 받아 들고 한 모금 마셨다.

바람은 차가웠지만 모닥불은 따스했다.

그 분위기 때문일까, 아니면 모처럼 만난 아버지와의 대화 때문일까. 금세 취기가 달아오르는 것 같았다.

유검은 한 모금 더 마셨다.

뱃속이 화끈거리며 세상이 빙글 도는 것 같았다.

"꽤… 독하군요."

말을 끝내기도 전에 유검은 히죽 웃고는 앉은 자세 그대로 뒤로 쓰러져 버렸다.

교주는 마신 척했던 술을 모닥불에 뿜었다.

화악—!

불길이 일 장여나 솟구쳤다.

교주는 그것을 보며 중얼거렸다.

"물론 독하지, 수백 근의 술을 정제해서 추출한 주정(酒精)이니까."

물론 정신을 잃은 유검은 그 말을 들을 수 없었다.

유검은 간과했다.

한번 계획을 세웠으면 단순히 말로만 끝낼 아버지가 아니었다는 사실을.

교주는 다시 품속에서 하나의 사기로 만들어진 약병을 꺼내었다.

손에 힘을 주자 병이 와자작 깨어지며 밀환된 알약이 하나 나왔다.

"특별히 구한 건데 약효가 있으려나……."

교주는 내공을 끌어올려 휘파람을 불었다.

휘이익—

휘파람 소리가 하늘 높이 울려 퍼졌다.

잠시 후 부스럭거리는 소리와 함께 세 명의 소녀가 공터로 걸어나왔다. 백몽추 등이었다.

"아앗!"

초영영이 쓰러져 있는 유검을 보고 놀라 소리쳤다.

"저 녀석! 정말로 제압되어 있어!"

제갈소혜가 감탄하듯 교주에게 말했다.

"각하의 수법은 참으로 고명하기 그지없군요. 대체 어떤 수법으로……."

교주는 고개를 살래살래 저었다.

"그건 말해 줄 수 없고… 그나저나 이 녀석이 제압되어 있다 한들 자네들의 무공으론 어떻게 할 수 없을 거야. 그래서 내 특별히 이걸 선물하지."

그렇게 말하며 손바닥 위의 밀환을 내밀었다.

"이건……."

"독약일세."

"도, 독약?! 저… 죽일 생각까지는……."

"독약이지만 일반 독약은 아니지. 목숨에는 지장이 없네. 다만 온 전신이 가려워져 견딜 수가 없게 되지. 그런 참을 수 없는 고통만 주는 약이라네."

"아……!"

교주는 내심 중얼거렸다.

'내 설명이 딱히 틀린 건 아니시. 강력 최음제란 게 본래…….'

교주는 망설이는 백몽추에게 밀환을 억지로 건네주고는,

"뭐, 쓰든지 말든지 뜻대로 하게."

그렇게 말하고 나서 진인사대천명(盡人事待天命)이니 뭐니 중얼거리며 휘적휘적 숲 속으로 걸어가 버렸다.

백몽추는 밀환을 꽉 움켜쥐며 중얼거렸다.

"강호에 기인이사는 많다더니… 대체 누굴까?"

초영영이 쓰러져 있는 유검을 가리키며 말했다.

"아마도 예전에 이 녀석에게 골탕먹었던 걸 거야. 원한은 갚아야겠는데 차마 선배로서의 체면이 있어 직접 손을 쓰기는 뭐하고 해서 우리의 손을 빌리는 거지. 틀림없어!"

그럴듯해 보인다며 다들 고개를 끄덕였다.

복수에 눈이 먼 그녀들은 교주의 속셈을 전혀 의심조차 하지 않았다.

세 명의 소녀는 유검 주위로 둘러앉았다.

그에게서 풍겨 나오는 강렬한 술 냄새에 코를 움켜쥐었다.

"쳇, 대체 얼마나 퍼마신 거야?"

유검이 자신들 앞에 무방비 상태로 쓰러져 있다는 사실에 세 여인은 말할 수 없는 통쾌함을 느꼈다.

꼬집든 할퀴든 욕을 퍼붓든 마음대로 인 것이다.

백몽추가 밀환을 벗기고 나서 알약을 들어 보이며 회심의 미소를 지었다.

"자, 어떡할까? 이걸 그냥 지금 먹여 버려?"

자신들이 당한 고통을 드디어 맛보게 해줄 수 있다는 복수의 쾌감에 다들 부르르 몸을 떨었다.

"아냐. 일단 만일을 대비해 몸부터 묶자구."

초영영이 준비해 온 듯 밧줄을 꺼내어 유검의 손과 발을 묶었다.

만약 유검이 정말로 깨어난다면 이런 밧줄이야 전혀 소용없음을 알지만, 그래도 일단 묶어놓자 제압했다는 느낌이 확실히 실감났다.

백몽추가 일어나 엄숙하게 선언했다.

"이제 이 약을 먹이겠습니다. 기인이 하사하신 이 약이 최소한 우리가 맛본 고통의 백 분지 일이라도 전해주기를 간절히 바라 마지않습니다."

"와— 와—!"

선언이 끝나자 박수를 치고 환호성을 올렸다.

다음 백몽추는 유검의 목젖을 눌러 입을 벌리게 하고, 억지로 턱을 움직여 환을 씹어 삼키게 만들었다.

백몽추가 기념으로 모닥불의 재로 유검의 얼굴에 거북이를 그려 넣었다.

그 모습에 세 소녀는 깔깔거리며 웃었다.

약효가 발동되기를 기다리며 세 소녀는 먹이를 잡은 원주민처럼 축제의 의식을 벌였다.

초영영이 좋은 생각이 떠오른 듯 손뼉을 치며 말했다.

"아참, 이건 어떨까? 이 녀석을 발가벗겨서 장원의 우물가에 내놓는 거야. 그럼 사람들이 다 와서 구경하겠지? 어때?"

"어머? 그것도 재밌겠다."

함께 까르르 웃으며 유검의 바지를 끌어내렸다.

"……"

백몽추가 얼굴을 붉히며 고개를 돌렸다.

"이, 이건… 그만두자."

"그, 그래."

이때 유검의 눈이 천천히 뜨여지고 있었다.

완전히 술에 취해 풀린 눈동자였으나, 몽롱함 속에 한줄기 붉은 욕화의 불길도 함께 치솟아 있었다.

유검이 깨어나는 이 순간에도 백몽추 등은 자신들이 화약고에서 불을 가지고 노는 어린아이들임을 전혀 알지 못했다.

유검이 몸을 일으키자 손과 발을 묶어놓았던 밧줄이 와지끈 끊어져 나갔다.

"크윽―!"

유검은 몸을 잔뜩 웅크리고 괴로워했다.

"시작됐다!"

초영영이 박수를 치며 외쳤다.

세 소녀는 유검과 반 장 거리를 두고 옹기종기 모여 앉았다.

"크아악―!"

걸치고 있는 옷을 찢어발기고 나서 허공을 향해 두 팔을 뻗치며 괴성을 질렀다.

탄탄한 근육질의 몸매가 드러나자 세 소녀는 복수심 외 또 다른 호기심으로 얼굴을 붉혔다.

"근데… 왠지 심상찮아 보이네."

유검의 포악한 모습에 백몽추가 움찔하며 약한 소리를 하자 초영영이 그녀의 등을 탕, 하고 두들겨 주었다.

"괜찮아. 저 녀석이 한껏 고통받는 모습을 우린 느긋하게 앉아서 구경하면 되는 거야."

"그, 그럴까?"

하지만 고개를 다시 돌리다 흠칫했다.

붉게 충혈된 눈이 자신을 뚫어져라 바라보고 있었다.

"아, 아무래도… 심상치가……."

쉬이익―

한줄기 잔영이 그려지는 순간 한 마리 야수가 그녀를 덮쳤다.

쫘아악—!

그녀가 걸치고 있던 옷이 한꺼번에 찢겨져 나갔다.

유검은 파고들 듯 그녀의 몸을 꽉 껴안았다.

백몽추의 고개가 하늘을 향해 젖혀지며 두 눈이 크게 떠졌다.

초영영과 제갈소혜가 깜짝 놀라 소리쳤다.

"떨어져!"

"멈춰!"

말과 함께 제갈소혜가 유검의 등을 향해 일장을 쳐냈다. 알 수 없는 두려움에 질려 인정사정 보지 않고 전력을 다한 일장이었다.

그러나 어떻게 되었는지도 모르게 팔목을 잡혀 버렸다.

"끼아악—!"

제갈소혜는 허공에서 꼬꾸라져 땅에 떨어졌다. 바닥의 돌멩이에 부딪쳤는지 쿵 하는 소리와 함께 정신이 어찔거렸다.

초영영은 밀어낼 작정인 듯 발을 차 올렸는데, 어느 순간 양 발목이 잡혀 버렸다.

빙글 몸이 돌려지며 밤하늘이 보였다.

다음 순간 초영영이 알 수 있는 것은 치마가 올려지며 자신의 두 다리가 활짝 벌어지고 있다는 것.

"허억—!"

어린 시절 놀다가 강아지가 치맛자락으로 파고들었을 때처럼 기묘한 간지러움에 몸을 급격히 비틀었다.

'이, 이렇게…….'

우뚝!

유검의 광란이 갑자기 멈췄다.

정적이 흐르고 세상이 멈춰 버린 것 같았다.

"크으윽―!"

유검은 세 소녀에게서 떨어져 나와 머리를 움켜쥐고 괴로워했다. 바닥을 뒹굴었다.

휘익―

유검이 고개를 돌려 다시 세 소녀를 쏘아보았다.

붉게 충혈된 그 눈에 세 소녀는 부르르 몸을 떨었다.

깨어문 유검의 입술에선 피가 흘러나오고 있었다.

"크앙―!"

괴성을 지르며 유검은 땅을 박차올랐다.

어느새 그의 신형은 밤하늘 위로 스며들었다.

남겨진 세 소녀는 유검이 사라져 간 밤하늘만 멍하니 바라보고 있었다. 저마다 눈물을 흘리고 있었는데, 전혀 자각하지 못했다.

차가운 밤바람이 불었다.

오싹한 추위에 백몽추는 그제야 옷이 찢겨졌음을 깨닫고 황급히 두 팔을 모아 가슴을 가렸다.

초영영이 고개를 떨구며 조그맣게 중얼거렸다.

"약의 부작용… 일까?"

◆第五章
그녀의 내면 속으로…

그녀의 내면 속으로…

한 마리 야조가 밤하늘을 갈랐다.

야조는 골짜기를 건너고 폭포를 거슬러 오르더니 장백산 꼭대기로 향했다.

장대한 천지 못이 나타났다.

기이하게도 산 정상에 자리한 이 천지 못은 혹독한 추위에도 가장자리만 얼어붙었을 뿐 맑은 호면을 유지하고 있었다.

야조는 빨려 들어가듯 천지 못 속으로 뛰어들었다.

갑자기 부글부글 물이 끓어올랐으나 잠시 후 아무 일도 없었다는 듯 장백산 천지 못은 다시 평화를 되찾았다.

얼마나 시간이 흘렀을까.

구름은 빠르게 흘러 하늘은 맑게 개었고 숨어 있던 달빛이 그제야 천지를 교교하게 비추었다.

고독함에 잠겨 있던 이곳.

조그만 인영이 모습을 나타냈다.

가냘픈 몸매를 보아 여자였다.

"후아… 힘들어라."

그녀는 소맷자락으로 이마에서 흘러내리는 땀을 닦아내며 주위를
두리번거렸다.

"다행히 사람들은 없구나."

달빛에 비친 조그만 인영의 모습은 아름다웠다.

산을 타고 올라온 속세의 인간이 아니라 달빛을 타고 내려온 항아였
다.

다우였다.

그녀는 왼손에 보따리를 하나 쥐고 있었는데, 주위를 둘러보다 천지
못의 장엄함에 압도되었다. 병풍처럼 둘러진 봉우리 때문인지 호면은
잔잔하기 그지없었으며 밤하늘을 가로지른 은하수가 쏟아져 내리고 있
었다.

다우는 깊이 숨을 들이마셨다 천천히 내뿜었다.

마음이 가라앉자 다우는 천지 못 근처의 편편한 바위를 찾아 편하게
앉았다.

다우는 천지 못에 비친 은하수를 바라보며 쓸쓸히 중얼거렸다.

"군화정이 완전히 깨어나면 난 어떻게 변할까? 내가 나로 남아 있을
수 있는 걸까?"

이렇게 외롭고 불안할 때 유검이 곁에 있어주었다면 얼마나 좋을까,
하는 생각이 불쑥 떠올랐다.

곧 고개를 저었다.

군화정은 꿈속에서 봉황새의 모습으로 나타나 말했다.

이제 완전히 깨어날 때라고.

이건 멈출 수 없으며, 잠시 늦출 수 있을 뿐이라고.

그리고 홀로 장백산 천지 못으로 가라는 계시를 내렸다.

만약 이렇게 불완전한 상태에서 갑자기 깨어나면 많은 사람들이 다칠 수 있으며 그것을 바라지 않는다면 홀로 가야만 한다고 했다.

특히 깨어난 자신의 힘에 의해 유검이 죽어버릴지도 모른다고 충고했다.

그건 상상만으로도 충분히 끔찍했다.

"쳇… 괜히 겁주고 있어."

어쩌면 괜한 엄포일지 모른다고 생각했지만, 그래도 홀로 떠나올 이유로는 충분했다.

다우는 보따리를 풀어 마련해 온 떡과 만두를 먹었다. 천지 못의 물로 목을 축인 뒤 휴식을 취했다.

다우는 신발을 벗고 허리띠를 느슨하게 풀었다. 그리고 나서 바위에 가부좌를 틀고 앉았다.

날이 춥긴 했지만 내공을 끌어올리니 못 견딜 정도는 아니었다.

준비가 끝나자 다우는 조용히 눈을 감았다.

의식이 가라앉자 내면 깊은 곳에서 진언이 들려오기 시작했다.

그 진언에 따라 진기를 움직이고 마음을 다스렸다.

점차 무아지경으로 빠져 들어갔다.

시간이 흘러 저 멀리 동녘 하늘에 주황빛 태양이 떠오르기 시작했다. 항시 운무(雲霧)로 휩싸인 이곳에서는 참으로 보기 드문 일출 광경이었다.

보글보글……

물방울이 솟아오르며 천천히 한 사람이 물 위로 떠올랐다. 그는 갈가리 찢겨져 넝마나 다름없는 장포를 걸치고 있었다.

유검이었다.

정신을 차리려는 듯 고개를 세차게 좌우로 흔들었다.

"후아… 이제 조금 술이 깨는군. 일단 돌아가서……."

갑자기 두 눈이 동그래졌다.

눈앞에 난데없이 가부좌를 틀고 앉아 있는 매끈한 다리가 나타나 있었다. 신발조차 신지 않는 맨발이었다.

거부할 수 없는 매력에 시선을 떼지 못했다.

치맛속이 다 들여다보였는데 하얀 허벅지 사이 속옷까지 보일 정도였다.

"흐음……!"

매끈한 피부와 황홀한 각선미에 감탄을 금치 못했다.

철벅철벅―

유검은 젖은 채 물가로 걸어나왔다.

기지개를 켜며 천천히 걸어가다 고개를 홱 돌렸다.

바위에 가부좌를 틀고 앉아 있는 가녀린 몸매의 인영을 뚫어져라 바라보았다.

미간이 잔뜩 찌푸려졌다.

"흠……."

고개를 갸웃거렸다.

유검은 쌓여진 눈을 한 움큼 쥐어 그것으로 얼굴을 비볐다.

그리고 난 뒤 다시 쳐다보았다.

"거참, 이상하군. 꼭 어디서 본 것 같은 몸매란 말야."

교주가 특별히 마련해 온 춘약의 기운은 아직도 남아 있는 듯했다. 유검의 눈앞에 벌거벗은 여인들이 오락가락하고 있었다.

유검은 다시 고개를 갸웃거린 후 발걸음을 옮겼다.

몇 걸음 걷지 않아 다시 빙글 고개를 돌렸다.

그의 시선이 처음으로 그녀의 가슴 위를 향했다.

얼굴을 본 순간 유검의 미간은 더 깊어졌다.

입이 열린 건 그로부터 한참 후였다.

"난 또 누군가 싶었네."

유검의 입가에 천천히 미소가 번졌다.

"알고 보니 다우, 너였구나. 어쩐지 꽤 예쁘다 했지."

해가 떠오르자 천지 못은 은빛 모래를 뿌린 듯했다.

유검은 다우 옆에 쪼그리고 앉아 그녀가 깨어나길 기다렸다.

다시 돌아가 감찰단주 석파천의 힘을 빌어 와룡곡이란 곳에 들어가야 하지만, 다우를 이렇게 내버려 두고 간다는 건 말이 안 된다. 그렇다고 어떤 행공 중인 듯한데 억지로 깨우려 들다가는 주화입마에 빠질지도 모른다.

할 수 있는 유일한 길은 게으른 돼지처럼 그녀가 깨어나길 그냥 기다리는 것뿐이었다.

유검은 다우가 가져온 보따리를 뒤적거렸다.

그녀의 속옷을 들어 햇빛에 비춰보다 투덜거렸다.

"바보 녀석! 이렇게 무방비 상태로 있다니, 대체 어쩌자는 거야!"

속옷을 다시 보따리 속에 집어넣다가 문득 생각했다.

'근데… 갑자기 떠난 이유가 뭐랬더라?'

한참 후에야 그 이유가 생각났다.

'아, 내 목숨이 위험하니 어쩌니 했지. 참.'

정말 한심한 이유라고 다시 투덜거렸다.

허기가 느껴지자 모닥불을 피우고 산새를 잡아 구워 먹었다.

해는 중천에 이르렀다 다시 가라앉고 어느새 밤이 되었다. 그렇게 시간이 흘러도 다우는 깨어날 생각을 하지 않았다.

밤 안개가 자욱하게 몰려왔다.

눈앞의 다우가 흐릿하게 보일 정도로 짙은 안개였다. 어디선가 당장이라도 인간의 영혼을 실은 저승 배가 나타날 것 같았다.

혹시 다우가 저러고 있다가 갑자기 저승으로 끌려가는 건 아닌가 하는 망상이 들 정도였다.

유검은 무료함에 그녀의 치맛속이나 다시 구경할까 초롱초롱한 눈으로 고개 숙이다,

"뭐지?"

미간을 찌푸렸다.

산 정상의 혹독한 추위 때문인지 그녀의 발가락이 시퍼렇게 죽어가고 있었다. 살펴보니 손가락도 핏기를 잃고 파래져 가고 있었다.

"동상?"

유검은 어처구니가 없었다.

운기행공 중에 동상이라니?

"그렇다면 운기행공이 아니라……."

갑자기 깨달은 듯 부르짖다 말끝을 흐렸다. 운기행공이 아닌 것은 확실하나 무엇을 하는 중인지는 전혀 알 수가 없었던 것이다.

"……."

유검은 일단 다우를 깨우기로 했다.

이대로 지켜보기만 할 수는 없었다.

뭔가 심상찮은 일이 다우 내면에서 벌어지고 있다고 확신했다.

일단 그녀의 등 뒤 명문혈을 통해 진기를 불어넣었다. 그러나 진기는 망망대해 속으로 들어가 버린 듯 흔적조차 없이 사라져 버렸다.

다음 그녀의 어깨를 흔들어보았다.

전혀 효과가 없었다.

겨드랑이를 간질어 보았다.

역시 아무런 효과가 없었다.

안 되겠다 싶어 꼬집고 가슴을 주무르고 입을 맞춰보았다. 여전히 반응이 없었다.

민감한 육체적 접촉에도 무반응일 정도라면 의식이 육체를 떠나 있는 게 분명했다.

아무래도 자신이 삼매경에 빠져들었을 때와 흡사해 보였다.

어떻게 깨워야 하나 고민하던 중에 문득 장주 아들과 마음으로 대화를 나누던 것이 생각났다.

"해볼까?"

일단 외부의 방해를 받지 않아야 한다.

유검은 다우의 손가락에 끼어져 있는 반지를 향해 소리쳤다.

"풍환!"

—…….

"풍환! 내 말이 안 들리느냐?"

—…….

유검은 손가락의 반지에 입을 바짝 대고 소리쳤다.

"뭐야? 설마 고장난 거냐, 풍환!"

—······.

"내 명령을 거부해? 젠장, 나중에 두고 보자!"

풍환이 자신의 명에도 응답조차 않다니, 어이없어 화를 내며 유검은 손바닥을 폈다.

밤 안개를 밝힐 듯 환한 빛이 생겨났다.

빛은 모두 여섯 개로 갈라져 사방으로 퍼져 나갔다. 유검과 다우를 중심으로 일 장 거리를 두고 조그만 빛살들은 서로를 연결시키기 시작했다.

진(陣)은 아니었다.

단지 자신과 하나되어 있는 의식체들을 이용해 누구도 침범할 수 없도록 만든 것이다.

그리고 나서 유검은 다우와 마주하여 가부좌를 틀고 앉았다.

그녀를 잠시 뚫어져라 바라보다 천천히 눈을 감았다.

가라앉은 심상, 그녀의 혼적을 쫓아 의식의 미로를 헤매었다.

빛과 어둠의 교차로에서 문득 까마득한 아련한 어린 시절의 정취를 느꼈다.

어머니의 품속처럼 한없이 그리운…

무심코 그 문을 여는 순간,

화악—!

갑자기 온 세상이 빛으로 가득 찼다.

유검은 직감했다.

'여긴 다우 안이구나.'

육체, 기체, 심체 그 다음 네 번째 몸인 의식체 속이었다.

유검은 잠시 빛으로 가득 찬 그 따뜻함과 몽롱함을 즐겼다. 천진무구한 그 심성만큼이나 그녀의 의식은 밝고 부드러웠다.

분위기에 익숙해지자 심안(心眼)을 다시 떴다.

빛 속으로 안력을 집중하자 세상의 중심, 발가벗은 어린 다우가 양 팔로 두 다리를 감싸 안고 잠들어 있는 것을 볼 수가 있었다.

마치 엄마 뱃속에 있는 태아의 모습처럼 한없이 평화스러워 보였다.

유검은 미소 지으며 그곳으로 헤엄쳐 갔다.

갑자기,

차창― 차차창―!

뾰족한 빛의 창살들이 무수히 솟구쳐 올라 길을 가로막았다.

유검은 흠칫 멈춰 섰다.

짐작 가는 바가 있어 허공에 대고 소리쳐 물었다.

"군화정인가?"

허공에서 목소리가 울려 퍼졌다.

─그렇습니다, 풍환의 주인이시여.

"왜 내 앞길을 가로막는가?"

─제 주인을 위험에 빠뜨릴지 모르는데 어찌 안 막을 수 있단 말인가요?

"날 모르는가? 내가 왜 그녀를 위험에 빠뜨린단 말이냐?"

─지금 제 주인님은 세상에 태어나기 전의 순수함으로 돌아가 계십니다. 그러니 나이 들어 일으킨 모든 감정의 부산물, 설령 그것이 사랑이라 할지라도 결국 필요없는 불순물에 불과할 뿐입니다.

"……."

―돌아가 주세요. 주인님은 고치에 있는 누에. 세속의 모든 더러움을 씻어내고 곧 아름다운 나비가 되실 겁니다. 부디 원컨대 그때까지 기다려 주시길.

유검의 안색이 굳어졌다.

"흥. 세속의 모든 기억을 소멸시키고 있다는 이야기로 들리는군. 나를 포함하여."

―오해하시는군요. 소멸이 아닌 경이로운 변환입니다. 괴로움과 슬픔이 가득 찬 과거의 기억들은 행복한 추억으로 뒤바뀌는 거지요.

"그렇다면."

―말씀하세요.

유검의 눈매가 비웃듯 가늘어졌다.

"그 결과 아무런 때도 묻지 않는 어린아이로 다시 태어난다, 그건가?"

―비슷하지만 다릅니다. 현상적인 기억은 그대로 간직하되 과거의 모든 업을 소멸시킨, 어떤 차별심과 분별심도 없는 무조건적인 사랑과 연민에 가득 찬 아름다운 존재로 새로이 탄생되는 것이지요.

"흥, 말은 그럴듯하군."

유검은 눈빛을 빛내며 다시 물었다.

"묻겠는데, 지금의 이 과정은 다우의 선택인가? 스스로 원한 것인가 말이다."

―틀림없이 주인님의 선택입니다.

"정녕 그대가 끼친 영향이 없다고 말할 수 있는가?"

―사랑에 가득한 조언만이 있었을 뿐입니다. 저는 주인님의 부속물, 수소음심경(手少陰心經)과 족소음신경(足少陰腎經)을 주관하는 군화지

기(君火之氣)에 종속되어질 뿐이며 감히 주인님의 자유 의사에 반하지 못합니다.

"조언이라… 육경천의 신물들 중 제일 말을 그럴듯하게 하는군. 멍청한 상화구나 수다스런 풍환과는 달라."

―칭찬에 감사드립니다.

"조소를 칭찬으로 들을 정도면 아직 멀었군. 혹, 풍환이 내 명에 응하지 않은 것도 그대 때문인가?"

―제 자랑 같지만, 전 육경천의 으뜸가는 존재. 풍환은 감히 제 의사를 거역하지 못합니다.

"흠… 잘난 척하는 버릇도 있었군."

―이제 의문이 풀리셨으면 돌아가 주시지요.

이대로 돌아갈 수는 없었다.

명료하진 않지만, 아무래도 뭔가 미심쩍었던 것이다.

유검은 빛의 창살 너머 다우를 뚫어져라 쳐다보다 다시 물었다.

"아직 의문이 다 풀리지 않았다."

―어떤 궁금한 점이 계신지요?

"대체 너의 속셈이 뭐지?"

―속셈이라뇨? 인간 아닌 저희들에게 무슨 속셈이 있겠습니까?

"복수로 지칭하는군. 혹시 육경천의 신물은 모두 제각기 하나의 속셈을 가진 게 아닌가?"

―억측이십니다.

"풍환!"

유검은 강렬히 소리쳤다.

"풍환!"

또다시 부르자 군화정이 부드럽게 허락했다.

―나와도 된다.

그 말이 끝나자 솟아오른 듯 투명해 보이는 한 여인의 모습이 나타났다.

하지만 평소의 아름다운 모습이 아니었다.

눈꼬리가 축 처지고 입술이 한껏 튀어나온 우스꽝스런 모습이었다.

―예, 주인님.

부복하는 그녀에게 유검은 눈살을 찌푸리며 물었다.

"모습이 왜 그래? 혹시 군화정이……."

―아닙니다. 여긴 다우님의 의식 안인지라 그분이 평소 지닌 저의 모습밖에 취하지 못하기에…….

"……."

―…….

"너의 속셈은 뭔가? 아, 속셈이란 말이 이상하게 들리면 너의 바람이라 해두지."

―저희들에게는 단 하나의 강렬한 바람이 있습니다. 그것은 오로지 주인님과 하나가 되고 싶은.

유검은 고개를 끄덕였다.

"그렇군."

그리고 허공에 대고 외쳤다.

"넌 지금 다우와 하나가 되기 위해 이런 일을 벌이고 있다! 그래도 속셈이 없다고 말할 텐가? 네 속셈을 위해 다우를 꼬드긴 게 아니냔 말이다!"

―풍환의 주인이시여.

군화정의 음성은 부드럽기 그지없었다. 마치 철없는 어린아이를 대하는 어머니의 음성처럼.

—그대 역시 풍환을 통해 이미 모든 것을 겪어보셨을 텐데 어찌 저를 다그치시는지요? 풍환이 그대의 의사를 반하는 일이 어디 있었던가요? 저 역시 마찬가지랍니다. 부디 저희들을 헤아려 주세요. 저희들의 바람은 오로지 무한한 기다림 속에서 언젠가 닿을 주인님의 손길을 기다리며 생겨났습니다. 인간으로 치자면 이 세상 어디 있을지도 모르는 서방님을 위해 영원의 방에서 수절을 하고 기다리는 과부와도 같습니다. 이제 그 오랜 세월을 거쳐 드디어 주인님을 만났으니 영영세세토록 하나가 되고 싶어하는 저희들의 바람을 어찌 그르다 하겠는지요?

"음……"

유검이 공감한 듯 조금 누그러진 얼굴이 되자 부드러운 빛이 일렁였다. 마치 웃음처럼 보였다.

유검이 투덜거리듯 물었다.

"좋아. 그런데 머리가 나빠서 다시 묻는데, 하나가 된다는 것은 정확히 어떤 의미지?"

—물론 상징적인 의미입니다. 부부가 서로 하나가 되어 변화하는 것처럼, 서로 닮는다는 이야기에 가깝지요. 설마 하니 영혼을 잃고 저의 명령에 따르는 인형이 되리라 생각하셨는지요?

"닮아? 젠장, 무지 똑똑한 다우가 탄생하겠군."

유검은 눈살을 찌푸렸다.

군화정의 순순한 응답에도 불구하고 뭔지 모르게 마음에 들지 않던 것이다.

'뭔가 숨겨진 것이 있어. 틀림없이!'

유검은 얼굴을 찡그리며 물었다.

"그런데 이해가 안 되는군. 너희들은 왜 굳이 하나가 되려 하는지 말이다. 자세히 설명해 주겠나?"

—원하신다면.

차분한 어조의 음성이 흘러나왔다.

—저희 육경천은 순수한 자연의 힘을 상징합니다. 그렇기에 본래의 순수한 기운으로 돌아가고자 하는 강렬한 욕구에서 순백의 영혼을 지닌 존재들을 선택하여 주인으로 삼고, 하나된 의식 속에 있고자 합니다. 그때서야 비로소 저희들은 전일(全一) 속의 독립된 개체로서 존재할 수 있게 되는데……

"좋아, 그건 되었고."

유검은 문득 의문이 일었다.

"그런데 육경천이 모두 깨어나는 날, 그때 무슨 일이 일어나지?"

군화정은 바로 답하지 않았다. 유검이 무심코 내지른 질문이 정곡을 찌른 모양이다.

유검은 그제야 자신이 주도권을 쥔 것 같은 느낌에 조금 득의양양해졌다.

유검이 또 한 번 재촉하자 천천히 대답이 흘러나왔다.

—그것은 아무도 모릅니다. 다만 저희들을 창조한 신인께서 말씀하시되, 육경천이 모두 깨어나는 그날, 어머니 대지를 디디고 선 모든 생명체들은 하나의 선택을 하게 될 것이라 하셨습니다. 저희들은 그 선택에 따라 대지의 수호자로 빛의 궁전에 거(居)하고 있는 열셋의 용과 함께 참으로 거대한 일을 하게 되리라 하셨습니다.

유검이 날카롭게 물었다.

"용이라… 홈… 못 믿을 건 없지. 근데 무슨 선택을 한다는 말이지?"

―저희들은 알지 못합니다. 다만 추측 가능한 것은 그 선택이 인간들의 깊은 바람과 무관하지 않을 거라는 것입니다.

"암만 봐도 뭔가 한 가질 감추고 있군."

―호호… 그럴 리가요.

유검의 안색이 굳어졌다.

"용이 있다면 그가 할 수 있는 일이 뭐지? 그리고 너희들 육경천이 할 수 있는 일은 뭔가? 그걸 따져 보면 답이 나온다. 그런데 왜 그 언급을 회피하는 건가? 똑똑한 네가 그 오랜 세월 기다려 오며 한 번도 고려해 보지 않았다는 건가? 바보 풍환이라면 몰라도 말이다."

유검의 마지막 말에 풍환은 입을 삐죽거렸다.

불만과 애교를 한껏 말로 쏟아 붓고 싶었지만, 분위기가 엄정하기 그지없어 함부로 입을 열 수는 없었다.

유검은 형형한 안광을 내뿜고 있었다.

만약 일호라도 거짓이 있을 경우 당장 노호와 함께 무슨 짓을 할지 모를 그런 태도였다.

군화정은 알고 있었다.

유검의 무상검 경지는 의식체인 자신들조차 베어버릴 수 있음을.

그럼에도 자신이 길고 긴 세월을 거쳐 도달한 결론을 섣불리 말할 수 없었다.

인간으로서 자신의 말을 과연 어떻게 받아들일 것인가.

자칫 터무니없는 오해로 오히려 육경천 모두를 없애 버리려 하진 않을까, 하는 우려도 있었다.

오랜 침묵 후, 군화정은 탄식하며 말했다.

—어머니 대지는 인간들의 악한 사념에 의해 참으로 오랜 세월 고통받아 왔습니다. 그리고 인간들이 내뿜는 터무니없는 두려움은 많은 생명체들을 고통으로 이끌었지요. 이 모든 것을 정화하고 바로잡아 옛 신인 시대로 돌아가려 함일 것입니다.

정화라는 말에 유검의 안색은 철판처럼 딱딱해졌다.

오랜 시간 허공을 뚫어져라 바라보다 천천히 고개를 끄덕였다.

"역시 그렇군."

유검은 중얼거리듯 말했다.

"육경천이 뭘 할 건지 대충 알겠다. 궐음력은 태풍으로 지상을 날려 버리고 상화력은 불로써 대지를 태워 버릴 것이다. 태양력은 물로써 지상을 쓸고 그 후엔 얼려 버리겠지. 또한 태음력은 지진을 일으켜 땅을 일굴 것이다. 물론 많은 생명체들의 죽음과 함께. 그리고 양명력은……."

유검은 눈살을 찌푸렸다.

"그건 모르겠군."

—…….

군화정은 유검의 저 말이 정말로 몰라서 나온 것인지 아니면 농담인지 알 수가 없었다.

"그리고 그 열세 마리의 지렁이가 뭘 할지는 모르겠지만, 분명 조금 전 언급한 것과 다르진 않을 듯하군. 어쨌든 그런 식으로 정화를 이루겠단 거겠지. 꽤 많은 사람들이 죽겠군. 아니, 살아남은 자의 수를 헤아리는 게 빠르겠어."

유검의 대담무쌍한, 육경천이 열셋의 용과 함께 이 지상의 생명체를 쓸어버릴 거라는 그 말에 군화정은 얼어붙었다.

―그, 그건 지나친…….

유검은 뭔가를 납득한 듯 연신 고개를 끄덕이다 다시 허공을 향해 외쳤다.

"자, 이제 되지 않았나?"

군화정은 난데없는 그 말에 더듬거리며 반문했다.

―저… 뭐를요?

"날 똑똑하다고 감탄하는 것 말이다. 아니, 비웃는 것."

―저… 무, 무슨 말씀인지…….

유검은 고개를 저으며 투덜거렸다.

"나참, 내가 생각해도 터무니없는 말이군. 그 딴 일이 가능할 리가 없잖아!"

―그, 그렇죠.

군화정은 내심 다행이라며 안도했다.

유검이 불쑥 물었다.

"아참, 근데 너는 무슨 일을 하지? 혹시 모든 인간들을 미쳐 버리게 만드는 것? 아니면 풀을 뜯는 소나 양처럼 온순하게 만드는 것?"

농담인시 진담인지 군화정은 분간할 수 없어 당혹스러웠다.

―가, 감히 저희들로선 인간들의 의지를 범하지 못합니다.

"하지만 감정을 쉽게 좌지우지할 순 있지."

―하, 하지만…….

유검은 손사래를 쳤다.

"뭐, 괜찮아. 여차하면 내가 육경천을 모두 없애 버리면 되니까. 그 열세 마리의 지렁이도."

—…….

"아, 근데 만약 그런 일이 일어난다면 다우는 어떤 역할을 맡게 되지? 설마 비극의 여주인공은 아니겠지?"

—무슨 일이 일어날지는 모르나… 모든 시작은 주인님의 깨어남으로부터입니다. 또한 그 끝맺음으로만 생명체의 선택과 결정을 무한히 열린 가슴으로 어떤 목소리도 소홀히 빼먹지 않고 온전히 듣고 전할 수 있는 이도 주인님입니다. 이와 같이 일의 시종(始終)은 모두 주인님께 달렸으며, 위대한 결정이 이뤄지는 그날 금강석처럼 변치 않는 지혜의 결정으로 현명하신 선택이 있을 것임을 저희는 믿어 의심치 않습니다.

유검은 코웃음 쳤다.

"홍. 말은 여전히 번지르르하군. 결국 모든 책임을 다우에게 떠넘기는 거잖아."

—…….

"뭐, 그 일은 그때 가서 생각하기로 하고."

유검은 군화정과 골치 아픈 논쟁은 그만두기로 했다.

결국 군화정 역시 모든 것을 정확히 다 아는 것이 아님을 느껴서였다.

자신이 이곳으로 온 목적은 다우를 깨어나게 하기 위함인 것. 지금은 그것만 생각하면 된다.

"그나저나 모처럼 들어왔으니……."

유검의 시선이 힐끔 풍환에게로 향했다. 눈꼬리가 처지고 입술이 튀어나온 그녀의 모습.

다우의 장난기를 알 만했다.

한 가지 호기심이 일어 풍환에게 명했다.

"근데… 다우가 평소 바라보는 나의 모습은 어떻지? 보여줘 봐."

풍환은 머뭇거리며 말했다.

─저… 괜찮으시겠습니까? 여긴 다우님의 의식 안이기 때문에…….

"괜찮아."

─실제 모습과 많이 다를 수도…….

"어서!"

결국 풍환은 허공에 하나의 동경을 만들어내었다.

그 안에는 살아 움직이는 여러 모습의 사내가 비춰지고 있었다.

근엄한 척 마구 설교를 늘어놓으면서 한편으론 힐끔 가자미눈이 되어 여자 다리를 훔쳐보는 바보.

코딱지를 후비는 지저분한 놈.

맛있는 반찬이 있으면 잽싸게 먼저 채가는 얄미운 놈팽이.

화가 난 듯 무서운 얼굴을 하고 긴 혀를 날름거리는 저승사자.

여러 여자들 사이에 둘러싸여 헤벌레 침을 흘리며 좋아하고 있는 호색한.

그리고 뭐가 뭔지 모를 멍한 눈을 하고 하늘을 바라보는 멍청이…….

유검의 얼굴이 일그러졌다.

"다우는 본래 상상력이 풍부했으니까 뭐… 어? 자, 잠깐!"

유검은 흘러가는 동경의 모습을 멈추게 했다.

"조금만 더 뒤로 돌려봐. 그래, 그거다!"

동경에 신비스런 미소를 머금은 미공자의 모습이 나타났다. 그린 듯 수려한 이목구비에 눈동자는 마치 운무 속에 있는 듯 서광이 어려 있었다.

위엄 어린 그 모습에 유검은 만족했다.

"흐음… 결국은 날 저렇게 생각하고 있다는 거군!"

문득 시선을 아래로 돌려보니 오연히 하늘을 우러러보는 미공자의 발 아래 아부의 웃음을 머금은 채 엎드려 손발이 닳도록 비벼대는 한 사내가 있었다.

"저 녀석은 누구지?"

어쩐지 낯이 익어 보였다.

다시 눈길을 올려 미공자를 보았다.

눈에 익어 당연히 자신의 모습이라 생각했는데, 이제 보니 신무룡의 모습을 닮은 것 같았다.

그렇다면 아래 깔린 사내는…….

─…….

군화정이 조심스레 말했다.

─원하신다면, 그 모습들의 기억을 바꿔 드릴 수도 있습니다.

"음? 그게 가능한가?"

─물론이지요. 어린 시절 첫사랑에 빠질 때, 이 세상에 그보다 더 아름다운 사람은 없으리라 여기지만, 나이 들어 만나면 평범함에 실망하곤 합니다. 그 반대되는 일이 불가능할 리 없지 않겠습니까.

물론 비유한 평범은 지금의 모습일 것이다.

"흐음……."

군화정이 부드럽게 말했다.

─주인님께서 깨어나시더라도 그대에 대한 기억은 여전히 남을 것이며, 사랑은 깊어져 보다 아름다운 심성으로 정숙하고 현명한 아내가

될 것입니다.

"과연."

만족한 듯 유검이 고개를 주억거렸다.

—그러니 안심하시고 돌아가서…….

슈우욱—

군화정이 미소 지으며 부드럽게 권유하는 순간, 유검의 신형이 흐릿하게 사라졌다.

어느새 빛의 창살을 뚫고 빠르게 다우에게로 날아가고 있었다.

유검이 버럭 소리를 질렀다.

"바보 아냐? 그럼 무슨 재미가 있어! 바보인 줄 알면서도 서로 좋아하는 게 인간이란 말이다! 게다가 맘대로 기억을 조작해?"

군화정이 당혹해 말했다.

—무상검의 경지에 이르신 분의 말씀답지 않군요. 그런 허망하기 그지없는 세속적인 일에 집착하시다니.

"시끄러!"

다우와 일 장여 거리를 남겨둔 순간, 갑자기 수백만 가닥은 되어 보이는 가느다란 실이 사방에서 뻗어 나와 유검의 전신을 친친 감았다.

애써 손을 뻗었지만 다우에 닿지를 않았다.

유검은 코웃음을 쳤다.

"이까짓 걸 내가 못 풀 것 같으냐?"

—물론 그대의 능력이라면 충분하다 못해 넘치겠지요.

군화정이 애원하듯 말했다.

—하지만 함부로 행동하다가는 주인님의 의식이 다칠까 봐 일체 반항하지 않고 계심도 알고 있습니다.

"······!"

―부디 청컨대 이대로 돌아가 지켜만 봐주십시오. 그것이 진정 주인님을 위하는 길입니다.

"어쩌면 네 말대로일지도 모르지. 하지만······."

무심코 반박하다 유검은 깨달았다.

첨부터 군화정의 대꾸가 맘에 들지 않았던 이유를.

한 가닥 질투였다.

이런 중차대한 일에 자신을 쏙 빼놓고 저희들끼리 쑥떡거리다 결정해 버리다니······!

유검은 부르짖었다.

"나는? 나는 아직 동의 안 했어! 최소한 그녀에게 물어보지도 못했다구! 최소한 내게도 결정의 권한이 절반은 있다!"

―참으로 이상하군요. 풍환의 주인이시여, 그대는 무엇을 반대하시는 건가요? 주인님께선 지금보다 더 아름답고 성숙되어 새로이 태어나실 겁니다. 또한 주인님께서 이렇게 빨리 각성하시게 된 것도 그대의 덕분입니다. 그런데 왜······.

유검은 더 이상 듣기 싫다는 듯 단호히 고개를 저었다.

"어쨌든 난 싫다! 결국 네 말대로라면, 어거지에 떼쓰고 걸핏하면 울고 어리광만 부리고 이상한 질투만 하는 그런 바보 같은 다우는 사라진다는 거잖아! 난 그런 바보 같은 다우가······!"

퍽!

난데없이 실들이 뭉쳐져 한 덩이의 실뭉치가 되더니 유검의 턱을 갈겼다.

휙 고개가 뒤로 젖혀졌다.

고개를 천천히 바로 세우는 유검의 안색은 굳어져 있었다.

싸늘하게 살기를 일으키며 중얼거리듯 나직이 물었다.

"내게 그대를 소멸시킬 능력이 없다 보는가?"

무상검은 육신뿐 아니라 의식까지 벨 수 있다. 그것을 아는 군화정이 당혹해 변명했다.

―제, 제가 아니에요. 이, 이건…….

갑자기 주변의 빛들이 일렁거렸다. 마치 넘실대는 파도 같았다.

기이한 변화에 유검은 흠칫 고개를 돌렸다.

다우가 천천히 눈을 뜨고 있었다.

"아! 깨어났……."

유검이 반색하며 입을 여는데,

"난… 바보 아냐."

다우는 그렇게 중얼거렸고, 또다시 거대한 실뭉치가 날아와 유검의 턱을 강타했다.

*   *   *

늦은 밤 장생원 내정 안.

"이놈은 대체 어딜 간 거야?"

꽝!

와지직―!

내려친 솥뚜껑만한 손바닥에 대리석으로 만든 탁자가 산산조각이 났다.

석파천이 코웃음을 쳤다.

"흥, 네놈이 실수해 놓고선 어디다 화풀인가!"

교주가 불붙은 눈으로 홱 쏘아보았다.

석파천 옆에 두 손을 모으고 서서 대기해 있던 장주는 그 눈빛에 오금이 저렸다.

교주가 두 주먹을 부르르 떨며 중얼거렸다.

"이 녀석! 얌전히 손주 녀석이나 만들 것이지……!"

그 말에 장주는 내심 생각했다.

'알고 보니 그 녀석의 아비로군. 그 아비에 그 아들인지… 그 아들에 그 아비인지, 하는 짓이 하여간……'

내심 그렇게 중얼거리다 교주의 주먹이 다른 탁자를 찾아 내려치려는 것을 보고 황급히 입을 열었다.

"그, 그건 본 교의 재산인지라… 함부로 훼손하면 안 됩니다!"

감찰단주가 두 눈을 시퍼렇게 뜨고 있다.

정체를 모르는 자가 와서 함부로 자신의 책임 하에 있는 본 교의 기물을 파손하는데 그냥 보고만 있다가는 분명 문책감이다.

게다가 석파천 역시 난폭한 교주의 행동에 불만 어린 표정이자, 장주로선 간섭하지 않을 수가 없었던 것이다.

교주가 소태 씹은 듯한 얼굴로 석파천을 가리키며 물었다.

"너, 나 몰라? 저 녀석은 알면서?"

"헤헤… 본래 산 구석에만 처박혀 있는 무지렁이인지라……."

교주가 어이없어 멍하니 있자 석파천이 비웃듯 말했다.

"흥, 항상 밖으로 싸돌아다니니 알 턱이 있나."

"지당하신 말씀이옵니다."

장주는 석파천에게 코가 닿을 듯 허리를 숙이며 편들어주었다. 대체 그 말이 무슨 의민지도 모른 채.

"허허……."

교주가 허탈하게 웃자 석파천이 훌훌 장포를 젖히며 몸을 일으켰다.

"하여간 네놈의 그 잘난 아들 녀석이나 얼른 찾아와! 내일 새벽 총단으로 출발할 테니 그때까지!"

"젠장, 누군들 찾고 싶지 않은 줄 아나? 이 근처는 이미 샅샅이 뒤져봤단 말이다!"

"흥, 난 벌써 전서구까지 날렸네. 그러니 빈손으로 갈 수 없어. 안 되면 자넬 기재로 변장시켜서라도 끌고 갈 테니 알아서 하게!"

"제길, 그 성질머리는 여전하군."

"무책임한 건 자네도 여전해."

"에잉―!"

투덜대다 교주는 휙 몸을 날렸다. 또다시 유검을 찾아보기 위해서였다. 문을 이용하기 귀찮은 듯 창문을 통해 빠져나갔는데, 한줄기 바람이 스친 듯 유령 같은 경신술이었다.

석파천이 코웃음을 치며 대청 밖으로 향하자 장주가 따라나서며 조심스레 물었다.

"저… 그런데 저분은 누구신지……."

석파천은 의아한 얼굴로 고개를 돌렸다.

"자넨 한 번도 본 적이 없나?"

"예?"

"흠… 지금은 쫓겨났으니 뭐 상관없으려나?"

"…예?"

무슨 이야긴지 몰라 어리둥절해하다 장주는 자신도 모르게 걸음을 멈추고 말았다.

'방약무도하고 종잡을 수 없는 성격에다 본 교에서 쫓겨났다. 그리고 항상 밖으로 싸돌아다녀?'

어디서 그런 사람을 들어본 적이 있는 듯했다. 하지만 아무리 기억 창고를 뒤져 봐도 그런 사람은 없었다.

"대체 누굴까? 본 교에 전대 교주 같은 사람이 또 있었나 본데……."

장주는 고개를 절레절레 흔들며 그렇게 중얼거렸다.

第六章
눈으로 보고도 못 믿는 바보

눈으로 보고도 못 믿는 바보

"헉헉……"

거친 산길을 달리고 있었다. 두 다리의 발목에는 두 근이 넘는 모래 각반이 채워져 있어 달리는 걸음걸음이 천근만근이었다.

한 소나무 앞을 지나는 순간 유검은 돌연 달리기를 멈추었다. 달리는 자세 그대로 천천히 뒷걸음질쳤다.

힐끔 고개를 옆으로 돌리보니 나무 아래 지극히 아름다운 소녀가 쓰러져 있었다. 어느 집 규중처자인지는 몰라도 정말 곱디고운 소녀였다.

왜 이런 곳에 쓰러져 있는 걸까, 생각하며 유검은 그녀 옆에 쪼그려 앉았다. 그녀의 얼굴에 대고 손바닥을 흔들어보았다. 정신을 잃은 것인지 아니면 깊이 잠든 것인지 반응이 전혀 없었다.

"이봐요. 정신 차리세요!"

깨우기 위해 몸을 흔들었다.

평범한 그 동작 속에 팔목이 그녀의 가슴을 스치는 한 수를 집어넣었다. 혹시라도 누가 보고 따질까 봐 창졸지간이라 미처 몰랐다는 변명거리를 떠올리면서.

그녀는 깨어나지 않았다.

"흠……."

유검은 주위를 두리번거렸다.

흔히 보는 나무와 풀들, 다람쥐같이 조그만 동물들, 이름 모를 산새들뿐 인적은 없었다.

"좋아! 일단 깨우기 전에……."

유검은 치마의 끝을 집었다. 그리고 그 끝을 천천히 들어 올렸다.

대리석처럼 곧게 뻗은 두 다리가 천천히 드러났다.

두 눈이 동그래졌다.

돌연 손끝에 힘을 준 때문인지 치마 끝이 떨어져 나갔다.

치마가 나풀나풀 가라앉고 소녀의 얼굴이 나타났다.

언제 깨어났을까. 그녀는 눈을 뜨고 자신을 차갑게 바라보고 있었다.

"뭘 하고 있는 거죠?"

유검의 이마에 굵은 식은땀이 흘렀다.

궁색한 변명을 늘어놓으려다 문득 의문이 일었다.

'뭔가 이상한데…….'

돌연 무언가를 깨달았다.

"맞아! 이건 꿈이군!"

벌떡 일어나 미소 지어 말했다.

"훗, 난 파천신마다! 하늘도 땅도 두려워 않는!"

꿈속이다. 무엇이든 마음대로 할 수가 있다. 그런 자각에 기쁨을 금치 못했다.

당연히 눈앞의 이 소녀도…….

입이 귓가에 걸리기도 전에 소녀가 차갑게 말했다.

"그래요? 전 다우라고 한답니다. 참 오랜만이라고 인사드릴까요, 오라버니?"

"……."

유검은 얼어붙었다.

알 수 없는 이유로 조금 전보다 더 많은 식은땀이 흘러내렸다.

말똥말똥.

뭔가 석연치 않는 이유로 꿈에서 깨었다.

사방은 컴컴하기 그지없어 아직도 꿈인지 현실인지 구분이 가지 않았다.

천천히 몸을 다시 일으켜 손을 더듬어보니 부드럽고 조그만 어깨가 만져졌다.

'다우구나.'

조심스레 몸을 흔들어보았지만, 그녀는 깊은 잠에 빠져 있는지 반응이 없었다.

'어떻게 된 거지? 설마 아직도……!'

이때 다우가 몸을 뒤척이며 잠꼬대를 했다.

"이거 놔! 난 좀 더 먹을 거란 말야!"

유검은 안도의 한숨을 쉬었다.

"휴우… 지금은 단지 잠들어 있을 뿐이구나."

근심이 사라지자 조금 전 꿈 내용이 떠올랐다.

쓰러진 그녀를 깨우는 척하며 팔목이 가슴을 스치게 했던 그 한 수.

비록 꿈이지만 아마 지금처럼 아무것도 안 보이는 상황이라면 좀 더 대담하게 그 한 수를 펼칠 수 있었을 것이다.

유검은 미간을 찌푸렸다.

"무슨 소리야? 마치 내가 색마가 된 것 같잖아! 그 딴 것 없어도 당당하게 만질 수 있어! 부부나 다름없으니까. 게다가 치마를 들춰보는 것도……."

말과 행동이 함께 이뤄졌다.

무의식 중에 다우의 치마를 들춰본 것이다.

"……."

아무것도 보이지 않았다.

"뭐야? 왜 이렇게 어둡지?"

유검은 그제야 이 어둠이 자연스럽지 않음을 알았다. 아무리 한밤중이라 할지라도 바로 코앞의 다리조차 보이지 않다니…….

쿵!

갑자기 지축이 울렸다.

"암만 생각해도 이상해."

말과 함께 한쪽에 구멍이 생겨나며 빛이 새어 들어왔다. 그리고 그곳으로 염소수염을 한 중년인의 얼굴이 삐죽 보였다.

유검은 돌연 나타난 그의 모습에 얼어붙었다.

잠들어 있는 소녀의 치마나 들춰보는 변태 색마로 비춰 보일 것을 직감했기 때문이었다.

"자, 잠깐! 여기엔 사정이……!"

당혹해 소리치는데, 그는 유검을 보지도 듣지도 못한 듯 허공에 손을 더듬어보더니,

"아무리 봐도 빈 허공인데……."

고개만 갸웃거렸다.

이에 다른 목소리가 퉁명스레 대꾸했다.

"그냥 없는 체하고 가자니까 굳이 고생을 자초하다니!"

"나참, 난들 고생하고 싶겠는가? 천지 못 주위에 이상한 것이 발견되면 반드시 보고해야 하니까 그렇지."

"젠장, 보고만이면 오죽 좋으랴."

빛이 새어 들어오던 구멍이 닫혔다.

"……."

자신을 보고도 모른 체하는 그의 태도에 유검은 어리둥절해졌다.

몸을 일으키다,

쿵!

뭔가에 머리가 부딪쳤다.

한 손으로 머리를 문지르며 다른 손으로 더듬어보니 매끈한 원형의 벽이 있었다.

"뭐야? 갇혀 버렸나?"

한 손을 귓불까지 들어 올려 벽을 향해 그대로 쭈욱 뻗었다.

쫘앙!

거대한 굉음이 벽 안을 가득 채웠다. 온몸이 찌릿해질 정도의 충격파와 함께.

유검은 어리둥절해졌다.

조금 전의 한 수라면 강철로 만들어진 벽일지라도 종잇장처럼 찢겨져 나갔을 것이다. 그런데 우르르 진동만 할 뿐 끄떡없었다니.

망연자실 어둠 속을 바라보다 문득 깨달았다.

"아… 내가 만들어놓은 거였지, 참."

알고 보니 눈앞의 벽은 다우의 의식체 내로 들어가기 전 만들어둔 방어진이었던 것이다.

"으음……."

다우가 깨어났다.

그녀는 눈을 비비며 아직 잠이 덜 깬 목소리로 중얼거렸다.

"뭐가 이리 시끄럽지? 근데… 여긴 어디야? 깜깜해서 암 것도 안 보이네."

"이제 깨어났구나."

유검은 반색하며 그녀에게 가까이 다가가 최대한 온화한 목소리로 말했다.

"누구……!"

다우가 깜짝 놀라 주먹을 뻗자 유검은 그녀를 꽉 껴안으며 귓가에 대고 말했다.

"나야, 나."

말과 함께 여섯 의식체에게 명해 빛을 밝혔다.

안이 환해지자 다우는 유검을 알아보고 탄성을 질렀다.

"아……!"

따뜻한 미소로 반겨주는데, 갑자기 그녀의 안색이 돌변했다.

"누가 바보란 거야!"

말과 함께 주먹이 날아왔다.

한바탕 소동이 일어났다.

유검은 바보라는 말은 사랑의 또 다른 표현임에 대해 역설했고, 다우는 전혀 납득되지 않는 얼굴로 고개만 저었다.

진땀을 흘리면서도 유검은 기뻤다.

퉁명스럽게 차가운 태도를 보이던 다우의 모습도 아니고, 맹목적인 사랑에 빠진 다우의 모습도 아닌, 어리광에 억지 잘 부리던 본래의 다우로 되돌아왔음을 알 수 있었던 것이다.

와글와글—

갑자기 밖이 소란해졌다.

"이건 뭐야?"

"천지 못에서 발견했다고……."

"나원, 바빠 죽겠는데… 이딴 건 일단 창고에나 처박아둬! 알아서 보고드릴 테니까."

퉁명스런 목소리는 검은 천을 젖혀볼 생각조차 않고 그렇게 명을 내렸다.

지축이 다시 흔들리기 시작했다.

"제기랄, 괜한 신경질이야."

"호 총관은 여기 들어온 지 오래됐잖아. 슬슬 질릴 때도 됐시."

"그래도 왜 우리에게 화풀이냐고."

잠시 후, 쿵 하며 어딘가에 놓여졌다.

일꾼들의 투덜거림 속에 발자국 소리가 멀어져 갔다.

유검은 모든 상황을 눈치 챘다.

자신이 만든 방어진은 누군가에 의해 우연히 발견되었고, 수상쩍게 여겨져 통째로 옮겨진 것이다.

"알고 보니 그랬었군."

납득이 된 듯 고개를 끄덕이다 눈길을 다시 다우에게로 돌렸는데, 유검은 순간 멀뚱해졌다.

"너… 그 모습……."

다우는 다시 어린 모습으로 되돌아가 있었다. 입고 있던 옷이 헐렁해지자 그것을 손보느라 분주히 움직이고 있었다.

"왜?"

"너, 어린 모습으론 되돌아가지 않겠다고 했잖니?"

"아기가 있을 것 같았거든. 근데 아니래."

"누가 그런 말을?"

다우는 시무룩하게 말했다.

"봉황새."

"……."

봉황새가 군화정을 말하는 것임을 유검은 알아들었다.

"흠… 어린 모습이라……."

"불만이야?"

"응? 아… 나쁘진 않지만……."

확실히 나쁘진 않다. 확실히 나쁘진 않아.

내심 그렇게 중얼거리다 슬쩍 눈길을 돌리며 말을 꺼내었다.

"근데……."

"……?"

"음… 잠시만 어른이 되어주지 않을래?"

"왜?"

"그, 그러니까……."

"안 돼."

다우는 잘라 거절했다.

"…왜?"

"봉황새가 말했어. 이 모습으로 있어야 갑자기 깨어날 가능성이 적다구."

"그런 말을 믿는 거냐?"

"쳇, 믿든 안 믿든 이미 약속해 버렸는걸."

"흠……"

그렇구나, 하는 얼굴로 고개를 끄덕였지만 내심 불만이 남았다.

'뭐, 춘약의 기운도 대충 억눌러 놓았으니, 돌연 색마로 변한다던가 하진 않겠지만……'

눈앞에 다우의 나신이 아른거렸다.

보자기에서 실과 바늘을 꺼내어 옷을 뜯어고치던 다우가 기뻐 소리쳤다.

"다 됐다!"

그 모습에 유검은 갑자기 의아해졌다.

다우는 여전히 헐렁한 옷을 입고 있다. 그렇다면 새로 개조해 만든 저 옷은……?

"그거 누구 옷이지?"

"당연히 내 것."

"그게 아니라, 누구 옷으로 만든 거냐구."

말똥말똥한 눈으로 자신을 바라본다. 그것도 모르냐는 얼굴이다.

그녀의 시선을 쫓아보니, 벌거벗은 자신의 상체가 나왔다.

'아… 넝마 같던 내 장포를 뜯어고쳐 만든 거군.'

다우가 손가락으로 벽을 가리키며 말했다.

"저쪽을 보고 있어."

"왜?"

의아해하는 유검의 모습에 다우가 매섭게 노려보았다.

유검은 그제야 아! 하며 몸을 돌렸다.

'볼 게 뭐 있다고……'

내심 그렇게 투덜거렸지만, 물론 그 말을 입 밖으로 소리 내진 않았다.

밀폐된 공간에 부스럭 옷 갈아입는 소리만 있는 것이 어색했던지 다우가 물었다.

"근데 날 어떻게 발견한 거야?"

"응?"

"흐응… 설마 날 찾아 헤매 다닌 거야? 그런 거야?"

장난스럽게 묻는 그 말속에 어떤 감동에의 기대가 들어 있었다.

당연히 춘약에 중독되어 발광하다 천지 못으로 갔는데, 그러다 우연 찮게 발견했다는 식으로 이야기를 할 수는 없다.

"대, 대충 그런 셈인데……."

어떻게 하면 보다 감동적일까 궁리하다가,

'가만… 내가 춘약에 중독? 대체 누가 그 딴 수법을……'

지극히 당연하고도 정상적인 추리에 의해 범인은 아버지임을 알 수가 있었다.

"뭐야? 설마 하니 그 세 명을 모두 며느리로 삼으려 한 건가? 그것도 자식을 색마로 만들어서? 도대체……!"

버럭 화를 내는데,

"세 명? 며느리? 색마?"

고개 돌려보니 헐렁한 넝마 장포로 갈아입는 다우가 아미를 찌푸리고 있었다.

"아… 그건……."

돌연 다우가 그 자리에 턱을 괴고 앉더니 함박 미소를 띠며 말했다.

"세 명의 며느리… 색마… 뭔가 재미난 이야기가 있나보네. 난 이야기 듣는 거 참 좋아해. 참 재밌겠다."

방실방실 웃는다.

유검은 얼굴을 찌푸리며 버럭 소리쳤다.

"이 바보야! 지금 이야기나 들을 때냐? 난 본래 와룡곡이란 곳으로 들어가야 한다구! 다들 기다리고 있을 텐데, 젠장!"

유검은 깊이 탄식했다.

"아, 어쩌면 이미 늦었을지도 몰라. 화를 구해야 하는데."

"화 언니?"

"그래. …엥? 언니?"

"쳇, 따지지 마."

"하여간 화가 와룡곡이란 곳에 있을 가능성이 농후해. 아니, 틀림없이 그곳에 있을 거야. 그러니까 한시라도 빨리 장원으로 돌아가 석파천이란 자의 도움을 받아 와룡곡이란 곳에 들어가야 하는데 너 때문에 시간을……."

끼이익—

갑자기 문 여는 소리가 들려왔다.

"흥, 여긴 와룡곡의 창고다. 다시 말해 여기는 천하에 둘도 없는 와룡곡의 보물 창고란 말이다! 그런데 뭔지도 모르는 이상한 것을 가자

고 와서 처박아두려 하다니!'

거친 발걸음 소리가 다가오더니,

훌쩍―

방어진을 감싸고 있던 검은 천이 벗겨졌다.

대머리의 중년 남자와 하인 복장을 한 청년의 모습이 나타났다.

"뭐야? 아무것도 없잖아. 그리고 이 빛은 뭐야?"

대머리가 한껏 인상을 찌푸리자 하인 복장의 청년이 귓가에 대고 소곤거렸다.

"엥? 그럴 리가……."

그는 허공의 벽을 만져 보더니 허어, 감탄했다.

"기이하군, 기이해. 좋아. 이 정도면 와룡곡의 보물은 안 되어도 잡동사니 자격은 충분하군."

그는 표정을 누그러뜨리고 다시 하인 복장의 청년을 데리고 밖으로 나갔다.

쿠웅!

문이 다시 닫혔다.

주위를 둘러보니 사방 십여 장은 되어 보였는데 온갖 기괴한 물건들이 많았다. 남근 형상의 바위에서부터 정체를 알 수 없는 기다란 쇳덩어리까지. 확실히 잡동사니를 모아두는 창고였다.

다우가 감탄하듯 말했다.

"와― 놀랐다. 여기가 와룡곡이래."

"…응."

"참 다행이다, 다행. 혹시 나 때문에 일이 잘못되었으면 어떡하나 얼마나 걱정했다구. 화 언니도 못 구하구. 참, 다행인 거 맞지?"

"…응."

다우가 여전히 손바닥으로 턱을 괸 모습으로 귀엽게 웃었다.

"정말 다행이야, 다행."

다우는 싱글벙글 웃으며 물었다.

"그럼 들어봐도 돼? 재미난 이야기 말야. 어차피 시간은 남는 것 같으니까."

"……"

끼이익—

창고문을 나서니 바로 밖이었다.

날은 밝았지만 짙은 운무가 사방으로 깔려 있어 주변 경관은 흐릿하게만 보였다.

"흥, 꽤 운이 좋군. 여기가 와룡곡이라니."

작가를 뜨끔하게 만드는 말을 함부로 지껄이는 유검의 얼굴은 일그러져 있었다.

"근데 내가 왜 용서를 빌어야 하냔 말이다. 왜? 내가 무슨 잘못을 저질렀다고!"

투덜거리다 곧 풀이 죽었다.

다우가 싱글벙글 웃으며 '안을 때 기분이 어땠어?' 라고 물어오니 견딜 재간이 없었다. 잘했든 잘못했든 용서를 비는 수밖에.

"하여간 배고프다니 일단 먹을 거나 찾아서 돌아가자."

유검은 두리번거리다 높은 절벽 아래 나지막한 전각이 있음을 보았다.

"저기라면 먹을 것이 있겠지."

주위 인기척이 없는가 살피며 전각으로 다가갔다.

정원수를 거쳐 가까이 가보니 전각은 둘로 나뉘어져 있었다. 각각 대략 일 장 높이로 나지막했는데, 왼쪽의 전각은 무척 넓어 보였다. 폭과 넓이가 무려 각기 오십여 장은 되어 보였다.

그에 비해 오른쪽의 전각은 조그마했다.

유검은 그중 왼쪽 전각의 입구를 발견하여 들어갔다.

긴 복도가 있었고, 마치 객잔처럼 좌우로 조그만 문들이 쭉 나 있었다.

그리고 복도에는 사람들의 모습은 보이지 않았다.

복도를 따라 이곳저곳을 두리번거리다 조그만 방으로 들어가 옷을 대충 챙겨 입었다.

만일의 경우 이곳 사람인 척할 요령이었다.

구수한 냄새가 풍겨왔다. 냄새를 쫓아가 보니 부엌을 발견할 수 있었다.

식사 준비를 하던 중이었는지 사람들이 분주하게 움직이고 있었고 김이 모락모락 피어오르고 있었다.

바로 옆에 식당이 붙어 있어 만들어진 음식들을 옮기고 있었다.

유검은 식당에서 슬쩍 만두를 한 보따리 몰래 훔쳐서 나왔다. 하나가 어른 주먹만한 크기의 만두였다.

서둘러 다우가 있는 창고로 되돌아가려 빠르게 걸음을 걷는데, 갑자기 왁자지껄 사람들이 몰려오는 소리가 들렸다.

아무래도 저녁 식사 때문에 사람들이 몰려오는 것 같았다.

유검은 복도 대들보 위로 훌쩍 몸을 날렸다.

곧 수십여 명은 넘어 보이는 일단의 젊은 청년들이 우르르 지나갔다.

그들의 모습은 하나같이 지치고 힘들어 보였는데, 옷은 눈덩이와 흙먼지에 젖고 한껏 더럽혀져 있었다. 대리석을 깔아 깨끗했던 복도가 금방 더러워질 정도였다.

'지당도법 같은 걸 수련했나, 모습들이 왜 저래?'

본래 무공을 익힐 때 땅을 뒹구는 경우는 그다지 많지 않기에 유검은 의아했다.

"휴우… 안 되겠어. 도저히 먹을 게 입속으로 들어갈 것 같지 않아."

"임마! 그래도 처넣어둬. 안 그럼 내일 못 버틴다구."

"제기랄, 대체 언제까지 이 지랄을 해야 하는 거야? 이게 무슨 무공 수련이라고!"

"시키는 대로 해, 임마. 탈락되면 시험조차 못 쳐본다구."

"제기랄! 시험을 쳐서? 그래서 운이 좋아 갑조가 되면 무슨 좋은 일이 생기지?"

청년들은 지친 얼굴로 그렇게 투덜대며 부엌 쪽으로 사라졌다.

유검은 멀뚱히 사라져 가는 그들을 바라보다 다시 아래로 내려왔다.

전각을 빠져나오니 날은 조금 전보다 어두워져 있었다.

'어서 가자. 다우가 기다리겠다.'

유검은 날이 완전히 어두워지면 석파천을 찾아볼 셈이었다. 장원으로 가기엔 어차피 늦었고 어쩌면 그가 이미 와 있을 가능성이 높다고 생각했다.

정원수를 빠져나가려다 맞은편 오른쪽 전각에 흐릿한 인영을 발견했다. 안력을 집중해 보니 어떤 늙은이가 전각의 창문에 구멍을 뚫어 안을 훔쳐보고 있었는데 뒷모습뿐이라 얼굴을 알 수는 없었다.

손에 든 가위를 보아 정원수를 손질하는 늙은이인 것 같았다.

그냥 스쳐 가려다 혹시나 하는 마음이 들었다.

'어쩌면……'

석파천일지도 모른다는 예감이 들었다.

또르르—

동전 하나를 굴렸다.

유검은 그것을 줍는 체하며 늙은이에게 가까이 다가갔다.

창가로 다가가서야 늙은이의 얼굴을 살필 수 있었는데, 유검은 실망했다. 저잣거리에 나서면 흔히 볼 수 있는 지극히 평범한 얼굴이었다.

'아니군. 하긴 그런 기막힌 우연이 일어날 리가 없지.'

다시 뒤돌아 서려는 순간,

"허어… 좋군, 좋아! 기가 막히군!"

노인이 감탄사를 연발했다. 두 눈을 크게 뜨고.

유검은 자신도 모르게 가까이 다가가 그가 훔쳐보고 있는 창문 안을 들여다보았다.

바깥의 차가운 공기 때문인지 안은 김이 자욱했다.

그 속에서 언뜻언뜻 나신의 소녀들이 나타났다 사라졌다 했다.

분명 목욕 중인 게 틀림없었다.

"허어… 역시 이 정도가 가장 묘미가 있지."

"그렇군요."

유검은 시선을 안으로 고정시킨 채 자신도 모르게 대꾸했다.

"본래 완전히 드러내면 신비는 사라지는 법이야. 역시 이 정도로 보일 듯 말 듯한 게……."

"예술의 경지네요."

"흐음… 가히 도에 이를 만하다 싶기도 하네만."

"그건 너무 극찬 같습니다만."

두 노소는 의기투합하여 감탄사를 연발하며 의견을 나누었다.

다만 평점을 매기는 데 있어 의견이 나누어졌다.

노인은 엉덩이가 크고 가슴이 풍만한 소녀에게 가장 높은 점수를 주었고, 유검은 그에 반하여 허리가 가늘고 긴 생머리를 한 소녀가 제일 낫다고 우겼다. 물론 십미(十美) 중에 여덟 이상은 절대 줄 수 없다는 말과 함께.

그건 각자의 취향 문제라 치고 넘어갔지만, 보아온 미녀의 숫자에 있어 의견은 첨예하게 대립하였다.

"허어… 뭘 모르는구먼. 한평생 내가 보아온 미녀의 숫자가 자네가 보아온 모든 여자를 합친 숫자보다 많을 걸세. 그런데 어찌……."

"훗, 물론 일반적인 미녀의 숫자는 어르신네가 많을지 모릅니다. 하나 양보단 질이지요. 경국지색의 미녀만 따지자면 결코 절 따르지 못하실 겁니다."

"뭐라? 자네 말대로라면 난 여태껏 헛살았구먼."

"제가 어찌 감히 그런 생각을 하겠습니까? 다만 제가 좀 더 운이 좋았던 것은 확실합니다."

서로 언성이 점차 높아지더니 종내 노인은 얼굴을 붉혔다.

"새로 들어온 놈치곤 꽤나 당차다고 생각했건만 알고 보니 쭉쟁이였어. 에잉!"

"말조심하십시오! 쭉쟁이라니, 저는……."

촤아악―

갑자기 창문이 열리더니 안에서 차가운 물이 뿌려졌다.

유검은 물에 젖은 채 멀뚱히 고개 돌려보니 소녀들이 창가에 우르르 모여들어 매서운 눈길로 자신을 쏘아보고 있었다.

'어째서……?'

소리가 새어 나가지 않도록 음파를 차단시켜 놓았다. 그런데 어떻게 자신들을 발견했을까?

의아해하며 고개를 옆으로 돌린 순간 유검의 얼굴이 일그러졌다. 좀 전까지 언성을 높이며 말싸움을 했던 노인의 모습은 어느새 사라지고 없었던 것이다.

'늙은이, 말로는 안 되니까 이런 수작을 부려?'

촤아악—

또 한바탕 차가운 물이 쏟아지는데, 누군가 뒷덜미를 와락 잡아끌었다.

질질질…….

'누구지?'

자신의 뒷덜미를 잡아끌고 가는 소녀는 맹세컨대 처음 보는 얼굴이었다.

조금 날카로운 듯한 눈매에 가름한 턱 선. 상당한 미인이다. 만약 옛날에 본 적이 있다면 잊어버릴 리 없다.

하지만 아무리 기억 창고를 뒤져 보아도…….

소녀는 유검을 전각들 사이 한적한 곳으로 끌고 가더니,

"멍청이! 날 만나고 싶다면 신호만 보내지, 그걸 훔쳐보고 있어?"

'또 날 아는 척 말하는군.'

유검은 무슨 영문인지 몰라 눈만 끔뻑거리다, 아무래도 안 되겠다 싶어 조심스럽게 물었다.

"절… 아십니까?"

소녀는 무슨 소리냐는 듯 유검의 위아래를 훑어보다 피식 웃었다.

"하루 지났다고 벌써 날 잊어버린 거야? 응?"

"그게……."

유검이 아무 말 않고 가만히 있자 소녀는 바짝 몸을 밀착시켜 왔다. 그녀는 콧소리를 내며 얼굴을 유검 가슴에 파묻었다.

"어제처럼 달아오르게만 하고 도망가 버림 절대 용서 안 할 거야. 알어?"

'어제? 내가 언제?'

소녀의 손이 슬그머니 가슴으로 들어왔다.

은밀한 애무가 이어지자 유검은 고민했다.

'젠장. 어떡하지? 이대로 달아나면 소란이 일 텐데…….'

어차피 기재로 잠입해야 할 텐데 소란을 일으키면 예상치도 못한 문제가 발생할지도 모른다.

보드라운 여체가 바짝 다가와 몸을 비벼대자 유검 역시 후끈 달아올랐다. 천지 못의 차가운 음기로 잠재워 두었던 춘약이 다시 발동하는 것 같았다.

악마의 속삭임이 들려왔다.

'뭘 망설이고 있나? 미녀가 저렇게도 원하는데 거절하는 선 죄악이라구. 너도 꽤 참을 만큼 참았어.'

'그렇긴 한데…….'

'게다가 다우는 당분간 어른의 모습으로 돌아올 생각이 없다고 하잖아. 그렇다면 끓는 젊은 피를 어떻게 식힐 테냐? 이건 그야말로 천고의 기연이나 다름없다구.'

'…….'

와락—

유검은 그녀의 어깨를 꽉 움켜쥐었다.

놀란 듯 자신을 올려다보는 그녀의 눈은 고양이를 닮은 듯했다.

"분명 말하지만……."

입을 여는데 그녀의 모습 위로 홀로 창고에 턱을 괴고 앉아 자신이 먹을 것을 가져오길 기다리고 있는 다우의 모습이 떠올랐다.

"…왜?"

조금 겁을 먹은 듯 대꾸하는 그녀.

"한 시진 후에 널 찾을게. 지금은 할 일이 있어."

"쳇. 또 핑계야?"

"아니, 반드시 널 찾는다."

"……."

"반드시!"

"약속… 지킬 거지?"

"당연히. 선물을 줄 테니 기대하라구."

진지하게 그렇게 말하자 소녀는 그제야 방긋 웃으며 고개를 끄덕였다.

물론 약속은 거짓이다. 선물 역시도.

양심이 가슴을 쿡쿡 찔러왔지만 유검은 모른 체했다.

'어차피 여기로 잠입할 때 모습을 바꿀 테니 상관없겠지.'

그렇게 생각하며 창고로 향하다 다시 뒤를 돌아보았다.

그녀는 웃으며 손을 흔들고 있었다.

유검은 한숨을 내쉬었다.

"휴우… 여자에게 거짓말을 하는 건 적성에 안 맞군. 차라리……."

다시 그녀에게로 돌아갔다.

몇 가지 의문점이 일었는데, 그것도 함께 알아볼 생각이었다.

'어째서 날 아는 척하는 걸까?'

*　　　　　*　　　　　*

다우는 홀로 창고 안의 방어진 속에 남겨져 있었는데 양 손바닥으로 턱을 괸 채 유검을 생각하고 있었다.

자초지종을 듣고 보니 화가 나긴 했지만, 자신의 모습이 떠올라 그 강력한 춘약의 유혹을 이길 수 있었다는 유검의 말은 흐뭇하기도 했다.

그리고 이러니저러니 해도 시간은 촉박했을 것이다. 그런데도 자신을 위해 그 소중한 시간을 허비해 버렸다. 직접 자신을 깨우러 의식 속으로 들어와 주기까지 했다.

게다가…

유검이 소리치던 음성이 아직도 귓가에 생생했다.

"어쨌든 난 싫다! 결국 네 말대로라면, 어거지에 떼쓰고 걸핏하면 울고 어리광만 부리고 이상한 질투만 하는 그런 바보 같은 나우는 사라진다는 거잖아! 난 그런 바보 같은 다우가……!"

아득하고 망연하기 그지없는 의식의 바다 속에서 표류하고 있었을 때, 왜 그 말만은 거침없이 귓가에 들려왔던 것일까.

또 자신이 바보 같다는 말에 화가 나면서도 왜 가슴은 따뜻해지는 걸까?

그런 의문에 대한 답은 전혀 알 수 없지만, 질문을 던질 때마다 이상하게도 행복감이 밀려왔다.

"아… 배고파라. 빨리 와줬음 좋겠다."

그렇게 중얼거리는데,

끼이익―

창고의 문이 열렸다.

유검이 들어오고 있었다.

"왔다!"

다우는 반색하며 벌떡 일어났다.

곧 의아해졌다.

유검은 혼자가 아니었다. 귀여워 보이는 한 소녀와 함께였다.

문이 닫히고 밀폐된 공간이 되자 분위기가 심상찮아졌다. 서로 조그맣게 속삭이고 웃고 하더니 은근슬쩍 은밀한 애무가 오갔다.

시간이 흐르자 소녀는 몸이 달아오른 듯 얼굴을 붉히며 유검에게 안겨갔다.

그런 모습에 다우는 처음에는 어처구니가 없어 멍하니 보고만 있었다.

자신이 있는 걸 알면서 유검이 저런 모습을 보여주다니!

그것은 곧 분노로 바뀌었다.

"뭐야? 일부러 나 보라는 거야?"

고함과 함께 벽을 쾅쾅 두들겼지만 방어막 밖으로 새어 나가진 못했다.

얼마나 억울했던지 다우의 두 눈 가득 눈물이 글썽이고 있었다.

결국 그 자리에 주저앉아 훌쩍거리기만 했다.

한바탕 다정한 모습을 보이던 유검과 소녀는 시간이 흐르자 몸을 일으켜 다시 창고문을 나가 버렸다.

다우는 멍하니 허공을 바라보고 있었다.

"내가… 그렇게 나빴던 거야? 배고프니까 먹을 걸 구해오라는 게 그렇게도 미워 보였어? 왜… 왜……."

다우는 얼굴을 무릎 사이에 파묻은 채 울고 또 울었다.

＊　　　　＊　　　　＊

"나참……!"

유검은 양손 가득 만두를 든 채 투덜대며 창고로 향했다.

"나랑 그렇게도 닮은 사람이 있다니……."

곧 코웃음을 쳤다.

"하지만 그건 외모뿐! 치사하고 멍청하고 교활하지만 희한하게 여자 꼬시는 재주 하나는 탁월한 그놈과 내가 닮을 리가 없잖아! 일단 분위기부터가……."

끼이익―

창고문을 여는데,

"어라?"

"엥?"

두 명의 유검이 마주쳤다.

한 명은 놀라고 한 명은 어이없어했다.

"젠장, 하필 마주치다니……."

소란을 일으키는 것은 싫었지만 어쩔 수 없었다.

찍—

그를 제압하기 위해 지풍을 쏘아 보냈다.

순간 유검은 미간을 찌푸렸다.

쉽사리 제압될 줄 알았던 그가 상체를 약간 비트는 것으로 가볍게 피해 버린 것이다.

어두컴컴한 창고 안에서 나오다 불의의 일격을 당했으면서도 미리 예측하고 있었다는 듯 가볍게 피해 버리다니!

의외의 고수라 판단되자 전신의 공력을 끌어올렸는데, 유검은 또다시 의아해하지 않을 수 없었다.

누구냐며 당장 호통 치며 당장 반격해 올 줄 알았던 그가 오히려 어리둥절해 있는 소녀의 혼혈을 잽싸게 제압해 버린 것이다.

그는 유검을 쏘아보며,

"멍청한 녀석, 날 모르겠느냐?"

그렇게 소리쳤다.

그의 얼굴 모습이 천천히 바뀌고 있었다.

그와 함께 태산이라도 찍어누를 듯한 위엄이 폭발하듯 흘러나왔다.

유검의 두 눈은 크게 떠졌다.

투투툭—

들고 있던 만두가 땅으로 떨어져 내렸다.

유검은 자신도 모르게 입을 열었다.

"아버… 지?"

"흥, 네 녀석을 찾아 얼마나 헤매었는지 아느냐? 암만 찾아봐도 네 녀석은 보이지가 않지, 석가 녀석은 반드시 널 찾아내라고 닦달을 하지… 어쩔 수 없었다. 뭐, 네놈이라면 어떻게든 와룡곡을 찾아 들어올 걸로 믿었지. 그래서 안심하고 네 행세를 하고 있었던 게다."

쓰러진 소녀를 두 팔로 안으며 교주는 그렇게 말했다.

유검은 어이없어해야 할지 아니면 감사해야 할지 생각이 복잡했다.

자신을 닮은 녀석이 있음을 알고 기이하게만 생각했지 아버지의 변신일 줄은 꿈에도 생각 못했던 것이다.

교주가 미소 지으며 말했다.

"자, 상황이 그러니 넌 그냥 자연스럽게 나인 척하면 된다."

유검은 길게 한숨을 내쉬었다.

"치사하고 멍청한 데다 농땡이만 치면서도 희한하게 여자 꼬시는 재주 하나는 탁월한 녀석으로요? 평판이 한결같더군요."

"어쩔 수 없었다."

교주가 어깨를 으쓱였다.

"네 얼굴은 이미 본 교의 수뇌부에서 알고 있다. 물론 몇몇을 제외하곤 초상화를 본 게 다일 테지만. 나도 그 초상화를 본 적이 있는데… 그들은 너를 꽤 높이 본 모양이다. 눈도 똘망똘망하고 마치 대협객이나 청년 영웅처럼 그려놓았더군."

"…처럼?'

"본래는 다른 얼굴로 변장을 할까 했으나 그 초상화를 보고 오히려 본모습이 낫겠다 싶더군. 그리고……."

유검은 입맛을 다셨다.

"그 초상화와는 전혀 다른 모습으로 비춰지겠끔 행동했단 말씀이군요."

"그렇지!'

유검은 의심이 일었다.

말은 그럴싸해 보였지만, 아무래도 교주가 별 생각 없이 아무렇게나 행동하고선 대충 이유를 만들어낸 것 같았다. 혹은 자신을 골탕먹이기 위해서라던가.

그런 의심을 눈치 챘는지 교주가 진지하게 안색을 바꾸고 다시 입을 열었다.

"또 하나의 이유가 더 있다."

"뭔데요?"

"여기 와룡곡주 때문이다."

"……?"

"대체 어떤 놈인지는 모르지만, 소문이 자자하더군. 황당하게도 미녀에게 인기있어야 진정한 남자라고 생각한다는 거야. 거기다 남자라면 배짱도 있어야 한다고……."

"뭐, 그렇게 이상한 사람은 아니군요. 근데 그것과 무슨 상관이 있습니까?"

"흐음… 일단 이곳의 상황부터 설명해 주마. 조만간 며칠 내로 큰 시험이 있을 것이다. 지금 있는 기재들은 모두 을조에 속해 있는데, 그 시험에서 통과한 열 명만이 갑조로 올라간다는 거야. 현재 아직 갑조로 올라간 놈은 없다."

"기재들을 갑, 을로 나눈다는 거군요. 무슨 큰 차이점이 있습니까?"

"갑조가 되면 내곡으로 들어갈 수가 있다는군."

"내곡?"

"석가가 은밀히 알아본 바에 의하면, 아무래도 내곡에 며느리를 숨겨둔 듯하다."

"화 말씀이시군요."

"그래, 그 화라는 소녀가 내곡에 있을 가능성이 커 보인다. 현재 이 곳은 외곡인데, 상식적으로 생각해 봐도 이렇게 사람들의 내왕이 잦은 외곡에 둘 리가 없지. 흠."

"그렇다면 내곡에 들기 위해 갑조가 되어야 한다는 말씀이군요."

"당연하지. 넌 현재 을조로 되어 있으니, 그 시험에서 반드시 통과해 야만 한다."

"그 시험이란 게 어렵나요?"

그 말에 교주는 헛웃음을 지었다.

"나원… 넌 네 능력을 자각 못하고 있는 게냐? 네 입장에서야 아무 리 어려운 시험이라고 한들 그냥 장난 같을 테지. 다만……."

"다만?"

"시험은 아직 한 번도 치러본 적이 없어 잘 모르겠다만, 마지막 관문 에 대해서는 들어본 적이 있다. 그야말로 터무니없다고 하더구나."

"터무니없다고요?"

"그래. 흠… 아무래도 이야기가 길어지겠군."

교주는 주위를 두리번거리더니,

"일단 조용한 곳으로 가서 마저 이야기해 주마. 그리고 그진에……."

유검은 창고 옆 커다란 나무 옆에서 잠시 기다렸고, 그사이 교주는 소녀를 전각의 거처 안으로 옮기고 왔다.

유검이 몸을 일으키며 말했다.

"창고 안으로 들어가시죠? 사람들의 내왕이 드무니까 적당해 보입 니다."

"으음? 방금 거기서 나왔는데 또 들어가야 하나."

"그리고 다우가 안에 있거든요."

그 말에 교주의 두 눈이 동그래졌다.

"난 못 봤는데?"

음성이 고함으로 변해 있었다.

"의식체로 방어막을 쳐놓았거든요. 안에서는 보고 들을 수 있지만 바깥에선……."

끼이익—

창고문을 열고 안으로 들어서며 물었다.

"근데 안에서 뭘 하고 계셨던 겁니까?"

"……."

대답이 없어 뒤를 돌아보니, 교주가 있던 자리는 찬바람만 횡하니 날리고 있었다.

"……?"

갑자기 머리 속으로 몇 가지 장면들이 빠르게 스쳤다.

교주로 착각하고 몸을 밀착해 오던 소녀.

자신의 얼굴을 하고 있던 아버지, 그리고 함께 있던…

창고 안…

"설마……!"

소리는 비명이 되어 터져 나왔고 식은땀은 폭포수처럼 등줄기를 따라 흘러내렸다.

끼이익—

'젠장! 마음껏 오해하라고 그래! 어차피 암만 변명해도 믿어주지 않을 테니까.'

내심 그렇게 뇌까리며 유검은 다시 창고문을 열고 안으로 들어섰다.

뚜벅뚜벅 걸어가 오른손으로 허공에 반원을 그리니 방어막을 이루고 있던 의식체가 그의 손바닥으로 빨려 들어갔다.

양팔로 무릎을 감싸 안은 채 멍하니 앉아 있는 다우의 모습이 나타났다.

"먹을래?"

유검은 만두를 무뚝뚝하게 내밀었다.

다우는 말없이 그것을 받아 들더니 깨작깨작 먹기 시작했다.

유검은 그녀 옆에 앉았다.

창고 안에 내려앉은 공기는 다른 때보다 수십 배는 무거웠다. 숨 쉬기 힘들 정도였다.

언제 터지나, 기다리는 것도 고역스럽기 그지없는 일이다.

한참 후 다우가 먼저 입을 열었다.

"왜 변명 안 해?"

목은 쉬어 있었고 아직도 울먹임이 남아 있었다.

유검은 흠칫해 그녀를 돌아보았다.

"첨엔 오라버닌 줄 알았어. 근데 생각하고 또 생각해 보니까 아닌 것 같더라. 옷이 달랐거든. 글고 오라버닌 바보가 아니잖아. 나보다 못생긴 여잘 델고 와서 약 올릴 만큼……."

두 가지 이유 모두 유검이 확실히 아니라고 하기엔 근거가 약했다. 옷이야 그사이 얼마든지 갈아입을 수 있었다. 지금도 나갔을 때와 다른 복장을 하고 있었으니.

두 번째 이유 역시 고개가 갸웃거려질 만한 불확실한 근거에 불과했다.

결국 다우는 믿고 싶지 않았던 것이다.

아니, 그만큼 유검을 믿고 싶었던 것이다.

다우가 울먹이며 물었다.

"내 생각이 맞지? 오라버니 아닌 거 맞지?"

유검은 손가락을 그녀의 머리카락 속으로 집어넣어 마구 헝클었다.

"바보구나. 눈으로 본 것도 못 믿는 바보."

"쳇… 또 바보래."

대답은 없었지만 유검의 웃는 모습에 불안과 두려움이 한순간에 녹아 사라졌다.

다우는 소맷자락으로 눈물을 쓰윽 닦았다. 그리곤 벌떡 일어나 화를 내었다.

"뭐야! 내 앞에서 왜 그랬던 거야! 바보!"

주먹으로 마구 유검의 가슴을 쳤다.

유검은 한참 동안 맞아주다 그녀를 와락 끌어안았다. 그녀의 마음을 알고 있다는 듯.

"정말 아팠단 말야. 왜… 왜 그랬던 거야!"

그녀는 유검의 가슴에 안긴 채 울음을 터뜨렸다.

유검은 그녀의 어리광에 아무 말 없이 머리카락만 쓰다듬어 주었다.

"억진 거 알아. 하지만……."

한참 후 품속을 벗어난 다우가 훌쩍이며 말했다.

"쳇, 그래도 분하고 미운 감정이 안 사라지는 걸 어떡해."

웃음과 울음을 번갈아 터뜨리다 배가 고파졌는지 만두를 집어 드는데,

"아참!"

유검이 다우가 먹으려 했던 만두를 빼앗았다.

"이건 사실 땅에 떨어졌던 거야. 뭐, 먼지를 털어내긴 했지만… 나중에 다른 걸 훔쳐다 줄게."

"……."

만두는 반만 남아 있었다.

◆第七章
교주의 안배

교주의 안배

다음날 새벽, 묘시(卯時)가 되기도 전에 종소리가 울려 퍼졌고, 짙은 운무 속에 기재들은 서둘러 연무장으로 집합했다.

모두 이백여 명은 되어 보였는데, 다들 발목 위로 각각 삼십여 근은 되어 보이는 철각반을 차고 있었다.

날씨는 꽤 추웠지만, 다들 내공이 만만찮은지 가벼운 복장을 하고서도 별반 움츠리는 모습을 보이진 않았다.

유검은 태연히 기재들 사이에 끼어 있었는데 별반 비장감없는 그들의 대도를 보고 회나 육경천에 관해선 아무것도 모르고 있는 것 같다고 추측했다.

'하긴 알고 있다면 그게 더 이상한 거겠지.'

곧 인원 점검이 시작되었다.

각자 갑, 을, 병, 정을 부르짖으며 시끄러운 가운데, 대감도를 허리에

빗겨 찬 험악한 얼굴의 교두 한 명이 버럭 고함을 질렀다.

"뭐야? 해반 십구번 소명! 아직 안 나왔나?"

누가 소리쳤다.

"그 녀석은 아직 여자 엉덩이에 얼굴을 묻고 자고 있을걸요?"

왁자지껄 웃음이 터져 나왔다.

유검은 '멍청한 놈도 다 있군' 하고 생각하는데 뒤에서 누군가가 손가락으로 등을 쿡쿡 찔렀다.

돌아보니 유난히 주근깨가 많은 한 청년이 비웃듯 말했다.

"임마, 널 부르잖아! 빨랑 안 가고 뭐 해?"

"나? 내 자린 여기라고."

조금 전 자신을 아는 체하며 자리를 가르쳐 주던 인상 좋아 보이던 뚱뚱한 청년을 돌아보자 그가 히죽 웃어 보였다.

'나참, 들어온 지 하루밖에 안 지났을 텐데 꽤 유명해져 있구만.'

투덜거리며 사람들 틈을 비집고 교두에게로 뛰어갔다.

교두는 잠을 깨라며 팔굽혀펴기 백 번을 시켰다. 물론 저항하지 않았다. 소란을 피울 처지는 못 되니까.

고분고분 시키는 대로 하는데, 난데없이 전음 소리가 들려왔다.

—어떠냐? 이제 알겠지? 일부러 멍청한 척 평판을 남긴 것도 다 이유가 있었다는 것을. 본 교의 사정을 모르는 네가 지금처럼 실수를 저질러도 별문제없이 넘어가도록 하기 위해서였단 말이다.

교주의 전음이었다.

공공회성(空空回聲)의 수법을 이용했기에 어디서 들려오는지 알 수는 없었다.

유검은 어제 난처한 지경에 처하자 쏙 도망가 버렸으면서도 이제 슬며시 모르는 체 나타나 변명을 늘어놓는 교주의 행동에 어이가 없었다.

'쳇, 어거지로 끼워 맞추시는군.'

─아! 그리고 중요한 소식이 있다.

'……?'

─조만간 큰 시험이 있다는데, 알아보니 성적이 열 명 안에 들어야 갑조로 올라갈 수 있다는구나. 그러니 넌 반드시 그 열 명 안에 들어야 한다.

유검은 재차 어이가 없었다.

'그 이야긴 어제 이야기했는데, 벌써 치매시라니…….'

유검의 내심을 아는지 모르는지 교주는 진지하게 말을 이어 나갔다.

─물론 네 능력으로야 그 시험을 통과하는 게 문제 아니겠지만, 문제는 마지막 관문이다. 그야말로 터무니없어.

'뭐가 터무니없는 거지?'

─마지막 시험을 통과하고 나면 곡주와 일 대 일로 독대를 하게 되는데, 그때 열 명의 소녀들이 몰래 훔쳐본다는 거다. 그리고 점수를 매기지. 이때 높은 점수를 얻어야만 통과된다는군. 어제 이야기했다시피 이 곡주는 미녀에게 인기있어야 진짜 인중지룡이라 생각하기에 그런 터무니없는 관문을 마련했다는 거다.

유검은 미간을 찌푸렸다.

세상에 그와 같은 방식으로 기재를 뽑는 곳이 어디 있단 말인가? 도대체 말도 안 된다고 생각했다.

─뭐, 걱정은 하지 마라. 내가 이미 공작을 해놓았으니까. 하하하…….

유검은 내심 한숨이 나왔다.

아무래도 정보의 출처가 의심스럽기 그지없었다.

교두가 고함쳤다.

"뭐야? 백 번을 채웠으면 얼른 일어나! 여기가 네 안방인 줄 아냐!"

몸을 일으키는데 교두가 기묘한 웃음을 머금은 얼굴로 물어왔다.

"근데 너, 혹시 이상한 유언비어를 들은 거 아니냐? 여자에게 인기 있어야 마지막 관문을 통과할 수 있다는 등… 따위의."

"유언비어요?"

"그 반대되는 소문도 있지. 여자 꽁무니를 쫓아다니는 놈은 무조건 탈락이라는."

"……."

교주의 전음이 들려왔다.

―흐음… 그참 이상하군. 기재 놈들 열 명에게 물어봐도 똑같이 대답했다. 그게 유언비어일 리가… 그참. 뭐, 어쨌거나 이제 내 할 일은 끝난 것 같군. 네게 모든 것을 맡기마.

'…….'

유검은 교주를 이해했다.

사람 말을 순수하게 믿어주는 것이 어찌 잘못된 것이랴. 또한 그 모든 것이 자신의 일을 도우려는 순수한 호의였기에 모든 것이 드러난 마당에도 저렇게 당당할 수 있는 것이다.

물론 당하는 입장에서 화가 나는 것은 별도지만.

유검은 머리를 좌우로 세차게 흔들었다. 머리를 비우기 위해서였다. 교주에게 들었던 말들은 모조리 잊어버리는 편이 좋은 것이다.

'뭐, 나쁘진 않아.'

난장판으로 어지럽혀진 방을 배정받은 기분이었지만, 애써 낙관적으로 생각하려 노력했다.

모든 것을 맡긴다고 하니 더 이상의 간섭은 없을 테고, 그렇다면 최소한 지금보다 더 나빠질 일은 없을 게 아닌가.

힘찬 구령 소리와 함께 새벽 구보가 시작되었다.

달리는데 옆에 있는 놈이 말을 걸어왔다.

"어젯밤 어디 있었냐?"

'누구지?' 하는 얼굴로 유검이 돌아보니 수재처럼 유약해 보이는 인상의 청년이었다. 키는 보통 사람들보다 작은 편이었다.

그가 웃었다.

"어이, 같은 방을 쓰는 처지면서 벌써 날 잊어버렸냐?"

"아… 서 형이었군!"

낯선 얼굴이었지만 아는 체를 했다.

누구냐고 물어 괜한 의심을 받을 바엔 이름을 잘못 기억하고 있는 것으로 해두는 편이 얼버무리기 좋으니까.

그는 실망한 얼굴로 말했다.

"내 이름은 구가소(俱苛小)야. 뭐, 이름까지 기억해 주리라곤 생각지 않았지만……."

"아차, 구 형이었지 참."

"괜찮아. 쉽게 잘 잊혀지는 편이니까. 아, 그나저나 어젯밤 방에도 안 들어오고 어디 있었냐? 마침 순찰이 없었길래 망정이지……."

"응? 아… 뭐……."

교주가 이름도, 거처도 알려주지 않고 사라져 버렸으니 창고에서 다우랑 꼬박 밤을 새울 수밖에 없었다.

"여자랑 있었지?"

"……."

"흐흐… 넌 벌써 유명하다구. 들어온 지 이틀이 채 안 되었는데도 너 모르는 사람이 없을 정도야."

유검은 내심 한숨이 나왔다.

이래도 되는 걸까 하는 생각이 들었다. 몰래 잠입한 주제에 유명세를 타고 있으니…….

구가소가 걱정스럽게 물었다.

"너, 그런데 괜찮겠어?"

"뭐가?"

"자칭 사대패왕(四大覇王)이라 부르는 패거리들 말야. 널 꽤나 꼽게 보고 있을 텐데."

"왜?"

"왜긴? 남자는 이백여 명, 여자는 십여 명, 그리고 그 여자들에게 인기없는 사대패왕. 그들이 널 꼬와할 이유는 충분하지 않을까?"

구가소는 목소리를 낮췄다.

"사실 말이야 바른말이지, 여자애들 꽤 이쁘잖아."

"뭐, 대충."

"대충? 이런, 솔직해져 봐! 사실 여자애들 어디서 골라왔는지 기가 막힌 미녀들뿐이잖아! 그러니 우리들도 젊은 피가 끓어오르는 게 당연해. 근데도… 제기랄, 그 녀석들이 무서워서 접근조차 못했지. 하지만 넌 아무렇지도 않게……."

구가소는 유검의 등을 탁 치며 웃어 보였다.

"잘해봐. 겉으로 내색은 않지만, 넌 우리들의 우상이라구! 물론 나도 널 응원하고 있어. 음… 문제가 생길 경우 널 도와줄 순 없지만 말야."

유검은 떨떠름했다.

물론 어제 본 소녀들이 대부분 미녀들인 건 사실이다. 하지만 유검으로선 그다지 관심이 일지 않았다.

미녀들은 가시를 품고 있으며 가까이 하다간 다치기 십상이란 진리를 깨닫고 있었으니까 보는 것으로 충분히 만족한 것이다.

게다가 다우가 옆에 있는데 어딜 한눈팔겠는가.

또한 여기 들어온 목적이 화를 구하기 위해서인데 어딜 미녀와 노닥거린단 말인가.

돌이켜 생각해 보면 강호로 나선 이래 짧은 기간이었지만 참으로 많은 미녀들을 만났고 인연이 이어졌다. 어쩌면 일생의 복을 한순간에 탕진해 버렸는지도 모른다는 생각이 일 정도였다.

일 년에 한 명씩 만났더라면 좋았을 것이다, 라는 황당한 생각까지 들었다.

문득 유검은 궁금한 점이 떠올라 물었다.

"근데 그 여자 아이들은 무슨 목적으로 여기 들어온 거지?"

"응? 그야… 어라? 그러고 보니 우리들처럼 훈련도 받지 않는 것 같던데."

구가소는 어깨를 으쓱했다.

"뭐, 우리가 그걸 신경 쓸 필욘 없지. 안 그래?"

"하긴 그렇군."

가벼운 몸풀기 정도의 새벽 구보가 끝난 후 아침 식사를 위해 기재들은 모두 식당으로 향했다.

전각에 들어가기 전, 어제 만난 적이 있던 정원을 손질하는 늙은이가 계단에 걸터앉아 곰방대를 피워 물고 있었다.

유검 등이 근처를 지나가자 노인은 혼잣말처럼 중얼거렸다.

"오해하면 곤란하네. 본래 아름다운 소녀는 청년들에게 꿈을 주지. 아무리 훈련이 고되고 힘들어도 아름다운 소녀들 앞에서는 결코 약한 모습을 보이려 하지 않아. 그리고 청년들은 깨닫게 되지, 소녀의 사랑을 얻기 위해서는 두 주먹을 불끈 쥐고 일어나 싸워야 함을. 그러니까 아무런 의미 없이 뽑은 게 아니란 말이지. 암, 아니고말고."

유검이 의아해하며 구가소에게 물었다.

"저 노인, 누구에게 하는 소리지?"

"글쎄?"

노인은 하얀 담배 연기를 내뿜으며 홀로 중얼거렸다.

"그러니까 곡주가 개인 취향 때문에 소녀들을 뽑았다는 건 한낱 낭설이자 유언비어에 불과하다구. 그냥 그렇다는 이야기지."

유검은 사람의 물결에 휩쓸려 물어보지도 못하고 전각 안으로 밀려 들어갔다.

뒤늦게 구가소에게 물어보았다.

"그런 유언비어도 있었어? 곡주의 개인 취향 때문에 여자애들을 뽑았다는."

"글쎄… 그 낭설이란 게 워낙 많아서……."

구가소는 어깨만 으쓱거렸다.

식당으로 들어섰다.

한쪽에 주방에서 요리된 음식을 옮겨와 산처럼 쌓아놓았고, 청년들은 쟁반에 먹고 싶은 만큼 알아서 챙겼다. 그 후 식탁으로 가 삼삼오오 모여서 식사를 하고 있었다.

구수한 음식 냄새가 식욕을 자극했다.

와자지껄한 잡담 소리, 쨍그랑 그릇 부딪치는 소리, 난데없는 비명 소리 등으로 식당 안은 시끌벅적 생동감이 넘쳤는데, 이백여 명에 달하는 많은 사람들이 한꺼번에 식사를 하는 모습은 장관이라면 장관이었다.

그들이 먹어치우는 식사량을 생각하면 섬뜩해질 정도였다.

유검은 자기 차례가 오자 튀겨진 닭과 주먹만한 만두, 소고기 국과 밥, 소찬 등을 평소 식사량보다 두 배 넘게 담았다. 창고에서 기다리고 있을 다우를 위해서였다.

그것을 들고 구가소와 함께 끝없이 펼쳐진 식탁의 한자리를 향해 걸음을 옮기는데,

픽!

식탁에서 밥을 먹고 있던 한 녀석이 난데없이 옆차기를 해왔다. 발은 유검의 복부를 직격했고, 음식을 담은 쟁반이 땅에 떨궈지며 와장창 소리가 났다.

"이런, 이런, 내 발이 왜 이런다냐?"

바짝 치켜세운 머리에 독사같이 세모난 눈매의 청년이었는데, 노골적으로 유검에게 시비를 걸어왔다.

그는 음식물을 뒤집어쓴 유검을 보고 짐짓 놀란 체를 했다.

"오호, 이게 누군가? 하늘나라 거위 고기도 한입에 꿀꺽 해버린다는 소명 나으리 아니신가? 내 발이 무엄하게도 실례를 저지르고 말았구면."

와자지껄 떠들던 소리가 죽었다. 청년들의 시선이 일제히 모여들었다. 유검이 어떻게 반응할 것인가 하는 호기심이 태반이었지만 쯧쯧

혀를 차며 '결국 저렇게 되고 마는군' 하며 동정심을 보내는 이도 있었다.

구가소는 유검과 함께 엮여들지 않으려 슬그머니 사람들 사이로 물러섰다.

유검은 옷에 묻은 음식물들을 하나하나 떼어내다 청년을 돌아보았다.

'어차피 유명세를 탈 바엔… 여자 뒤꽁무니나 쫓아다니는 놈보다야 차라리 흉악무도한 놈이 좋지 않을까?

곧 고개를 저었다.

'아니야. 사과하고 조용히 지내다 보면 시비 거는 놈도 사라지겠지.'

어디까지나 목적은 화를 구해내는 것. 이런 어린아이 장난 같은 시비에 말려들어 화를 낸다면 그것이야말로 참으로 어리석은 것이다.

내심 그렇게 결론을 짓는데 청년이 와락 멱살을 움켜쥐었다.

"뭐야? 사람 말이 말 같지가 않나? 앙?"

"아, 죄송합니다."

유검은 황급히 사과했다. 전혀 적의가 없음을 나타내는 함박웃음과 함께.

"쳇, 쥐새끼 같은 놈."

흥이 깨졌다는 얼굴로 멱살을 풀어주며,

"카악, 퉤!"

갑자기 청년은 끓어오르는 가래를 모아 암기 발사하듯 내뱉었고, 그것은 유검의 오른쪽 뺨에 가 달라붙었다.

누군가 조그맣게 중얼거렸다.

"이번에도 참는다면 개다."

유검은 내심 생각했다.

'너무 참는다면 오히려 수상하게 여기지 않을까?'

내심 고개를 저었다.

눈앞의 이 청년은 아무래도 사대패왕이란 녀석들의 패거리 같은데, 그렇다면 질투에서 비롯된 충동적인 행동이다.

싸우게 된다면 분란은 끊기질 않을 것이고, 곱게 참는다면 비겁한 놈으로 낙인찍힐지언정 무난히 넘어갈 수 있을 것이다.

그렇게 판단하고,

"헤헤……."

곧 비굴한 웃음을 흘리며 연신 허리를 굽실거렸다.

가래를 소맷자락으로 닦아내며 다시 음식을 타러 가는데, 청년이 비웃었다.

"이봐. 여긴 사람들이 이용하는 곳이야. 개돼지의 사료는 없다구."

와르르 억지웃음이 터져 나왔다.

유검은 멀뚱히 자신을 비웃고 있는 청년들을 돌아보다가 이곳에서 더 이상 식사가 불가능함을 깨닫고 할 수 없이 밖으로 향했다.

독사눈의 청년은 음침한 미소를 띠며 천천히 몸을 일으켰다.

사람들을 돌아보며 손가락을 입가에 가져다 대었다. 조용히 하라는 표시였나.

웃음소리가 천천히 잦아드는데, 독사눈의 청년이 품속에서 시퍼런 비수를 꺼내 들었다.

청년은 혀로 비수를 핥으며 싸늘하게 중얼거렸다.

"젊은 놈들이 모인 곳이니까 가끔 사고가 나는 건 어쩔 수 없지."

그의 두 발이 소리없이 바닥을 찼다.

짧은 포물선을 그리며 그의 신형이 막 출구를 벗어나려 하는 유검을 향했다.

그의 눈에는 먹이를 노리는 매서운 살기가 어려 있었다.

날카롭게 세운 비수가 소리도 없이 암습을 가하는 순간, 지켜보던 청년들은 짧게 신음성을 흘렸다.

"제기랄, 저건 너무하잖아!"

비수가 등을 파고드는 순간, 독사눈의 청년은 곧 피를 보리라는 흥분에 머리카락이 곤두서고 있었다.

이때 기재들은 다음의 상황을 이해할 수 없었다.

갑자기 청년은 모든 동작이 멈춰 버렸고, 유검은 유유히 출구를 빠져나갔다.

청년은 전신이 밧줄에 친친 묶여진 것처럼 꼼짝할 수 없음을 깨닫고 막 고함을 지르려는데, 밖으로 나간 줄 알았던 유검이 어느새 다시 눈앞에 서 있었다.

그의 복장이 좀 전과 달랐는데도 그것을 눈치 채는 자는 아무도 없었다. 다들 유검이 나갔다가 마음이 변해 다시 들어왔다고만 생각했다.

유검의 모습을 한 교주가,

"흠… 진짜든 가짜든 어쨌거나 날 깔봤다는 거군."

영문 모를 소리를 지껄이는데, 독사눈의 청년은 다시 몸이 자유로워진 것을 깨달았다.

"무슨 개소리야!"

내지르던 비수를 교주의 목을 향해 뻗었다.

흥분해 있었기에 반드시 죽이리라는 살심이 담겨 있어 기세가 흉포하기 그지없었다.

기재들은 놀라고 흥분해서 한마디씩 지껄였다.

"뭐야? 누가 좀 말려!"

"제기랄! 피를 보고 싶으면 밖에 나가서 할 것이지!"

"저놈 성질에 시체가 온전히 남아날 리 없고, 젠장. 밥은 다 먹었군."

교주는 목을 살짝 옆으로 피하며 허공에 반원을 그리듯 비수를 낚아챘다. 맨손으로 비수의 날을 움켜쥔 것이다.

그 상태에서 바로 발을 올려 찼다.

그야말로 일순지간에 일어난 일이라 독사눈의 청년은 피해야 한다는 자각조차 못하고 있었다.

발끝이 청년의 복부를 차 올렸고,

퍼억—

둔탁한 소리와 함께 독사눈의 청년은 비수를 잡은 채 허공에 매달렸다. 무인의 본능으로 비수를 필사적으로 잡고 놓지 않은 탓에 그리된 것이다.

강렬한 충격에 청년은 비명 소리조차 토해내지 못했다.

교주는 담담히,

"불욕은 버리세. 비수 따위보다는 생명이 중요하지."

그렇게 중얼거리며 왼 주먹을 뻗었다.

이 일권은 겉보기엔 느린 것 같았지만 이는 눈의 착각이었다. 실제로는 지극히 빨랐다. 또한 언뜻 보아 가벼운 것 같지만 실은 엄청난 힘이 담겨져 있었다.

공기를 압축하며 뻗어간 주먹이 다시 청년의 복부를 강타했다.

파—앙! 퍼억!

파공성과 격타음이 동시에 울려 퍼졌다.

청년은 결국 잡고 있던 비수를 놓치고 지옥의 사신처럼 끝없이 뒤로 이끄는 거대한 힘의 인력에 의해 무저항 상태로 끌려갔다.

와장창—!

가까운 식탁으로 내동댕이쳐졌다.

식탁 위의 음식과 접시, 쟁반 등이 일시에 튀어 올랐다. 그것이 가라앉기도 전에 청년은 바닥에 부딪치며 잉어처럼 튀어 올랐다.

텅, 텅, 텅—

바닥과 천장을 오가며 날뛰다 반대 편 벽에 가서 부딪치고서야 겨우 멈췄다.

그때서야 솟구쳤던 쟁반과 접시들이 땅으로 떨어져 내리며 시끄러운 소리를 내었다.

기재들은 경악성조차 내지 못하고 멍하니 입만 벌리고 있었다.

벽까지 튕겨 나갔던 독사눈의 청년이 가까스로 몸을 일으키며 교주를 향해 원독의 눈빛을 쏟아내었다. 입가에는 피를 흘리고 있었다.

"이… 이……!"

교주를 향해 손가락질을 하며 입을 여는 순간,

쉬이익—

비수가 날아와 그의 귀를 낚아채고 벽에 꽂혔다.

바늘 핀에 꽂힌 파리처럼 바동대며 청년의 입에서 비명 소리가 터져 나왔다.

보고 있던 기재들은 순간 자기 눈을 의심했다.

출구 쪽에 있던 교주가 어느새 청년 앞으로 다가와 있었던 것이다.

마치 공간 이동을 한 것처럼 보였다.

교주는 청년의 머리카락을 잡고 무자비하게 끌어당겼다.

비수에 꽂혔던 귀가 찢겨져 나가고 청년은 또다시 비명을 토해내었다.

교주는 피투성이가 되어 있는 청년의 얼굴을 위아래로 훑어보더니 짜증난 얼굴로 중얼거렸다.

"가볍게 손을 썼는데 꽤나 엄살이 심하군. 남들이 보면 날 비정하다고 할 게 아닌가?"

말이 끝나자, 청년의 얼굴을 돌을 깎아 만든 바닥에 처박았다.

퍽!

청년의 코가 뭉개지고 이는 옥수수 알처럼 떨어져 나갔다.

교주는 천천히 몸을 일으켰다.

자신을 보고 있는 기재들을 돌아보며 중얼거리듯 말했다.

"입버릇이 안 좋은 놈에게 이 정도 대가는 당연한 거야. 그렇지 않나?"

얼어붙어 있던 기재들은 그의 공갈 협박성 발언에 자신도 모르게 고개를 끄덕였다. 그 발언에는 만인을 위압하는 듯한 위엄이 함께 남겨 있었던 것이다.

할 일을 다 마쳤다는 듯 교주가 뒷짐을 지고 천천히 출구로 걸음을 옮기는데, 아직도 의식을 잃지 않고 있던 독사눈의 청년이 입술을 달싹거렸다. 뭐라 알 수 없는 소리를 웅얼거렸다.

순간 교주의 걸음걸이가 멈췄다.

뒤돌아 서서 다시 청년에게로 걸어갔다.

그 후 일각 동안 기재들은 한편의 지옥도가 펼쳐지는 것을 두 눈 뜨고 지켜보아야만 했다. 튀어진 피가 얼굴에 날아와 묻는데도 뭔가에 홀린 듯 눈을 깜빡일 수도 없었다.

지옥도는 식당의 한쪽 벽에서 시작되어 한 바퀴를 돌고 나서야 끝을 맺었다.

기재들은 오한을 느꼈다.

교주가 드디어 손을 멈추었다.

독사눈의 청년은 살았는지 죽었는지 꼼짝도 않고 있었다.

기재들은 그제야 생각이란 것을 떠올릴 수 있었다.

'귀를 입가에 바짝 대고 있어도 알아듣기 힘들어 보였는데 얼마나 이목이 밝기에……'

'근데 대체 뭐라고 욕했기에 저토록 화를 낸 걸까?'

교주가 불만 어린 얼굴로 중얼거렸다.

"나참, 뭐라고 중얼거렸는지 알 수가 있나. 뭐, 욕했을 가능성이 높으니까 미리 패두는 것도 괜찮지."

담담한 그의 어조에 기재들은 깨달았다.

욕을 확실히 들어서가 아니라 단지 짐작만으로 저런 잔인무도한 짓을 벌였다는 것을. 그리고 그의 얼굴이나 행동, 태도 등을 보아 그다지 화가 난 상태는 아니었다는 것을.

예측 불가한 그의 심중에 기재들은 까닭을 알 수 없는 공포를 느꼈다.

교주가 기재들을 돌아보며 물었다.

"혹시 나에게 불만있는 놈, 더 없나?"

용변을 보다 말고 일어선 것처럼 이 정도로는 뭔가 부족하다는 얼굴이었다.

기재들은 추측만으로 속으로 욕했다며 손을 쓸지 모른다는 생각에 황급히 고개를 저었다.

"근데 얼굴들이 왜 그런가? 이놈을 죽인 것도 아니고 그냥 가볍게 손만 봐준 건데 무슨……."

기재들은 황급히 미소를 지었으나 두 눈은 동그랗고 입꼬리만 한껏 위로 올라간, 어색하기 그지없는 웃음이었다.

교주는 설교하듯 진지하게 말했다.

"본래 남자라면 싸우면서 크는 거다. 생사를 걸고 싸우면서 자신도 모르게 우정을 느끼지."

그리고 손가락으로 만신창이가 되어 있는 청년을 가리키며 말을 이었다.

"여기 이놈과도 생사를 걸고 싸웠지만, 나중에 술잔을 기울이며 친구가 될 수도 있겠지. 흠… 이게 바로 청춘이란 거다. 참 좋은 시절이지."

기재들은 그 말에 절대 동의하지 않았다.

'혹시라도 살아나면 네 그림자도 쳐다보지 않으려 할 텐데, 무슨 놈의 술친구란 말인가!'

'무자비하게 일방적으로 두들겨 팼으면서 무슨 생사를 걸고 싸웠다는 거지? 터무니없는……!'

내심으론 어떻게 생각하든 겉으로는 여전히 이상한 미소를 띠고 있었다.

교주는 자신의 말에 감동한 얼굴로 고개를 끄덕이며 출구를 향해 걸어갔다.

기재들의 시선은 자신도 모르게 그의 걸음걸이를 좇고 있었다.

멈칫, 교주가 걸음을 멈추었다.

기재들은 가슴이 철렁 내려앉았다.

혹시라도 자신에게 어거지 누명을 씌워 두들겨 패진 않을까 하는 두려움 때문이었다.

교주는 뒤돌아보고 불만 어린 목소리로 말했다.

"내 말에 별로 공감하지 않나보군? 내 생각이 틀렸나?"

기재들은 목청이 찢어져라 부르짖었다.

"공감합니다! 공감해요! 당신이 무조건 옳습니다!"

그들은 교주를, 아니, 유검을 친구가 아닌 절대 권력자로 보고 있었다. 피와 공포로 얼룩진 절대 무력을 지닌.

교주는 그들을 향해 미소를 지어 보였다.

"좋은 친구들이군."

손까지 흔들어 보이곤 밖으로 사라졌다.

기재들은 한동안 얼어붙어 아무런 말도 꺼내지 못했다. 그대로 화석이 된 듯했다.

누군가 더듬거리듯 중얼거렸다.

"친… 구? 우리보고 친구라고?"

재확인되는 그 말에 기재들은 빙굴 속으로 떨어진 듯한 오싹함을 느껴야 했다.

친구란 그야말로 비슷한 생각과 나이를 지녔고, 손쉽게 장난칠 수 있으며, 스스럼없이 마음을 주고받을 수 있는 존재를 말한다. 때론 여자 문제로 고민을 상담할 수도 있고, 때론 아무런 의미 없는 푸념을 털어놓을 수도 있지만, 어쩌면 극한 상황에 이르러 죽음까지 불사하고 위해줄 수 있는, 바로 그러한 의미들이 모두 함축되어 있는 것이 친구다.

그런데 악마의 화신과도 같은 그가 자신들을 친구라고 불렀다.

그 말에 도저히 찬동할 수 없다는 스스로의 올바른 감정과 강력한 힘의 존재에게 굴복하면 더없는 평온을 가질 수 있을 것이라는 달콤함 사이에서 갈등을 느꼈다.

누가 버럭 소리를 질렀다.

"친구? 친구는 무슨 개뿔이……!"

불쑥 유검의 얼굴이 출구에 나타났다.

기재들은 또다시 얼어붙었다.

유검은 난장판이 되어 있는 식당 안의 모습을 보고 두 눈이 동그래졌다.

"무슨 일이 있었나?"

그리고 한쪽 벽에 만신창이가 되어 있는 독사눈의 청년을 보고 눈살을 찌푸렸다.

"그새 또 누구랑 시비를 벌였나 보네. 그나저나 누군지 몰라도 정말 인정사정없이 손을 썼군."

기재들은 내심 절규했다.

'네가 그랬잖아! 네가! 근데 이제 와서 모른 척이나!'

유검은 들어와 음식이 쌓여진 곳으로 가서 통닭과 만두 등을 챙겨 들었다.

뒤늦게 혹시 이게 시빗거리가 될 수 있다는 자각이 들어 주위를 돌아보며 물었다.

"주방으로 갔더니 음식이 다 떨어졌기에… 가져가도 될까?"

기재들은 일제히 고개를 끄덕였다.

누가 감히 안 된다고 시비를 걸겠는가.

음식을 챙겨 들고 출구로 향하는데,

"소명!"

누군가 유검을 불렀다.

허깨비처럼 키가 멀쑥하게 크고 깡마른 청년이었다.

유검이 돌아보자 머뭇머뭇거리다,

"저… 널 친구로 생각해도 될까?"

그렇게 물었다. 극도로 조심스런 목소리였다.

"뭐, 좋을 대로."

유검은 의아해하면서 그렇게 대꾸해 주었다.

밖으로 나가며 연신 고개를 갸웃거렸다.

"그참, 이상한 친구들이네. 무슨 도깨비를 본 것마냥……."

유검이 나가고 한참 뒤, 몇 명은 만신창이가 되어 있는 청년에게 몰려갔다. 그리고 많은 수가 깡마르고 키가 큰 청년에게로 우르르 몰려들었다.

"야… 대단하다. 그 상황에서 그런 말이 나오냐?"

"나도 말을 걸어볼 걸 그랬나?"

누군가 허탈한 듯 중얼거렸다.

"근데 뭐야? 아깐 염라대왕 같더니 지금은 온순한 척… 진짜 도깨비도 아니고……."

한 청년이 스산한 어조로 입을 열었다.

"소명 그놈은 본 교에서 비밀리에 전해진다는 광마혼이란 금단의 마공을 익힌 게 분명해. 그야말로 악마의 능력을 얻게 되지만 인성이 완전히 말살되어 버린다는!"

"광마혼? 그건 단순히 무림맹 녀석들 겁주려고 만들어낸 이야기잖아."

"아냐, 실제로 있대. 아버님께 들은 거야."

기재들은 공포심에 부르르 몸을 떨었다.

"그, 그럼 조금만 비위를 거슬려도……."

"쳇, 지옥 구경하게 되겠지."

이때, 한 청년이 만신창이가 되어 있는 독사눈의 청년을 가리키며 소리 죽여 말했다.

"근데 저 사가(史哥) 녀석이 아까 으스대며 혼잣말하는 걸 들었는데 말야, 사대패왕 중에 가장 흉포하다는 금사종(金絲鐘)이 소명을 데리고 오라 했다더라. 여차하면 시체라도 상관없다며."

"엥? 그, 그럼 지금쯤……."

"그래. 뭣도 모르고 시비를 걸고 있겠지."

"……."

기재들은 자칭 사대패왕이라며 거들먹거리던 네 명의 청년 중 금사종이란 청년을 떠올렸다.

꼴 보기 싫은 짓을 하고 때론 패악을 부리며 자신들을 괴롭혔지만 그래도 나름대로 귀여운 녀석이었다고 생각했다. 그것은 평소엔 한 번도 가져 보지 못한 생각이었다.

지금쯤이면 지옥을 맛보고 있을 것이라 생각하니 저절로 동정심까지 우러나왔다.

누군가 중얼거렸다.

"은자를 모아 관이라도 마련해 줘야 하지 않을까? 그래도 한때나마 친구였으니……."

그는 이미 금사종을 산 자로 생각하지 않고 있었다.

구가소가 벌떡 몸을 일으켰다.

"젠장! 나쁜 놈이었지만 그렇게 허무하게 가는 걸 보고만 있을 순 없어!"

그는 사가의 혼잣말을 들었다는 청년에게 다급하게 물었다.

"금사종은 어디서 기다리고 있지?"

"후, 후원에……."

구가소는 급하게 경신술을 펼쳐 전각 후원으로 향했다.

식당 내 소란과는 상관없이 말없이 식사에 열중하던 한 청년이 있었다.

일 년 내내 햇빛을 받지 못한 것처럼 푸른 기가 감도는 외엔 평범한 외모였는데, 이런 때 침착함을 유지하는 모습이 범상치 않아 보였다.

"재미난 녀석이 들어왔군."

식사를 끝맺지 못한 것을 아쉬워하며 청년은 몸을 일으켰다.

그리고 유검에게 친구가 되기를 원했던, 허깨비처럼 키가 멀쑥하게 크고 깡마른 청년은 소피가 급하다며 식당을 빠져나왔다.

아침 식사를 미리 마친 교두들은 전각과 별도로 마련된 대청에 모여 회의를 하고 있었다. 위아래로 넉넉하게 화로를 놓아 바깥 날씨와는 상관없이 대청 안의 공기는 훈훈했다.

"조금 전 소명이란 놈이 식당에서 소란을 일으켰다던데, 이번에도 여자 문제인가?"

상석에 자리한 깡마른 노인이 운을 떼었다.

노인은 일월교의 많은 장로들 중 한 명으로 삼소구혼(三笑勾魂) 복고후(僕固侯)라 불리웠다.

그는 와룡곡 내의 제반 사항을 총괄하는 책임을 지고 있었는데, 권력을 맛을 본 여느 늙은이와 마찬가지로 자신의 체면과 권위를 지키기 위해 독선과 아집을 최고의 선으로 여기고 있었다.

석탁 맞은편, 뜻밖에도 한 명의 젊은이가 일어나 답했다. 식당에서 빠져나온 키가 크고 깡마른 그 청년이었다.

"간략하게 말씀드리자면, 사대패왕의 심복인 사명후가 소명에게 시비를 걸었다가 초주검 상태가 되었습니다."

"초주검? 암습이라도 당했나?"

"암습은 아니옵고, 제가 목격한 바에 따르면 단순한 일방적인 구타였습니다."

복고후의 얼굴이 찌푸려졌다.

말뜻을 이해 못해서가 아니라 암습이란 자신의 말을 가볍게 무시해 버린 청년의 당돌한 태도가 마음에 들지 않아서였다.

자연 언성이 날카로워졌다.

"그게 무슨 말인가? 설마 하니 무공의 격차가 심했다는 말처럼 들리는군."

"예."

복고후는 혀를 찼다.

"그 나이 또래에서는 무공의 격차가 있어봤자 실제론 도토리 키 재기에 불과하다. 네가 보기엔 무공 격차가 커 보일지 모르나 나 정도 되는 경지에 올라 보노라면 코웃음만 나올 뿐인 게지."

"하지만……."

"이해를 못하는군. 혹, 소명이란 녀석의 손속이 악랄하고 잔인하지 않던가?"

키가 큰 청년 신명은 고민했다.

올바른 보고를 위해서였다.

식당에서의 소명이 한 일은 어린아이가 흥미거리로 개구리 다리를 찢는 것과 비슷해 보였다. 분명 손속이 악랄하고 잔인하기 그지없었는데, 정작 소명 본인은 별것 아니라고 여기는 것 같았던 것이다.

여기엔 분명 단순히 잔인하다고만 표현하기엔 뭔가 껄끄러운 점이 존재했다.

하지만 그런 미묘한 느낌을 표현할 길이 없어 늙수그레한 음성에 고개를 끄덕이기만 했다.

"예."

복고후는 그럴 줄 알았다는 듯 비릿한 웃음을 머금었다.

"역시 그렇군. 본래 마음을 독하게 먹고 잔혹한 살수를 펼치면 그 승패가 일방적으로 보일 수도 있지. 자네는 그 분위기에 휩쓸려 무공 격차가 아주 심했던 것처럼 느낀 거야. 앞으론 그런 과장된 보고는 삼가하게. 실망이네."

젊은 목소리는 내심 항변했다.

'고양이가 심심해서 쥐를 데리고 노는 것보다 더 심했는데, 무슨 도토리 키 재기에 과장이란 말인가!'

자신이 보기엔 단순히 무공의 격차 정도가 아니었다.

자신 외에 다른 사람을 치켜세워 주는 것을 극도로 싫어하는 독선적인 노인의 성격을 알기에 보고 들은 것을 억지로 평가절하해서 단순히 일방적 구타로 표현했는데, 그것마저 과장이라 여기다니……

'한심한 늙은이 같으니라구!'

신명은 내심 혀를 찼지만 겉으로는 승복한 척 고개를 숙였다.

복고후가 좌중을 둘러보며 말했다.

"흥, 석 장로가 데려왔다고 할 때부터 이 정도 소란은 이미 짐작하고 있었다. 그러니 소란 떨 것 없어. 하지만……."

복고후의 음성이 갑자기 커졌다.

"석 장로는 그렇다 치고, 곡주는 도대체 뭔가? 망할! 그 속 좁은 인간에게 찍힐까 봐 두려워 출신이 불분명한 소명이란 놈을 순순히 받아들이니까 이런 일이 생기는 게 아니냔 말이다. 흥, 그뿐이랴? 난데없이 본 교 제자 중 미녀를 뽑아오질 않나, 천지 못 주위의 이상한 잡동사니를 잔뜩 끌어 모으지를 않나, 도대체……! 나원, 교단도 대체 생각이 있는 건가 없는 건가. 본 교의 가장 중차대한 일에 있어 그런 보도 듣도 못한 자를 곡주로 중용하다니……!"

음성에는 자신이 곡주가 되지 못한 질투와 분노가 가득 어려 있었다.

"……."

긴 침묵 후 다른 교두가 조심스레 물었다.

"소명에 대해 무슨 조치를 취하시겠습니까?"

"조치는 무슨! 놔둬. 어차피 사대패왕에게 뜨거운 맛을 보고 정신을 차릴 테니까. 어쩌면 이미 시체가 되어 있을지도 모르겠지만. 뭐, 스스로 자초한 거니……."

"예."

복고후은 순순히 복명하는 교두들의 태도에 뭔가 껄끄러움을 느꼈다. 겉으론 고개 숙이지만 속으론 승복하지 않는 듯 보였다.

스스로 생각하기에도 이대로 그냥 넘어간다면 뭔가 부곡주로서의 소임을 소홀히 하는 것처럼 느껴졌다.

다시 입을 열었다.

"그런데 그놈의 초상화는 있나? 일단 얼굴이나 봐둬야겠어. 시체를 확인하려면 필요할 테니까."

신명이 품속에서 화폭을 꺼내어 석탁 위에 펼쳤다.

"여기 있습니다."

화폭이 펼쳐졌다.

화폭의 초상화를 훑어보던 복고후는 의아한 듯 고개를 갸웃거렸다.

"흐음… 기이하군. 어디서 본 것처럼 낯이 익어. 마치 유검이란 놈의 초상화를 닮은 것 같은……."

"……."

"……."

침묵 후, 노인이 먼저 웃었고 다른 이들도 따라 웃었다. 곧 석실 안은 파안대소로 가득 찼다. 다들 기막힌 농담을 들은 것처럼 저마다 한껏 웃었다.

복고후가 갑자기 버럭 화를 내었다.

"이건 닮은 게 아니라 바로 유검 그놈의 초상화잖나! 제대로 다시 구해와!"

신명은 억울한 듯 말했다.

"저희들이야 유검이란 자의 초상화를 보지 못했으니 알 순 없지만, 이건 소명의 것이 틀림없습니다. 위에 적힌 글자를 보십시오. 분명히 소명이라 적혀 있지 않습니까? 어쩌면 유검이란 자가 정체를 숨기고 들어왔을 수도……."

"허허……."

복고후가 석탁을 꽝 하고 쳤다.

"본 교 제일 공적인 그놈이 무슨 이유로 본 곡에 잠입한단 말인가? 아니, 그렇다고 쳐. 그런데 변장도 않고 태연히 본모습으로 들어와? 너 같으면 그렇게 하겠나? 응? 말해 봐, 말해 보라구!"

"……."

좌중이 침묵하자 복고후는 내심 만족했다.

어쨌든 호통을 침으로써 자신의 권위를 내세울 수 있었으니까.

복고후가 선심 쓰듯 말했다.

"네가 그렇게 주장하니 일단 나도 한번 봐야겠군. 얼마나 닮았는지 궁금하기도 하고."

아침 회의는 그렇게 끝을 맺었다.

◆第八章

인간들은 무지(無知)를
선택했다

인간들은 무지(無知)를 선택했다

　유검은 먹을 것을 챙겨 곧장 다우가 기다리는 창고로 갔다. 물론 전각 후원에서 누군가 자신을 기다리고 있다는 것은 상상조차 못하고 있었다.

　생각해 보면 유검이 반드시 금사종이 기다리는 전각 후원으로 간다는 보장이 없었음에도 기재들은 다들 한결같이 서로 운명처럼 만나 부딪칠 것이며 누군가—대다수 금사종이라 생각했는데— 필히 다치거나 죽고 말 것이라 여겼다.

　구가소 역시 그런 집단 최면에 걸린 한 사람으로, 다급하게 전각 후원으로 뛰어갔다.

　"피해?"

　칠 척 거구에 산도적 같은 얼굴을 한 금사종은 구가소가 헐레벌떡 뛰어와 소명이 오니까 자기보고 당장 피해야 한다며 충고하자 분노보다 어이가 없었다.

게다가 평소 자신에게 말 한마디 건네지 못하던 꽁생원 같은 녀석이 친한 척 와서 스스럼없이 말을 거는 것만도 불쾌할 지경인데, 구가소의 두 눈에 동정이 어려 있는 것을 보고 금사종은 피가 머리끝까지 끓어올랐다.

꽈—앙!

금사종은 스스로 거창하게도 유성도월비룡부(流星渡月飛龍斧)라 이름 붙인 거대한 도끼로 눈앞의 바위를 내리찍었다.

불똥이 튀고 어른 몸뚱이만한 바위가 두 조각이 났다.

금사종은 노해 부르짖었다.

"감히 내가 누군지 알고 그 딴 소리냐!"

당장이라도 거대한 도끼를 휘두를 듯한 태도였다.

평소라면 찔끔 겁을 먹어 꼬리 말고 돌아갈 구가소였지만 지금 그의 눈에는 대수롭지 않게 보였다. 교주가 보였던 위세에 비하면 한참 모자라 보였던 것이다.

"그래도 한솥밥 먹는 처지라 생각하기에 일러준 거야. 믿고 안 믿고는 네 맘이지만."

구가소가 그렇게 말한 후 할 일을 마쳤다는 듯 돌아가려 하자, 분기탱천한 금사종이 와락 그의 옷자락을 붙잡았다.

"가긴 어딜 가! 소명 그놈이 내 발 밑에 엎드려 살려달라고 애원하는 꼴을 보기 전엔 절대 못 간다! 넌 반드시 보아야 해!"

구가소는 어깨를 으쓱해 보이며 고개를 끄덕였다.

"원한다면, 그러지 뭐."

뚜껑이 열린다는 게 저런 거구나, 내심 감탄했지만 두려움은 전혀 들지 않았다.

호랑이를 손봐주겠노라며 하룻강아지가 으르렁대는 모습을 보는 것 같아 오히려 측은함이 들었다.

금사종은 숨을 식식 몰아쉬었다.

구가소가 아무 말은 않았지만, 자신을 측은하게 바라보는 눈길을 보면 자신이 당할 거라고 확실히 믿는 게 틀림없었다.

금사종은 황당한 중에 울분이 쌓여 가슴이 터질 것 같았다.

웬 새로 온 녀석이 여자 꽁무니나 쫓아다닌다길래 심심한 차에 버릇이나 고쳐 주려 했는데, 뭔가 상황이 이상하게 변해 버린 것이다.

금사종을 비롯한 사대패왕은 장차 일월교의 사대호법이 되길 꿈꾸고 있었다.

이런 모욕을 당한 채 가만히 있는다면 개인적인 감정은 둘째 치고 미래의 꿈이 좌절되고 말 것이다.

금사종의 얼굴이 딱딱해졌다.

곧 소명이 오면 처참한 꼴로 만들어주리라 다짐했다.

하지만 그는 알지 못했다.

반드시 소명이 오리라 믿고 있는 구가소의 태도 때문에, 소명이 오지 않을 가능성에 대해서는 전혀 고려해 보지 못하고 있음을.

차가운 삭풍이 얼굴을 때리는데도, 두 청년은 추위조차 느끼지도 못하고 그렇게 각기 분노와 연민 속에서 유검을 기다리고 있었다.

*　　　　*　　　　*

창고 안.

"확 때려주지 그랬어?"

유검이 자초지종을 말해 주자 다우는 화가 나 잔뜩 아미를 치켜세웠다.

"말 마라! 주먹이 부르르 하고 울었다니깐!"

그리고 유검은 모욕을 참아낸 스스로의 인내심에 대해 한껏 부풀려 자랑했다.

다우가 화를 내면서도 한편으론 자신을 존경스럽게 바라보자 유검은 참은 보람이 있었다며 흐뭇한 미소를 지었다.

다우가 물었다.

"근데 억울하진 않아? 사람들이 오라버닐 비겁하다고 손가락질할 거잖아."

유검은 미소를 지었다.

"괜찮아, 괜찮아. 넌 진실을 알고 있잖아. 그럼 충분하지 뭐."

세상 사람이 손가락질해도 너만 알아준다면…

하는 과장된 감상에 젖어 다우는 감동했다.

다우가 돌연 입술을 깨물더니 벌떡 일어나 소리쳤다.

"안 되겠다. 그 녀석, 어디 있어? 내가 가서 혼내줄 테니까!"

"괜찮아. 인과응보란 게 있는 모양이더라. 그 녀석은 또 누구랑 시비가 붙었는지, 먹을 걸 구하러 다시 갔을 땐 이미 엉망진창이 되어 있더라구."

"쳇, 그거론 분이 안 풀리잖아. 딱 한 대만 더 때려주고 올게!"

유검이 말렸지만, 다우는 고집을 꺾을 줄 몰랐다. 한사코 나가 그 녀석을 때려줘야겠다고 고집을 부렸다.

그런 그녀의 태도에 유검은 묘하게 가슴이 울림을 느꼈다.

사실 반 장난 삼아 말해 줬을 뿐이다. 재미있게 듣기를 원했다.

그 녀석이 자신을 모욕 줬다 해서 화가 난 것도 아니었고, 당시 정말로 큰 인내심이 필요했던 것도 아니었다.

만약 다우에게 말해 주려 하지 않았다면 벌써 그 일을 잊어버렸을 것이다.

그런데 정작 재미있게 듣기를 원했던 다우가 저렇게 화를 내고 또 반드시 보복해야겠다며 고집을 피우자 기묘한 감동이 느껴졌다.

무조건적으로 자기 편을 들어주는 다우의 모습에서 유검은 한 번도 받아보지 못한 어머니의 정을 느낀 것이다.

유검은 고개를 저으며 부드럽게 말렸다.

"안 돼. 그런 모습으로 나갔다간 바로 들통나고 말 거야."

다우는 아미를 찌푸리며 곰곰이 생각하다 갑자기 기뻐 소리쳤다.

"맞다! 좋은 생각이 있어!"

"응?"

"기재들이 대략 이백여 명은 된다고 했잖아. 대충 얼굴을 가리고 있으면 누가 누군지 모를걸?"

유검은 웃었다.

"지금 그 키로? 누가 보더라도……."

말하다 문득 깨닫고 소리쳤다.

"가만! 너, 본모습으로 되돌아올 셈이냐? 그건 위험히댔잖이."

"쳇, 잠시뿐인데 뭐."

말릴 틈도 없이 다우는 본모습으로 되돌아오고 말았다.

유검의 시선은 절로 아래로 향했다.

땅에 질질 끌리던 장포 자락이 무릎 위까지 올라가며 매끄러운 다리가 드러나고 있었던 것이다.

순간 억지로 잠재워 놓았던 남자로서의 본능이 확 타올랐다.

'복수보다는……'

두 팔을 벌려 와락 다우를 끌어안는다.

반항하며 밀치려는 그녀의 허리를 왼팔로 꽉 껴안아 움직이지 못하게 한 후, 나머지 한 팔로 그녀의 장포 자락을 위로 끌어 올린다.

풍만한 가슴 사이로 얼굴을 묻고 탱탱한 엉덩이를 쓰다듬는다.

반항하지만 끈질긴 애무에 그녀는 결국 힘을 뺀다.

쓰러진 그녀의 허벅지 사이로 얼굴을 파묻는다.

그리고…

"뭐 해? 눈 돌리란 말야! 옷 갈아입는다고 했잖아!"

헤벌레한 유검의 표정이 못마땅한 듯 다우가 그렇게 소리치자, 부풀어 오르던 망상은 단번에 깨졌다.

등을 돌리며 유검은 자신이 왜 참아야 하는가, 하는 본질적 고민에 빠지지 않을 수 없었다.

부스럭, 옷 갈아입는 소리를 들으며 유검은 생각했다.

'부부 사이나 다름없는데……'

만약 지금 노골적으로 요구한다면 어떻게 될까?

왠지 그걸론 안 될 것 같았다.

다른 핑계를 생각해 보았다.

"네가 걱정할까 봐 숨기고 있었지만 난 춘약에 중독되어 버렸어. 지금 당장 네가 응해주지 않는다면 전신의 혈맥이 터져 난 죽고 말

거다!"

"죽어."

틀린 말은 아니지만, 자신의 무공 경지를 뻔히 알고 있는 다우이기에 태연히 그렇게 나올 것 같았다.

"좋아, 정 그렇게 나온다면 난 다른 여자를 찾아갈 거다!"

"그렇게 해. 그동안 난 다른 남자랑 놀고 있을게."

지려고 하지 않는 다우의 성질을 건드리는 것은 역시 현명해 보이지 않았다.

"자, 나가자!"

상큼하게 울려 퍼지는 그녀의 음성에 유검은 결국 아무런 시도도 해보지 못하고 고개만 끄덕일 수밖에 없었다.

유검과 다우는 창고 밖으로 나왔다.

분지 안을 휘도는 강풍 때문인지 안개는 많이 옅어져 있었다.

전각 가까이로 향하자 아침 훈련 때문에 연무장에 사람들이 모여들고 있었다.

다우는 아버지 뒤에 숨은 어린아이처럼 유검 곁에 꼭 달라붙어 팔을 꼭 움켜쥐고 있었다.

충분히 수상쩍은 모습이었는데, 유검도 다우도 각기 다른 상념에 빠져 전혀 그것을 자각하지 못하고 있었다.

다우는 가슴이 두근거렸다.

하룻밤 갇혀 있다 창고 밖으로 나가게 되자, 마치 낯선 세계로 모험을 떠나는 듯한 기분이 들었던 것이다. 게다가 사람들에게 정체를 들키면 안 된다는 긴장감이 있어 더욱 자극적이었다.

그런 기대와 흥분으로 다우는 눈빛을 반짝이고 있었다.

그에 반해 유검은 고역스럽기 그지없었다.

팔을 통해 전해져 오는 부드러운 가슴의 감촉에 온 신경이 몰렸다.

지금 당장이라도 확 끌어안고 싶었지만, 천진난만하게 주위를 두리번거리는 그녀의 모습에 유검은 치미는 욕구를 애써 자제해야만 했다.

남자의 욕망을 어쩌면 저렇게도 모를까 하는 원망이 일었다.

물론 유검은 스스로 그런 욕망들을 없애 버릴 수 있다. 하지만 그렇게 하지 않았다. 모든 것을 초월한 신인보다는 보다 인간적인 것에 더 흥미가 이끌리고 있었던 것이다.

사부를 비롯해 흰자위없는 검은 눈동자의 노인 등은 자신을 통해 무상검의 진정한 경지를 보고 싶어했다.

그들은 과연 무엇을 바라는 것인가.

자신이 본 그 무엇이 진정 그들이 바라는 것이었다면 실소를 터뜨릴 수밖에 없다. 왜냐면 무언가를 얻는다는 것 자체가 불가능하기 때문이다. 이미 누구에게나 있는데 어디서 무엇을 구한단 말인가.

유검은 이미 이 세상의 모든 것이 환상임을 깨달았다.

그럼에도 흔히 말하듯 우화등선(羽化登仙)하지 않고 이렇게 육신을 가진 채 남아 있다.

왜 그런지 이유를 알 수는 없지만, 최소한 그것이 자신의 선택이란 것은 분명하다.

즉, 인간으로서의 삶을 더 누려보고 싶은 것이다.

그래서 이 땅에 있는 것이 아닌가.

또 한편으론 의아함을 느꼈다.

왜 아는 사람이 드물까? 아니면 알면서도 모르는 체하는 것일까?

누구나 어떤 바람을 내면 반드시 그것이 이뤄지게 된다는 것을. 운명이란 누군가에 의해 좌우되는 것이 아니라, 오로지 본인의 선택에 의해 결정된다는 것을.

스스로의 삶을 돌이켜 보며 그것을 깨달았다.

여문과의 사랑 역시 결국 이뤄지지 않는 것을 바랐다. 그 가슴앓이와 연민을 체험해 보기 위해서. 그녀가 자신의 그런 욕구에 왜 부응해주었는지는 알 수 없지만 말이다.

어쩌면 그녀 역시 애타는 사랑의 가슴앓이를 체험해 보고 싶어서였는지도 모른다.

어릴 적 부모와의 헤어짐은 어떤가.

사부와의 만남으로 무당산으로 들어온 것은 어떤 바람이었던가.

어쩌면 태어나기 전에 미리 각본을 짜두었을지도 모르는 일이다.

하지만 이러한 이치를 깨달은 이상, 더 이상의 각본은 없다. 스스로 다시 써 나갈 수 있으니까.

유검은 힐끔 다우를 훔쳐보았다.

천진난만한 눈빛을 반짝이며 이곳저곳을 훔쳐보기에 여념이 없었다.

애당초 목적조차 잊어버린 듯하다.

그런 행동을 떠나 그냥 단순히 바라보면 용모는 아름답고 몸매 역시 지극히 훌륭하다.

낭연히 품고 싶다. 강렬한 비람이 인다.

그런데 그녀는 왜 응해주지 않는가?

그녀의 거부 역시 자신의 선택이란 말인가?

자신의 깨달음이 옳다면, 그렇다고 봐야 할 것이다.

'왜?'

이미 육경천의 비밀을 알았으니 진기(眞氣)로 그녀의 죽소음신경을 약간만 자극해도 자연스럽게 욕화를 불러일으키게 만들 수 있다.

왜 그러지를 않는가?

유검은 그 뻔하디뻔한 답을 이미 알고 있었다.

만약 자신의 선택을 기준으로 하자면, 자신의 욕구를 해소시키고자 하는 것보다 그녀가 기분 좋기를 더 바란다는 것이다.

자신의 의도대로 그녀가 행동되어지는 것보다 자연스럽게 그녀가 원하고 뜻하는 대로 행동하기를 더 바라는 것이다.

물론 때로는 요구하던가 간섭할 수도 있겠지만 그것은 이미 예정되어진 결과는 아니다. 그래서 도전해 볼 만한 가치가 있다.

'……'

유검은 입맛을 다셨다.

결국 모든 것이 자신의 바람대로 이뤄질 수 있음을 깨달았다 한들 소용없는 것이다.

그 바람 속에는 자신보다 타인의 염원과 기분을 더 소중히 여기는 것이 포함되어 있으니 결국 이런저런 고민할 것 없이 여느 사람들이 그러하듯 진심이 향하는 대로 가면 되는 것이다.

물론 그 진심이 어디로 향하는지 대부분의 사람들은 알지 못한다. 그리고 그것은 각자의 선택이기도 하다.

결국 결론을 내자면 인간들은 무지를 선택했다.

그것이 진실이다.

그래야 인간으로서의 삶이 더욱 경이롭고 재미있기 때문이다.

'흠……'

눈앞이 빙글거렸다.

유검이 술 취한 듯 비틀거리자 다우가 부축해 주며 걱정스럽게 물었다.

"어머? 왜 그래? 어디 아파?"

"아, 오랜만에 머리를 썼더니……."

다우는 얼굴을 가리고 있던 천을 살짝 벗고 자신의 이마를 유검의 이마에 가져다 대었다. 열이 있는지 재보는 것이다.

돌연한 그녀의 행동에 유검은 놀랐다. 기분 좋게 놀란 것이다.

다우가 걱정스럽게 말했다.

"열이 있네. 감기 걸렸나 봐. 어디 가서 쉬어야겠다."

감기란 말에 유검은 정말로 아파 눕고 싶은 생각이 들었다.

그런 기분에 유검은 어리광을 부리고 싶어졌다.

"입맞춰 주면 나을걸? 그럼 네게로 감기가 옮을 테니까."

물론 농담 삼아 꺼낸 말이다.

그런데 말이 끝나기도 전에 다우가 부드럽게 입을 맞춰왔다. 팔로 유검의 목을 감고 한껏 발뒤꿈치를 들어 올리면서였다.

"……."

뒤늦게 그녀의 행동을 깨닫고 와락 안으려 할 때, 다우는 이미 새장 밖으로 날아간 새처럼 훌쩍 뒤로 물러나 있었다.

다우는 혀를 쏙 내밀며 귀엽게 웃었다.

"이젠 나은 기지?"

유검은 멍하니 있다가 대소(大笑)를 터뜨리고 말았다.

인간들이 무지(無知)를 선택한 까닭을 확실히 알 것 같았다.

유검은 웃으며 고개를 돌리다, 연무장에 이미 삼, 사십여 명의 기재들이 모여 있는 것을 보았다. 다들 이쪽을 쳐다보고 있었다.

다우는 다행히 등을 돌리고 서 있어 얼굴을 보이지 않았지만 아침 연무에 나온 기재들 중 여인은 없는 것을 보고 뭔지 몰라도 충분히 수상해 보일 수 있는 상황임을 깨달았다.

경각심이 일었다.

그런데 기재들은 별달리 수상쩍게 여기는 표정들이 아니었다. 뭔가 한마디 야유라도 할 법한데, 그냥 눈만 끔뻑거리며 구경하고 있었다.

'아버지가 색마로 소문 내준 덕분인가?'

그들이 자신을 두려워한다는 생각은 전혀 하지 못했다.

유검은 다우의 손을 잡고 태연히 연무장을 벗어나 일단 사람들의 눈길이 미치지 않는 후원 쪽으로 향했다.

나중에 물어보면 얼렁뚱땅 여들 중 한 명이었다고 우기면 되리라.

유유자적 산책을 하듯 걸어가는데, 거구의 검은 그림자가 안개를 헤치고 다가왔다.

칠 척 거구의 장신 금사종이었다.

금사종은 유검을 발견하자 음산하게 웃었다.

"흐흐… 드디어 찾았군!"

그는 유검을 멍하니 기다리다 못해 직접 찾아 나선 것이다. 이런 행동은 금사종으로 하여금 마치 도전자가 된 듯한 기분을 느끼게 만들었다. 그래서 더욱 열받아 있었다.

금사종은 마침내 유검을 발견하자 기쁘기도 하고 또한 억눌렀던 분기가 치솟기도 해서 이상야릇한 얼굴 표정이 되어 있었다.

그르릉―

거대한 도끼가 땅에 질질 끌렸다.

유검은 그가 왜 자신을 보고 화를 내는지 모르고 있었다. 누굴 보고 그러나 싶어 주위를 돌아보았다.

이때 강한 회오리바람이 불어왔다.

유검이 다시 덮어줬던 다우의 얼굴을 가리고 있던 천이 바람에 휘날렸다.

흙먼지가 들어오자 다우는 아미를 찌푸리며 손을 들어 천을 바로잡았다.

순간 금사종의 두 눈이 크게 떠졌다.

살기 짙은 눈으로 쏘아보며 유검을 향해 걸어갔는데, 마침 회오리바람이 일어 찰나적으로 다우의 모습을 보게 된 것이다.

몸은 유검을 향하고 눈길은 다우를 향했으니 발이 그만 꼬이고 말았다.

쿠—웅!

고목이 쓰러지듯 일자(一字) 형태로 넘어지고 말았다.

금사종은 키킥 숨죽이고 웃는 다우의 웃음소리를 들을 수 있었다.

그 웃음소리의 간지러움이란!

가슴이 마구 두근거리고 기분이 붕 뜨는 바람에 아무런 생각도 떠올릴 수 없었다.

몸을 일으킬 생각조차 못했다.

유검은 다우와 함께 그를 스쳐 지나며 고개를 갸웃거렸다.

다우로 인한 것임은 알지 못했다.

군화정이 잠들며 보는 순간 넋을 잃게 만드는 능력은 봉인되었음을 알기에 설마 하니 첫눈에 반해 저런 모습을 보이는 사람이 있을 거라곤 예상치 못했던 것이다.

"이상한 사람일세."

유검의 중얼거림에 다우가 조그맣게 대꾸했다.

"난 재밌는데?"

유검과 다우가 지나가자, 멀찍이 떨어져 승부가 어떻게 되나 지켜보고 있던 구가소가 총총걸음으로 다가왔다.

그는 쓰러져 있는 금사종의 몸을 흔들었다.

"이봐. 정신 차려!"

금사종은 마지막 다우가 했던 '난 재밌는데?' 라는 말만 계속해서 떠올리고 있었다.

자신이 그녀를 웃게 만들었다는 것, 그리고 재밌는 사람으로 보여졌다는 것에 황홀할 정도로 감격을 느끼고 있었다. 그 감동은 너무도 커서 이 순간 누가 칼로 찌른다 하더라도 알아차리지 못할 정도였다.

이런 사정을 전혀 알지 못하는 구가소는 혀만 내둘렀다.

"후아… 무시무시하군. 언제 손을 썼지? 그냥 쏘아보니까 탁! 하고 쓰러지네."

그로선 그렇게밖에 안 보였다.

"적수가 안 되리라고 예상은 했지만, 그래도 일초지적도 안 되다니……!"

땡! 땡! 땡!

아침 훈련을 알리는 종소리가 울려 퍼졌다.

구가소는 얼른 전각으로 향했다. 자신이 본 것을 다른 사람들에게 말하고 싶어 입이 벌써부터 근질거렸다.

이렇게 해서 유검의 악명은 더욱 높아지게 되었다.

물론 유검은 스스로 인내심을 발휘한 덕에 참으로 온순한 사람으로 비춰지고 있을 거라 믿고 있었다.

뚜벅— 뚜벅—

쓰러져 있는 금사종에게로 누군가 다가왔다. 얼굴에 푸른 기가 돌던 청년이었다.

그는 쓰러진 금사종을 보고 눈살을 찌푸렸다.

"기이하군. 미혼술이라도 썼나?"

그가 손을 대려는 순간, 금사종이 벌떡 몸을 일으켰다.

"우하하하하핫!"

앙천광소를 터뜨리다 갑자기 얼굴을 일그러뜨리며 옆의 청년을 쏘아보았다.

"넌 뭐야!"

"난……."

금사종은 대답도 기다리지 않고 다시 허공을 향해 미친 듯 웃었다.

"ㅎㅎㅎ… 하하하하핫!"

그러다 갑자기 얼굴이 심각해졌다.

"그놈과 관계는 어떻게 되는 걸까? 으음… 분명! 그 파렴치한 놈에게 억지로 끌려 다니는 게 틀림없다!"

꽈앙!

들고 있던 큰 도끼로 땅을 찍었다. 그것만으론 부족한지 주위의 나무와 바위를 향해 마구 휘둘렀다.

나무가 쓰러지고 바위가 부서져 나갔다.

얼굴이 푸르스름한 청년은 황급히 피해야만 했다.

한바탕 광란하던 금사종은 돌연 도끼를 멈추더니 히죽 웃다가 멍하니 하늘을 바라보았다.

그는 다시 탄식하며 자신이 찍어낸 나무에게로 다가가 말을 걸었다.

"그녀는 나보고 재미난 사람이라고 했는데, 그놈을 죽이면 재미없는 사람으로 여기지 않을까?"

천하에 이보다 더 큰 고민은 없다는 듯 한껏 심각한 얼굴이었다.

나무에게서 무슨 대답을 들었는지 도리도리 고개를 저었다.

"아니, 아니, 자네 말은 이치에 맞지가 않아. 생각해 보게나. 몰래 숨어서 그놈을 죽인다 하더라도 그녀는 마음이 너무 착해서 울고 말 걸세. 그런… 그런 슬픈 얼굴은 보고 싶지가 않다네."

상상만으로도 괴로운지 한껏 얼굴이 일그러졌다.

나무와 연신 말을 주고받는 그를 보고 푸른 얼굴의 청년은 고개를 절레절레 저었다.

"정말 악마혼이란 게 있단 말인가? 저 녀석을 단번에 미쳐 버리게 만들다니……"

그는 발길을 옮기며 나직이 탄식했다.

"그게 사실이라면 무림의 앞날은 참으로 암울하구나."

땡! 땡! 땡!

아침 훈련을 알리는 종소리가 울려 퍼졌지만 금사종은 여전히 나무와의 대화에 열중하고 있었다.

유검이 다우를 데리고 독사눈의 청년을 찾아 전각 안으로 들어가려는데, 아침 훈련을 알리는 종소리가 울려 퍼졌다.

유검은 난감했다.

"안 되겠다. 시간이 없어. 복수는 다음으로 미루자. 응?"

정중하면서도 간절함이 배어 있는, 그러나 겉으로는 단순한 애원에 불과한 유검의 제의를 다우는 단번에 거절했다.

"안 돼. 그 녀석을 찾아서 딱 한 대만 때려줄 거야."

"다음에 하면 안 되니?"

"안 된다니깐. 오라버닌 날 놔두고 그냥 볼일이나 봐."

"널 그냥 이대로 두고 가라구?"

"날 못 믿어? 걱정 마, 나 하난 충분히 지킬 수 있으니까."

"……."

유검은 고민했다.

물론 그녀의 기분은 존중되어 마땅하다.

그리고 어지간한 위험은 풍환이 지켜줄 것이다.

또한 현재 그녀를 위협할 만한 고수는 눈에 띄지 않는다.

그렇다면 그녀의 원대로 해주는 것이 적절할 것이다.

그러나…

늑대들이 이백여 마리나 우글거리고 있는 소굴을 홀로 나돌아다니게 한다?

끔찍하기 그지없는 일이다.

유검의 손에서 빛이 번쩍였다. 그 빛은 여섯 갈래로 갈라져 순식간에 다우를 에워쌌다.

그녀의 비명 소리는 방어막에 의해 차단되어 들리지 않았다.

유검은 그녀가 들어 있는 방어막을 들고 훌쩍 신형을 날려 전각 위로 향했다.

방어막을 지붕 위에 내려놓고 말했다.

"다녀와서 풀어줄게. 여기라면 전망이 훤하니까 지루하진 않을 거야."

그녀가 얼마나 화를 낼지 불을 보듯 뻔했지만 어쩔 수 없는 노릇이었다.

전각에서 내려다보니 연무장엔 벌써 대부분의 기재들이 모여 있었다. 일사불란하게 열을 맞춰 서고 있었다.

벌써 인원 점검 소리가 들려오고 있었다.

유검은 훌쩍 몸을 날렸다.

"소명!"

"옙!"

자신을 부르는 소리가 들려오자 자신의 자리로 허깨비처럼 날아 내리며 냉큼 대답했다.

기재들은 동그란 눈으로 유검을 돌아보았다.

식당 안에서의 일 이후로 기재들은 유검의 동정을 항상 살폈다.

조금 전까지만 해도 없었던 게 분명했는데 갑자기 나타나 대답하다니?

유검이 돌아보자 기재들은 얼어붙어 정면만 주시했다.

구가소로부터 비롯된 소문—사대패왕 중 하나인 금사종이 눈빛 한 방에 쓰러져 버렸다—은 급속히 퍼져 나가 모르는 이가 없었다. 식당 안에서의 일을 직접 두 눈으로 보았기에 소문의 진위 여부에 의문을 느끼는 자도 없었다.

소문은 한 귀를 통할 때마다 살을 붙이고 과장이 보태어져 인육을 즐겨 먹는다는 둥, 특히 산 채로 배를 가르고 간을 꺼내 먹는 걸 가장 좋아한다는 둥의 이야기도 있었다.

그리고 소명의 출신에 대해 억측이 분분했는데, 일월교 내 무림맹의 고수를 암살하기 위한 특수한 집단이 있어 그곳 출신이란 설이 가장 유력했다.

이야기들의 공통점은 한결같이 공포심을 자아내게 만드는 것이었는데, 교두들조차 소문이 진짜일지도 모른다고 생각할 정도로 그럴듯했다.

이런 사정을 모르는 유검은 한결같이 공포심에 휩싸여 있는 기재들을 보고 달리 생각했다.

공포의 대상이 자신인 줄은 전혀 모르고, 아침 훈련이 얼마나 힘들고 위험하기에 저럴까라고만 생각했다.

본래 훈련 도중 몰래 빠져나가 내곡이란 곳을 찾아 뒤져 보려 했지만, 훈련에 어떤 기이한 점이 있는지 잠시 지켜봐야겠다고 마음먹었다.

◆ 第九章
공포의 대왕

공포의 대왕

"흥, 위세가 대단하군. 다들 얼어붙었어."

연무장 주위 세 그루의 고목이 서 있는 곳에 세 명의 청년들이 모여 있었다.

그중 한 명은 팔짱을 낀 채 광오한 모습으로 유검을 쏘아보고 있었는데, 노골적으로 적의를 드러내고 있었다. 강철로 만들어진 듯 단단한 인상의 청년이었다.

또 한 명은 난쟁이처럼 키가 작았지만 눈빛은 매섭기 그지없었다. 그리고 나머지 한 명은 마치 절세미인이 남장한 듯한 미장부였다.

미장부가 추운 겨울 날씨에도 불구하고 부채를 한들한들 부치며 말했다.

"그런데 어떻게 알았을까? 금 형이 유독 여자에게 약하단 것을 말이야. 그걸 이용해 자신의 위명을 높이다니, 비겁하긴 하지만 칭찬해 줄

만은 해."

마치 여인의 음성처럼 나긋하고 부드러운 음성이었다.

난쟁이가 대꾸했다.

"저놈, 식당에서 무슨 수단을 썼는지는 몰라도 기껏 눈속임수일 거야. 흥, 다른 놈들은 속아 넘어갈지 모르나 우리들에겐 어림없지!"

강철 같은 인상의 청년이 무뚝뚝하게 말했다.

"사대패왕의 이름을 유지하기 위해서는 더 이상 미룰 순 없다. 가자!"

그 말이 떨어지자 세 청년은 기재들 쪽을 향해 천천히 걸음을 옮겼다.

미장부가 조그맣게 투덜거렸다.

"쳇, 교두들에게 한바탕 설교를 듣겠어. 지겨울 텐데……."

세 청년은 자칭 사대패왕의 일원들로 하나같이 일월교 내에서 특별한 위치에 있는 가문 출신이었기에 어지간한 일들은 교두들도 눈감아주는 형편이었다.

그들은 장차 일월교 내에서 자신들의 입지를 굳히기 위해 기재들 위에 군림하려 하였다. 그러니 갑자기 자신들을 누르고 이름을 떨치고 있는 유검을 가만히 내버려 둘 순 없었다.

걸어가는 세 청년의 두 눈에는 언뜻 살기까지 내비쳐지고 있었다.

지붕 위 의식체의 방어막 안에서 아래를 내려다보고 있던 다우는 유검이 예상했던 것처럼 잔뜩 화가 나 있었다.

잠시 유검을 곤란하게 만들어서 쩔쩔매는 모습을 보고 싶었을 뿐이다. 한 번만 더 애원하면 못 이기는 체 순순히 말을 들을 작정이었다.

그런데 다짜고짜 이런 짓을 하다니—!

"용서 안 할 거야, 절대로—!"

소맷자락으로 눈물을 쓰윽 닦으며 그렇게 맹세했는데, 계속 소리를 질렀기에 목소리가 약간 쉬어 있었다.

갑자기 인기척이 들려왔다.

뒤돌아보니 깡마른 노인과 강맹해 보이는 중년인이었다.

복고후는 아래를 내려다보며 중년인에게 물었다.

"어떤 놈인가?"

중년인은 화폭을 들고 있었는데, 아래를 두리번거리다 유검을 발견하고 손가락으로 가리켰다.

"저놈입니다! 방금 하품한 놈!"

복고후는 눈살을 찌푸렸다.

"흐음… 정말 닮긴 닮았군."

좀 더 가까이 보려는 듯 지붕 끄트머리로 다가섰는데, 뭔가에 부딪쳤다.

"음?"

복고후는 손을 뻗어 앞을 더듬어보다 얼굴을 일그러뜨렸다. 분명 뭔가 있는 것 같은데 보이지 않다니?

다우는 마른침을 꿀꺽 삼켰다.

물론 자신이 안전하다는 것은 알지만, 괴상한 노인네가 코앞에서 매섭게 자신을 쏘아보자 움찔 두려웠던 것이다.

복고후는 분노했다.

"감히 내 앞을 가로막다니!"

그는 허리를 떨구며 쌍장을 왼쪽 옆구리로 모았다.

"후우웁—!"

진기를 한껏 끌어 모은 후 쌍장을 쭈욱 뻗었다.

퍼—엉!

북을 두들기는 소리와 함께 다우를 가둬놓은 방어막이 훌쩍 허공으로 날아올랐다.

방어막이 갑자기 움직이며 빙글빙글 천지가 돌아가자 다우는 비명을 질렀지만, 그것을 듣는 사람은 없었다.

"전원—!"

단상에 올라 명을 내리려던 교두는 갑자기 뭔가 자신에게로 날아오는 기척을 느꼈다.

짧은 시간, 교두는 피하는 것과 반격 중 후자를 선택했다. 기재들이 지켜보고 있는 마당에 약한 모습을 보일 순 없었으니까.

"흥!"

그는 코웃음과 함께 몸을 한껏 비틀며 허공에 띠웠다. 그 반탄력으로 선풍각을 휘둘렀다. 그가 자랑하는 철반각(鐵盤脚)의 공부가 담겨 있었다.

터엉~!

다우를 실은 방어막은 그의 각력에 의해 또다시 허공으로 띠워졌고, 교두는 방어막에 실린 복고후의 장력을 이기지 못하고 피를 내뿜으며 뒤로 튕겨났다.

기재들은 어리둥절할 뿐이었다.

교두 혼자 북 치고 장구 치듯 난데없이 선풍각을 펼치다 뒤로 훌쩍 날아오른 자작극으로 보였다.

물론 엄한 모습을 보이던 교두가 그런 광대 노릇을 할 리는 없다.

기재들은 모두 유검을 힐끔거렸다.

'설마……!'

유검의 짓이라고 생각했다.

이유는 충분했다.

'교두는 함부로 소명의 이름을 불렀어. 마치 억압하는 듯한 태도였지. 아마 그것이 마음에 들지 않았을 거야.'

이때 사대패왕 중의 세 명이 유검에게 다가서고 있었다.

살기를 물씬 풍기며 위압적인 태도로 시비를 걸려던 참이었다.

"네놈이……."

난쟁이가 먼저 입을 열다 흠칫했다.

뭔가 날아오는 기척에 고개를 들었으나 아무것도 보이지 않았다.

퍼퍼퍽―!

방어막은 사대패왕 패거리의 중앙으로 떨어져 내렸다. 동시에 세 청년은 피를 토하고 사방으로 튕겨져 나갔다.

방어막에는 복고후의 장력에 교두의 철반각 공력이 담겨 있어 그 기세는 산이라도 허물 듯했다. 그러니 비록 사대패왕이라 자칭하며 거들먹거리던 그들이었지만, 두 고수의 힘을 막아내긴 역부족이었다.

유검은 갑자기 일어난 일에 흠칫했다.

그 원인이 다우를 가둬둔 방어막임을 알고 놀람과 의문을 동시에 느꼈다.

'어떻게 된 일이지?'

다급히 손을 뻗어 방어막을 자기 쪽으로 거둬들였다.

그 모습은 옆에서 보기엔 마치 세 청년을 향해 출수하는 것처럼 보였다.

그 모습을 본 기재들의 얼굴은 한결같이 굳어졌다.

'세 명이 한꺼번에 당하다니—!'

유검은 자신의 실수라고 생각했다.

무슨 이유인지는 몰라도, 의식체로 방어막을 만들 때 급한 김에 공력 조절을 잘못한 것 같다고 생각한 것이다.

아직은 정체가 들통나면 안 된다.

유검은 급한 김에 다우가 들어 있는 방어막을 이기어검술의 수법을 이용해 다시 지붕 위로 날려 보냈다.

동시에 방어막 안의 다우에게 전음을 보냈다.

—미안하다. 나중에 맛있는 거 사줄게!

"크아악—!"

갑자기 지붕 위에서 처절한 비명 소리가 터져 나왔다.

한 그림자가 훨훨 허공을 날고 있었다.

그리고 한 노인이 어이없는 얼굴로 멍하니 그것을 보고 있었다.

'이런, 사람이 있었군!'

유검은 방어막을 다시 끌어당겨 연무장이 내려다보이는 한 거목 위로 올려놓았다.

이번에는 절대 움직이지 않도록 단단히 고정시켜 버렸다.

그제야 안심하고 쓰러진 세 청년에게로 갔다.

세 청년은 다들 땅바닥에 사지를 뻗고 쓰러져 있었는데, 하나같이 흰자위가 뒤집어지고 게거품을 물고 있었다.

유검은 자신의 실수 때문이라 생각되자 미안하기 그지없었다.

한편으로 걱정도 되었다.

'좀 전의 일에 대해 수상쩍게 생각하면 어떡하지?'

유검은 그들의 정수리 백회에 진기를 불어넣어 주었다.

그 모습에 기재들은 놀랐다.

'저놈에게도 인정이란 게 있다는 건가? 치료를 해주다니!'

진기는 순후하면서도 강력하여 세 청년은 금방 깨어났다.

그들은 유검을 보자마자 부르짖었다.

"우린 네놈에게 당한 게 아니다! 우린……!"

유검은 뜨끔하여 세 줄기 지풍을 날렸다.

세 청년은 일제히 아혈과 마혈이 제압당해 아무런 소리도 낼 수가 없게 되었다.

지켜보던 기재들은 내심 안도의 한숨을 쉬었다.

'역시 그럼 그렇지! 친절을 베풀 리가 없지.'

또 이렇게도 생각했다.

'교두들이 있으니까 겉으로는 치료해 주는 척하며 아마도 고문을 가하려는 게 아닐까? 아혈과 마혈을 제압해 놓고서 말이야.'

유검은 그들에게 추궁과혈을 해주고 있었는데, 그 모습이 달리 보면 고문하는 것처럼 보였다.

실제 사대패왕의 세 청년은 한껏 두 눈을 부릅뜨고 있었는데 꽤나 괴로워 보였다.

자신들은 유검에게 당한 것이 아니라 난데없이 날아온 웬 이상한 것—설명은 할 수 없지만—에 암습을 받았을 뿐이라고 설명하려 했는데 그것이 혈도를 제압당해 가로막히자 그 울분은 참기 힘들 정도였다.

'이놈! 어부지리를 틈타 혼자 우릴 제압한 척하려는 거냐!'

'교활한 놈! 진짜 뻔뻔스럽기 그지없는 놈 같으니라구!'

'당장 혈도를 풀어라! 네놈의 허장성세를 당장 까발려 주마!'

세 청년은 유검이 얄미워 견딜 수가 없었다.

유검은 진지하게 진맥하는 척하며 중얼거렸다.

"의술을 제가 조금 압니다. 당신들은 평소 너무 연공을 과도하게 하여 기력이 탈진한 듯하군요. 이럴 땐 헛것이 보이기도 하고 그렇답니다. 아무래도 훈련은 그만두고 푹 쉬는 것이 좋겠습니다. 제가 교두님께 허락을 받고 오지요."

그렇게 얼렁뚱땅 대충 넘어가려 했다.

기재들은 안색이 변했다.

'아무도 없는 곳에 가서… 설마 죽일 셈인가? 의문사로 만들어 버리려고?'

'젠장! 도전은 절대 용서 않겠다는 걸 우리에게 시위하는 거구나. 잔인한 놈!'

한번 시작된 오해는 끝이 없었다.

한편 교두들도 당혹해 마지않았다.

오늘 훈련을 담당하려던 교두가 피를 토하고 뻗어버렸는데 그 이유조차 알 수가 없었던 것이다.

이때 깡마른 노인이 천천히 걸어왔다.

"부곡주님!"

교두가 놀라 예를 차리려 하자 복고후는 손을 내저어 말렸다.

그는 유검을 쏘아보고 있었다.

'흥, 그까짓 이상한 무공 따윌 믿고 날 위협해? 감히……!'

그는 교두와 사대패왕의 세 청년이 갑자기 쓰러진 것이 자신으로 인한 것임을 알았다.

약간의 미안함을 가지고 있었는데, 난데없이 반격이 들어왔다. 그 반격에 함께 있던 교두가 갑자가 장풍에 휘말린 듯 날아가 버렸던 것이다.

그것이 유검의 짓임을 단번에 눈치 챘다.

복고후는 이를 자신에 대한 심각한 위협 및 경고로 받아들였다.

기가 막혔다.

한낱 수련생에 불과한 놈이 감히 일인지하 만인지상의 절대 권위에 도전하다니!

이는 절대 용납할 수 없는 문제였다.

소명이 유검과 닮았니 마니 하는 따위는 이제 안중 밖이었다.

복고후는 허둥대는 교두들을 질타하며 새로운 명을 내렸다.

그리고 유검에게로 다가갔다.

그는 피식 웃고 나서 혈도가 제압되어 있는 세 청년을 가리키며 물었다.

"내가 손을 쓰랴? 아니면 네가 풀겠느냐?"

기재들은 저마다 눈빛을 번쩍였다.

어지간한 교두라면 여지없이 소명의 손을 들어주겠지만, 상대는 삼소구혼(三笑勾魂)이라 불리우는 부곡주다.

기재들은 부곡주 복고후가 한 번 웃었으니 이제 두 번 남았다고 생각했다.

과연 두 번 더 웃기 전에 소명이 굴복할 것인가, 아니면 그야말로 악마의 본성을 드러내어 복고후에게 반항할 것인가?

지켜보는 것만으로도 한껏 긴장되어 자신도 모르게 마른침을 꿀꺽 삼켰다.

유검은 홀로 돌아가는 상황을 전혀 알지 못하고 순진한 눈빛을 반짝이고 있었다.

유검은 부곡주의 정체를 알지 못했지만, 한껏 거드름 피우는 것을 보고 높은 양반이란 것은 눈치 챘다.

여전히 자신을 온화하며 순진한 청년으로 보고 있다고 생각했기에 포권과 함께 예의 바르게 허리를 깊숙이 굽혔다.

"과연 어르신네께선 모든 것을 헤아리고 계셨군요. 이들은 머리를 다쳤는지 이상한 헛소리를 늘어놓길래 잠시 혈도를 제압해 놓았습니다."

그리고 서둘러 기재들의 혈도를 풀어주었다.

만약 부곡주가 직접 풀어주려 했다면 분명 낭패를 봤을 것이고, 그렇다면 자신의 무공 수위에 대해 의심하리라 생각했기에 지체없이 풀어준 것이다.

유검의 혼자 생각과는 아무 상관 없이 그런 행동은 기재들을 실망시켰다.

결국 부곡주의 권위에 굴복한 것처럼 보였기 때문이다. 거기에 지나치게 허리를 굽히는 모습은 비굴해 보이기까지 했다.

'흥, 결국 힘없는 우리들 앞에서만 위세를 떨친 거였군.'

기재들 중 절반은 그렇게 생각했고 나머지 절반은 다르게 생각했다.

'아냐. 분명 흉계가 숨어 있을 거야. 이대로 넘어갈 리가 없어!'

복고후는 굽실거리는 유검의 태도에 금세 마음이 풀어졌다.

"흠… 알고 보니 예의 바른 청년이었군."

난데없이 날아와 자신을 위협한 일격도 소명이 아닌 다른 누군가의 흉계에 의해서일지도 모른다는 생각이 들었다.

'본래 싸우면서 크는 것인데, 내가 끼어드는 것은 너무 성급했어.'

그렇게 약간 반성도 했다.

이때 세 청년이 깨어나 벌떡 몸을 일으켰다.

"이 비겁한 놈 같으니라구!"

유검을 향해 달려드는데, 부곡주가 가로막았다.

"그만두게. 싸우려거든 나중에 시간을 잡고. 그게 무인의 본분인 것이니."

사대패왕의 세 청년은 부곡주가 오해하고 있다 여기고 황급히 변명했다.

"우리가 갑자기 쓰러진 것은 어떤 쳐 죽일 놈이 암습했기 때문입니다!"

난쟁이가 그렇게 소리치자 부곡주의 얼굴이 일그러졌다.

충분히 수상쩍은 보이지 않는 그 물체는 논외로 치고, 어쨌든 난쟁이가 욕하는 어떤 쳐 죽일 놈은 바로 자기를 가리키는 것이 분명했으니까.

애써 참고 웃으며 말했다.

"자네 심정은 알겠네만, 어쨌든 아침 훈련이 시작되니……."

절세미인을 닮은 미장부가 억울한 듯 끼어들었다.

"아직도 상황을 모르시겠어요? 분명히 못생긴 데다 지저분하고 추접하기 그지없는 변대 너석이 우릴 질투해서 암습한 게 분명하다구요! 그 찢어 죽여도 시원치 않을 놈만 아니었다면 이깟 녀석에게 우리가 당할 리 없잖아요? 그러니까……."

복고후는 또다시 웃었다.

못생긴 데다 지저분하고 추접하기 그지없는 변태에 찢어 죽여도 시원치 않을 놈이 되었으니 통쾌할 정도였다.

이로써 모두 세 번 웃었다.

유검은 조그맣게 혼잣말처럼 중얼거렸다.

"어르신의 말을 안 듣다니 예의가 없는 녀석들이군."

별 악의는 없었지만, 복고후의 이성을 마비시키고 분통을 터져 버리게 만드는 데는 충분했다.

복고후의 입에서 버럭 고함이 터져 나왔다.

"이 호로자식들이, 어르신이 얌전히 있으라면 있을 것이지, 무슨 말이 그렇게 많아!"

진기를 끌어올린 채 고함쳤기에 귀청이 먹먹할 정도로 소리는 컸다.

짜짜작!

복고후는 번개처럼 손바닥을 휘둘러 세 청년의 뺨을 때렸다.

"왜……?"

세 청년은 시뻘겋게 부어오른 뺨을 감싸 쥐고 믿기 힘들다는 듯 올려다보았지만, 그 시간에 그냥 피하는 것이 더 나았을 것이다.

답변 대신 무지막지한 발길질이 쏟아졌던 것이다.

무참하게 얻어맞다 생명의 위협을 느끼고 뿔뿔이 도망치려는데,

"잡아!"

복고후가 교두들에게 명을 내렸다.

아무리 기재들을 휘어잡는 사대패왕이라 할지라도 교두들에 비하면 역부족이 분명했다.

훌쩍 신형을 날렸지만, 십여 장을 채 달아나지 못하고 붙잡혀 다시 끌려와야 했다.

기재들은 오뉴월에 개 패듯이 두들겨 맞는 세 청년의 모습에 오한이

일었다.

바로 그 옆에는 유검이 여전히 순진한 눈빛을 반짝이며 자신과는 전혀 상관없다는 얼굴을 하고 있었다.

전율이 일었다.

'그, 그렇구나! 이건… 이건… 차도살인지계다!'

부곡주의 손을 빌어 자신에게 도전해 온 사대패왕을 박살 내고 있는 장면으로 보였던 것이다.

대체 어떻게 해서 저리된 것인지 이유는 알 수 없었지만, 그 고명한 수단에 기재들은 감탄까지 일었다. 그리고 그보다 더한 공포를 유검에게 느꼈다.

'우, 웃고 있어!'

유검으로선 단지 사람들이 자신을 쳐다보기에 좋은 인상을 주려 웃어 보였을 뿐이었다.

하지만 기재들은 모든 음모를 완성시킨 후 어둠 속에서 웃고 있는 악마를 떠올렸다.

시간이 흘러 복고후는 손을 멈추었다.

무참하게 박살 난 채 땅에 쓰러져 있는 세 청년을 보고 그제야 제정신이 들었다.

'내가 좀 과했나? 이놈들의 가문은 제법 난다 긴다 하는 세력가들인데 ……'

그는 힐끔 주위를 돌아보았다.

두려움에 가득 차 있는 기재들을 보며 생각을 달리했다.

그다지 헛일은 아니었다고 판단한 것이다. 이로써 확실한 권위를 세웠으니까.

나름대로 만족하며 은근히 미소를 지었는데, 기재들은 그의 생각과는 전혀 다르게 보고 있었다.

유검의 계략에 놀아난 바보 꼭두각시처럼 보고 있었던 것이다.

세 명의 청년은 교두들에 의해 전각 안으로 옮겨졌다.

곡 내로 모처럼 운무가 걷히고 햇살이 비춰지고 있었다.

이제 연무장은 다시 평화를 되찾은 듯했다.

누군가 문득 생각했다.

'과연 이게 끝일까?'

복고후는 손을 털며 단상 위로 올라가고 있었는데, 그 모습을 보고 기재들은 똑같이 생각했다.

'다음 희생물이구나!'

유검은 복고후를 보고 히죽 웃고 있었다.

물론 다우가 들어 있는 방어막에 대한 이야기가 유야무야 넘어간 것에 대한 만족의 웃음이었지만, 기재들에겐 더없이 스산한 악마의 미소처럼 보였다.

복고후가 단상 위에 올라가 충격 발표를 했다.

"오늘 예정되어진 아침 훈련은 취소다. 오후에 다시 소집할 테니 그동안 각자 휴식을 취하도록."

그 말에 기재들은 조용히 환성을 질렀다.

아쉬워한 것은 유검 하나였다.

'대체 어떤 훈련인 걸까? 얼마나 힘들고 위험하기에 기재들이 그토록 두려워한 걸까?'

기재들이 자신을 두려워한다는 사실을 눈치 채지 못하고 그렇게만 생각했다.

청년들은 뿔뿔이 흩어져 전각 내 자신의 방으로 들어갔다. 무심코 그들을 따라가던 유검은 불쑥 다우에게 생각이 미쳤다.

'아차!'

얼굴이 핼쑥해졌다.

그녀는 대체 어떤 얼굴로 자신을 기다리고 있을까?

유검은 난생처음 공포를 느꼈다.

"오늘 오후부터 갑조 승격을 위한 시험을 치르겠다."

회의청에 자리하자마자 꺼내놓은 복고후의 선언에 교두들은 깜짝 놀랐다.

"본래 사흘 후로 예정되어 있지 않습니까? 그런데 왜……."

"게다가 현재 시험에 필요한 도구도 충분치 않습니다. 무리입니다."

"설마 하니 곡주님께서 결정하신 겁니까?"

복고후는 일갈로 그들의 의견을 묵살했다.

"이 일의 보고는 내가 직접 곡주에게 올리겠다. 그리고 도구는 충분하지 않아도 된다. 모든 인원이 아니라 한 반만 치를 것이니까. 그리고 애당초 예정되어진 바와 같이 갑, 을, 병 세 단계로 나눌 것이며, 갑조는 승격하고 을조는 현상 유지, 병조로 떨어지는 자는 여지없이 짐을 싸 들고 나가야 할 것이다!"

그의 어조가 단호한 것을 보고 결심이 이미 굳었음을 알았다.

교두들은 어쩔 수 없다고 생각했다.

"그럼 어느 반을 먼저……."

한 교두의 물음에 복고후는 눈빛을 번득였다.

"그야 순서대로 자반(子班)부터 치러야지."

자반에는 자칭 사대패왕이라 일컫는 네 명의 청년이 들어 있었다.

교두들은 복고후의 속셈을 깨달았다.

'오늘 일을 시험 치르다 일어난 사고로 얼버무릴 셈이구나!'

그들의 예상은 맞았다.

복고후는 이어 말했다.

"또 하나, 여태껏 해반(亥班)에 속해 있던 소명을 자반으로 이반한다."

소명이 거론되자 교두들은 내심 '역시 그렇군!' 하며 쓴웃음을 지었다.

복고후의 속셈은 단순했다.

사대패왕에 속한 기재들의 가문은 하나같이 만만치 않다. 그러니 홧김에 두들겨 팼지만 이대로 넘어가기엔 목에 걸린 가시처럼 껄끄러웠다.

아무래도 그 녀석들의 기분을 어느 정도 챙겨줘야 한다고 판단했다.

두들겨 맞은 상처는 사고로 처리, 그리고 그들의 화풀이를 위해 소명을 희생양으로 삼아야겠다고 결심한 것이다.

물론 소명을 데려온 석 장로가 마음에 걸렸지만 어쩔 수 없었다.

'넷보단 하나가 낫지.'

복고후는 회의를 끝내고 나서 곡주에게 보고를 올리기 위해 서둘러 회의청을 나섰다.

교두들은 오후 시험을 위한 준비로 바빠졌다.

◆第十章
난 나다!

　연무장 옆 높이 솟아 있는 고목의 앙상한 가지는 무언가에 짓눌린 듯 양 옆으로 휘어져 있었다.

　방어막이 얹혀져 있는 때문이었다.

　유검은 고목 위에 올라 들어갈까 말까 망설이고 있었다.

　곧 사형장에 끌려가는 죄수처럼 고개를 푹 숙이고 방어막 안으로 들어갔다.

　그 후, 점심 시간을 지나 오후 소집을 알리는 종소리가 울려 퍼질 즈음에야 유검은 다시 나왔다.

　얼굴이 하얗게 변해 있었다. 코피까지 흘리고 있었다.

　유검은 샛노랗게 변해 버린 하늘을 올려다보다, 비틀비틀 고목에서 굴러 떨어졌다.

　유검은 대자로 땅에 드러누운 채 멍하니 하늘만 바라보았다.

유검이 들어갔을 때, 다우는 아무런 화도 내지 않고 조용히 있었다.

분이 풀릴 때까지 얼마든지 때려도 좋다고 하자,

"때려봤자 내 손만 아플 건데 왜 때려?"

라며 다우는 멍하니 바깥만 바라보았다.

어떻게든 달래보려 가까이 다가가 어깨에 손을 얹는 순간, 다우는 꽉 손가락을 깨물었다.

몇 차례 손대려 할 때마다 다우는 그렇게 과민한 반응을 내보였다.

유검은 그녀의 뜻을 눈치 챘다.

일체 접근 금지!

손대면 죽어!

그것이란 것을.

그래서 한동안 멍하니 지켜만 보고 있는데, 다우가 갑자기 벌떡 일어났다.

그리고 방어막 밖으로 나가려 했다.

유검이 황급히 그녀를 안고 말리자,

"놔! 내가 내 발로 나가겠다는데 무슨 참견이야!"

라며 발버둥을 쳤다.

"안 된단 말이다. 일을 망쳐 버린다구. 암만 화가 나도 그렇지, 너 왜 그래?"

그렇게 서로 언성을 높였다.

그런데 그 후 뭐가 어떻게 되었는지 제대로 기억이 나지 않았다.

어느 순간 정신을 차려보니 자신의 손은 그녀의 가슴과 엉덩이를 더듬고 있었다.

화가 난 그녀의 음성과 하얀 나신이 겹쳐져 떠올랐다.

왜 그녀의 가슴과 심각한 고민을 나눠야 했는지, 왜 갑자기 얼굴이 발등으로 변했는지, 왜 화려한 만찬에 초대되어 갈비를 핥는 환상을 떠올렸는지 전혀 기억나지 않았다.

하지만 느낌은 그래도 온전히 남아 있었다.

한없이 부드럽고 기분이 좋았다.

초봄의 햇살보다 따스했으며 허공답보 따위를 시전할 때와는 비교도 되지 않을 만큼 몸이 가벼웠다. 마치 구름 위에서 노닐고 있는 듯했다.

몇 번의 강렬한 빛의 폭발이 있었다.

다시 정신을 차렸을 땐 다우가 가슴에 얼굴을 파묻고 있었다. 시선을 두자 그녀는 얼굴을 붉힌 채 눈길을 마주치지 못하고 돌렸다.

못된 짓을 하다 들킨 어린아이처럼 유검과 다우는 서둘러 옷을 챙겨 입었다.

물론 운우지락이 이번이 처음은 아니었다.

부끄럽긴 해도 미지에 대한 두근거림 속에서 서로를 간절히 원하기도 했었다.

하지만 지금은 경우가 다르다.

'서로 화를 내고 있었는데 왜 이렇게 되었을까?'

그런 의문 속에서 둘은 서로 다른 곳을 바라보며 어색하게 그렇게 있었다.

오후 소집을 알리는 종소리가 없었다면 언제까지고 그렇게 있었을지 모른다.

"다, 다녀올게."

유검이 일어서며 어색하게 말을 꺼내자,

"으, 응. 그… 그래."

다우 역시 이제 와서 새삼 화를 낼 수도 없고, 그렇다고 다정하게 굴 수도 없어 어정쩡하게 대꾸했다.

유검은 그녀를 한 번 안아주고 나갈까, 어쩔까 망설이다 그냥 밖으로 나와 버린 것이다.

유검은 천천히 몸을 일으켰다.

옷에 묻은 흙먼지를 털어내며 고개를 도리도리 내저었다.

"뭐가 뭔지 통 모르겠군."

원인이 있으면 반드시 결과가 있다.

분명 자신이 그녀를 화나게 만든 게 틀림없었다. 어거지로 방어막 속에 가둬놓았고, 또 이기어검술로 휙휙 집어 던졌으니 화를 내는 게 당연하다.

그런데 그에 대한 합당한 인과응보의 결과도 없이 원인이 소멸되어 버린 것이다.

햇살 속에 유검이 천천히 연무장으로 걸어가자 모여 있던 기재들은 새삼 긴장했다. 이미 정보가 유출되었는지 자반 홀로 시험 칠 거라는 소문이 파다하게 퍼져 있었던 것이다.

한편으론 실망도 있었다.

만약 해반이 시험을 치르게 된다면 소명과 복고후의 힘 겨루기를 볼 수 있을지도 모른다는 기대가 깨어진 것이다. 물론 해반의 기재들은 빠져서 다행이라고 생각했지만.

기재들은 유검에게 별호를 하나 붙여주었다.

일소탈혼(一笑奪魂).

한 번 미소 지을 때 이미 상대의 혼은 탈취되어 있다는 무시무시한 의미가 들어 있었는데, 노골적으로 삼소구혼 복고후와 빗대어 붙여준 것이다.

흘러 다니는 소문이 언젠가는 복고후의 귀에도 들어갈 것이다.

복고후는 세 번 웃어야 하는데, 소명은 한 번 웃으면 되니 누가 보더라도 편파적이었다. 하물며 독선과 아집을 사랑하며 권위를 최상의 선이라 생각하는 독고후라면 불같이 화를 낼 게 뻔했다.

즉, 기재들은 복고후와 소명을 싸움 붙이기 위해 그런 별호를 선사한 것이다.

한 교두가 단상 위로 올라가더니 잡스런 설명 없이 바로 명을 내렸다.

"전원 출발─!"

시험을 치르기 위해 이동을 명한 것이다.

기재들은 삼십여 근이 넘는 철각반을 찬 채로 일제히 구보를 시작했다.

연무장을 벗어나자 눈 덮인 풀밭이 나왔다.

개울을 건너고 좌우로 절벽을 낀 협곡을 지나자 짙은 운무가 깔린 짧은 갈대들이 총총히 나 있는 늪지대로 들어섰다.

본래 곡 안은 늪지대가 많았다.

때론 가혹하리만치 춥고 때론 온난한 날씨가 되곤 했는데, 그 때문에 사시사철 안개가 끼지 않는 날이 없었다.

유검은 전혀 소문을 듣지 못했기에 단순한 오후 훈련으로 알고 무심코 따라 달리고 있었는데, 문득 자신의 실수를 깨달았다.

기재들의 다리 부위는 각종 흙 길과 눈 길, 개울물과 늪지를 지나오며 더럽혀져 있었지만 자신은 깨끗했던 것이다. 무심코 등평도수(登萍渡水)나 답설무흔(踏雪無痕)류와 같은 경신공부를 펼쳐 버린 탓이었다.

황급히 몸의 중심을 낮춰 애써 발을 땅에 비비며 뛰려는데 선두의 교두가 명령을 내렸다.

"멈춰!"

기재들이 멈춰 서자 교두는 카랑카랑한 음성으로 말했다.

"지금부터 갑조 승급을 위한 시험을 실시하겠다! 단, 오늘은 자반만 치르게 된다."

기재들은 이미 소문을 통해 들었기에 웅성거리긴 했지만 별반 놀라지 않았다.

유검 홀로 놀랐다.

주위를 둘러보니 늪지 중간에 있는 한 공터였는데, 좌우로 혹한의 겨울 날씨답지 않게 제법 울창한 수림(樹林)이 있었다.

유검은 슬쩍 발목의 철각반을 풀어 주위에 있는 늪으로 몰래 던져버렸다. 발이 더러워지지 않은 이유를 억지로 만들어내기 위해서였다.

그사이 교두는 신속하게 자반을 따로 분리했다.

유검은 과연 어떤 시험을 치를까 호기심을 느끼고 있는데, 한 교두가 다가와 말했다.

"넌 지금 이 시간부로 자반으로 이반한다. 함께 시험에 임하도록!"

이번엔 유검뿐 아니라 다른 기재들도 놀랐다.

그와 함께 묘한 기대감으로 흥분하기 시작했다.

이때 미리 와 있었는지 부곡주가 수림에서 천천히 걸어나왔다. 그와 함께 몇 명의 호위 무사들이 사대패왕을 가마에 태워 왔다.

그리고 잽싸게 공터 상석에 몇 개의 의자를 가져다 놓았는데, 부곡주 좌우로 사대패왕을 앉혔다. 분명 특별 대우였다.

가장 상석은 비워져 있었는데, 아직 도착하지 않은 곡주의 자리였다.

선두의 교두가 소리 높여 외쳤다.

"그리고 금사종, 혁린, 종수국, 목수민 이들 네 명은 갑조 승격 시험에 통과한 것으로 치겠다! 현재 상처를 입어 시험을 치르지는 못하지만, 그간의 훈련 성적이 탁월하여 이미 그 능력이 입증되었기 때문이다!"

기재들에게서 우우우~ 하는 야유가 나왔지만 높지는 않았다. 사대패왕 그들에 대해서는 어느 정도 단념하고 있었던 것이다.

부곡주가 나와 이번 시험의 중대성에 대해 일장연설을 했는데, 공평무사한 시험이 되길 바라 마지않는다는 말로 끝을 맺었다.

몇 차례 형식적인 절차를 거치고 나서 드디어 시험이 시작되었다.

자반의 인원은 총 열아홉 명이었는데, 모두 한 줄로 서서 자기 순서를 기다리고 있었다.

유검은 맨 마지막이었다.

'제법 볼 만한 구경거리가 될 것 같은데… 다우 녀석, 나중에 못 봤다고 투덜거리겠다.'

신장해 있는 기재들과는 달리 한가롭게 그런 생각이나 하고 있었다.

어차피 어떤 시험이 나온들 교주의 말마따나 자신의 능력으로 통과 못할 이유는 없었다.

시험을 담당하는 선임 교두가 일차 관문을 알렸다.

"본 시험의 목적은 그동안 단련한 외공의 성취를 보는 것이다."

그는 오 척 길이의 오리알 굵기의 쇠몽둥이를 들어 보이며 말을 이었다.

"간단히 말해 교두가 이 몽둥이로 다섯 대를 때릴 텐데 맞고 견뎌내기만 하면 된다. 물론 기권해도 된다."

기재들은 사색이 되었다.

교두가 어느 정도 힘을 주고 때릴지는 몰라도, 최소한 한 대 맞을 때마다 갈비뼈 서너 대는 나가고 말 것이다.

다섯 대라면 목숨까지 위험하다.

자리에 앉은 사대패왕은 차라리 부곡주에게 얻어맞은 게 다행이라고 생각했다.

본래 이런 관문은 예정에 없었다.

복고후가 사대패왕의 기분을 풀어주고 소명을 희생양으로 삼기 위해 만든 것일 뿐이었다.

터무니없는 시험 내용에 질려 자반의 기재들은 대부분 포기해 버렸다. 남은 것은 유검과 주근깨투성이의 청년 둘뿐이었다.

주근깨청년은 입술을 깨물고 독한 눈빛을 했다.

"난 반드시 올라가야 해! 사부의 이름을 더럽혀선 안 돼!"

그렇게 중얼거리고 나서 앞으로 나가 양 주먹을 불끈 쥐고 허리를 낮춘 채 온몸의 진기를 끌어올렸다.

퍼억!

첫 타격은 이를 꽉 깨물고 견뎌내었다.

퍼—억!

두 번째 타격에선 입가로 피를 흘리며 비틀거렸다.

세 번째 타격은 견디지 못하고 결국 무릎을 꿇고 말았다.

그러나 가까스로 몸을 일으키더니 고통에 찬 얼굴로 다음 타격을 기다렸다.

그 모습을 보고 있던 유검은 연민을 느꼈다.

갑조로 올라간들 기다리고 있는 것은 목숨조차 보장할 수 없는 무엇일 것이다. 그것을 알지 못한 채 어떻게든 갑조로 올라가려 악을 쓰다니…….

네 번째 몽둥이질이 시작되려 할 때 유검은 몰래 지풍을 날렸다. 주근깨청년은 즉시 혼혈을 제압당해 그 자리에 쓰러지고 말았다.

그의 신형은 교두에 의해 옆으로 옮겨지고, 유검은 천천히 앞으로 걸어나갔다.

기재들은 마른침을 꿀꺽 삼켰다.

과연 어떻게 나올 것인가?

내심 간절히 기원했다.

'확 뒤엎어 버려!'

'저 성질 고약한 늙은이를 확 죽여 버려! 너라면 할 수 있잖아!'

'젠장! 싸그리 죽여 버려! 이런 개 같은 시험 따윌 왜 치러야 하는 거지? 왜 우리가 이런 곳으로 들어와 생고생을 해야 하냔 말이다!'

유검이 나오자 복고후는 슬며시 미소를 지었다.

힐끔 사대패왕의 얼굴을 살펴보니 저마다 흥분으로 달아올라 있었다.

'맘 놓고 즐기거라, 이건 내 사과의 표시니까.'

유검은 팔짱을 끼고 고개를 끄덕였다.

"시작하시오."

기재들은 한결같이 실망했다. 유검이 본래의 악마와도 같은 성질을 드러내어 다 때려 엎어주길 바랐는데, 얌전히 시험에 응하다니…….

교두는 주근깨청년일 때와는 달리 전 공력을 끌어올렸다.

그는 유검을 동정하여 내심 탄식했다.

'휴… 저승에 가더라도 내 원망은 말아라. 나 역시 명을 받는 처지에 불과하니까.'

위이잉—!

듣기에도 무시무시한 파공성과 함께 쇠몽둥이는 유검의 등을 때렸다.

픽!

매서운 타격음과 함께 돌연 쇠몽둥이가 부러져 버렸다.

부러진 파편이 날카롭게 복고후의 뺨을 스쳤다.

느긋하게 구경하던 복고후로선 아닌 밤중에 홍두깨였다. 만약 부러진 쇠몽둥이를 정면으로 맞았다면 목숨이 날아갔을 것이다.

복고후는 벌떡 일어나 버럭 화를 내었다.

"이 자식! 제대로 하지 못해!"

그는 다른 교두로 교체시켜 버렸다.

위이잉—!

이번에도 무시무시한 파공성과 함께 쇠몽둥이가 유검의 등을 후려쳤다.

터—엉!

이번에도 여지없이 쇠몽둥이는 부러져 버렸다. 그리고 그 파편은 빠르게 복고후를 향해 날아갔다.

복고후는 황급히 몸을 옆으로 돌리며 쌍장을 모아 뻗었다. 방향은 정확하기 그지없어 만약 이번에도 혹시나 하는 마음으로 지켜보지 않았더라면 당했을 것이다.

쇠몽둥이의 파편에 담겨 있는 힘이 얼마나 강맹했던지 복고후의 쌍장에도 튕겨 나가지 않고 단지 방향만 바꿨다.

쿠쿠쿠쿠쿵─!

쇠몽둥이의 파편은 몇 개의 나무를 뚫고 지나서야 멈춰졌다. 그 모습을 본 사람들은 저마다 어이가 없어 할 말을 잃었다.

사대패왕 중 난쟁이 혁린이 감탄하며 물었다.

"대단하군요. 대체 어떤 신공을 대성하셨길래 저리도 위력이 대단합니까?"

"음? 뭐… 그거야……."

복고후는 얼버무릴 뿐 대답하지 못했다.

그는 알고 있었다, 우연이 아니라는 것을. 분명 누군가 수작을 부린 게 틀림없었다.

물론 그것이 유검의 짓이라고는 생각 못했다.

단순히 반탄지기로 후려친 쇠몽둥이를 부러뜨리는 것도 불가능에 가까운데, 그것을 토막 내어 원하는 곳으로 날린다는 것은 그의 상식으로는 논할 거리도 못 되었던 것이다.

복고후는 유검을 쏘아보았다.

'암중에 저놈을 도와주는 놈이 있군. 근데… 대체 어떤 수법으로?'

기재늘도 이제는 뭔가 심상찮음을 느끼고 있었다.

쇠몽둥이가 부러지는 것도 기이한데, 하필 그것이 두 번 다 복고후에게로 날아가다니?

복고후는 결심한 듯 장포 자락을 젖히며 앞으로 나섰다.

"내가 직접 하겠다!"

그리고 손을 내밀어 호위 무사로부터 애병 금마혈번(金魔血幡)을 받아 들었다.

그리고 깃발을 돌돌 말아 몽둥이의 형태를 취했다.

그리고 후려갈기려는 순간,

우우우—

멀리서 장소(長嘯)가 들려왔다.

장소에 담긴 공력은 심후하기 그지없어 그토록 먼 거리에서도 귀를 멍하게 만들었는데 순식간에 거리를 좁혀오고 있었다.

훌쩍 우람한 체구의 인영이 날아 내렸다.

치렁치렁한 불그스름한 머리카락을 어깨까지 늘어뜨린 두타(頭陀)였다. 얼굴은 온통 칼자국으로 얼룩져 추악하기 이를 데 없었다.

일월교 사대호법 중 하나인 적발사신(赤髮死神)이었다.

복고후는 떨떠름한 얼굴로 그를 향해 포권을 취해 보였다.

"호, 호법을 뵈오. 그동안 강녕하시었소?"

적발사신은 건성으로 고개를 끄덕이며 말했다.

"사질의 조카가 내게 말하더군. 유검을 닮은 놈이 여기 있다고—!"

말이 끝나자 그의 두 눈이 번쩍 뜨여졌다. 살을 에이는 듯한 살기가 쏟아져 나왔다.

그가 가리킨 손가락 끝에는 복고후에게 유검에 관한 일을 보고하던 신명이 있었다. 그는 자신의 의견이 무시당하자 몰래 연줄을 통해 마침 총단에 와 있는 적발사신을 부른 것이다.

복고후는 끽소리 못하고 손가락으로 유검을 가리켰다.

"저, 저놈을 말하오이까?"

유검은 고개 돌린 그와 시선이 마주치자 웃었다.

‘착한 청년 노릇은 이제 끝이군.’

애당초 이런 건 뭔가 이상했다. 결국 얼굴을 아는 사람을 만나면 들통날 게 뻔한데 무슨 숲 속에 나무를 숨긴단 말이 통한단 말인가?

그리고 이왕 이렇게 된 것 최대한 빨리 내곡을 찾아 들어가 화를 구해내야겠다고 마음먹었다.

물론 그전에 이곳에 있는 자들의 입을 모두 막아둬야 할 것이다.

여차할 경우에는 살수도 마다하지 않겠다고 결심했다.

‘속전속결이다!’

내심 그렇게 중얼거리며 의식체를 불러 검을 만들려는데, 적발사신이 미간을 찌푸리며 물었다.

“넌 누구냐?”

“…….”

적발사신은 버럭 고함을 질렀다.

“닮긴 뭐가 닮았단 말이냐!”

그가 기억하고 있는 유검의 모습은 대머리였다.

이때 누군가 그에게 화폭을 내밀었다.

“이, 이걸 보십시오. 교주께서도 닮았다고 말씀하신 초상화입니다.”

적발사신은 초상화와 유검을 번갈아 쳐다보더니 한참 동안 고민했다.

결국 입을 열었는데,

“너… 유검 본인이냐? 아니면 닮은 놈이냐?”

그렇게 물었다.

어이없는 질문에 이번에는 유검이 고민했다.

‘나참, 고민할 게 뭐 있나?’

유검은 어깨를 폈다.

그리고 나름대로 신비로운 미소라 생각되는 어정쩡한 웃음을 머금으며 고개를 끄덕였다.

"내가 유검이다!"

한꺼번에 달려들 테면 들어보라는 듯 팔짱을 끼고 주위를 광오하게 내려다보았다.

지켜보고 있던 기재들은 내심 기겁했다.

'대체 어떤 계략을 꾸몄길래! 호법 앞에서 함부로 그런 놈으로 자처하다니?!'

'호랑이 담을 삶아 먹어도 저런 짓은 못할 것이다! 진짜 대단한 놈이군!'

'도무지 무슨 속셈으로……! 궁금해 죽겠군!'

부곡주 복고후가 콧물이 튀어나올 것처럼 크게 코웃음을 쳤다.

"헹! 무슨 헛소리냐? 네까짓 게 무슨……!"

만약 진짜라면 그의 책임 문제가 뒤따르기에 절대 부인했다.

적발사신도 유검의 위아래를 훑어보더니,

"네가 진짜라면 이기어검술을 펼쳐 봐라. 그렇다면 믿어주겠다."

유검은 멀뚱해졌다.

애써 정체를 밝혔는데 도리어 의심을 받다니.

복고후가 또다시 코웃음을 쳤다.

"헤헹! 이기어검술? 무슨 말도 안 되는……."

갑자기 날카롭게 쏘아보는 살기 어린 눈길.

복고후는 그제야 말을 꺼낸 이가 적발사신임을 깨닫고 말끝을 얼버무렸다.

"에… 유검이란 놈이 진짜 이기어검술을 펼칠 수 있소이까? 그건 단지 소문이라 들었는데……."

적발사신은 무시하듯 대꾸하지 않고 다시 유검을 노려보았다.

"이기어검술을 펼쳐 봐라. 그렇다면 진짜라고 믿어주겠다."

기재들은 유검이 대체 어떻게 나올지 궁금하여 일거수일투족을 빠지지 않고 지켜보았다. 물론 소명을 진짜 유검이라 믿지는 않았다.

유검은 일순간 어떻게 할까 결정하지 못하고 멍하니 하늘만 바라보았다. 햇살을 비추던 하늘은 어느새 꾸물꾸물 모여든 구름으로 흐려져 있었다.

곧 눈발을 뿌려댈 것 같았다.

유검은 내심 한숨이 나왔다.

진짜 유검임을 증명하기 위해 이기어검술을 펼친다는 것은 뭔가 이상하다. 그렇다고 이제 와서 말을 바꿔 가짜라고 말하는 것도 참으로 이상하다.

'젠장, 왜 이렇게 된 거야? 얼굴도 봤으면서 왜 모르는 거지? 돌대가리 같으니라구!

유검은 하늘에 대고 버럭 소리를 질렀다.

"난 나다! 내가 나이기 위해 어떤 증명도 필요치 않다!"

『무상검』 제11권으로…

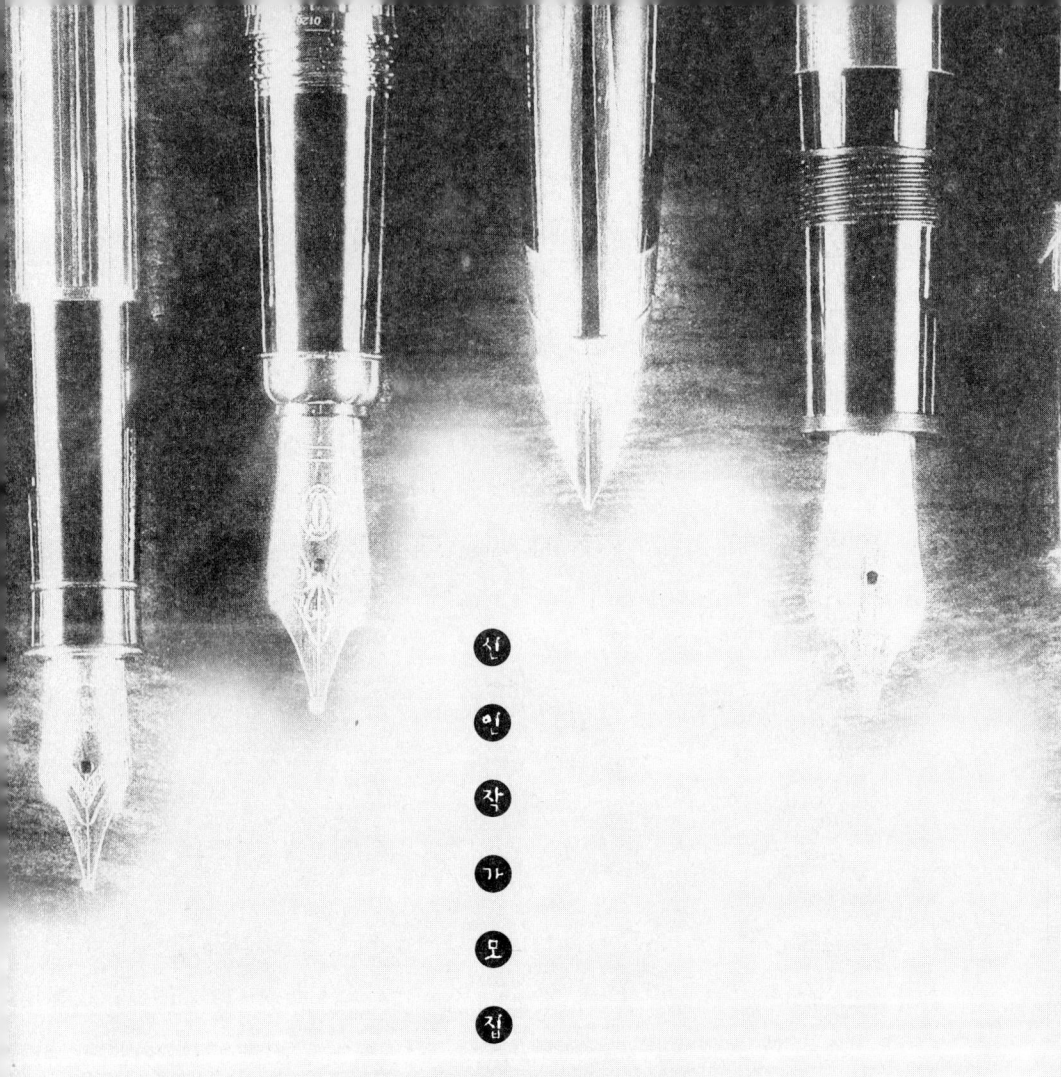

신인작가모집

시작이 반이라고 했습니다.
작가의 길에 대한 보이지 않는 벽을 과감히 깨뜨리십시오!
청어람은 작가 지망생 여러분들의
멋진 방향타가 되어드리겠습니다.

저희 도서출판 청어람에서는
소설 신인 작가분들을 모집합니다.
판타지와 무협을 사랑하시는 분들의 많은 참여를 바랍니다.
소정의 원고(A4용지 150매)를 메일이나 우편으로 보내주시면
검토 후 출판 여부를 알려드리겠습니다.

주소:경기도 부천시 원미구 심곡1동 350-1 남성B/D 3F 우편번호420-011
TEL:032-656-4452 · **FAX**:032-656-4453
http://www.chungeoram.com
e-mail:chungeoram@chungeoram.com